きよのお江戸料理日記4

秋川滝美　Takimi Akikawa

アルファポリス文庫

https://www.alphapolis.co.jp/

目次

育ちゆく自信

文政九年（一八二六年）卯月、深川佐賀町にある孫兵衛長屋の井戸端で女がひとり、朝飯の支度をしていた。

女の名はきよ。逢坂の油問屋『菱屋』の子として生まれたものの、わけあって三年半ほど前に弟の清五郎とともに江戸にやってきた。当初は富岡八幡宮近くの料理茶屋『千川』で下働きをしていたが、料理の才を認められて板場に入ることになった。

近頃では任される料理も増え、主の源太郎や、源太郎の息子で板長を務める弥一郎にしばしば料理の工夫を訊ねられる。

とりわけ弥一郎の弟の彦之助が京での修業から戻ったあとは、同じ道を行く競い相手として切磋琢磨する日々。料理人として生きていく覚悟も定まりつつあった。

七輪の上の鍋の中では、浅蜊がふつふつと揺れている。昨日振売から買って水に浸しておいたので、砂もすっかり抜けているはずだ。そろそろ浅蜊の口が開く。すべてが口を開けたのを確かめて味噌を溶けば、浅蜊の味噌汁が出来上がる。

蜆、浅蜊、蛤……どの貝も汁にすると絶品だ。ただでさえ大食らいの弟のおかわりが、もう一杯増えること請け合いだった。

「おはよう、おきよちゃん」

そこにやってきたのは、隣に住む三味線の師匠、よねだった。

よねは大層面倒見のいい女で、きよと清五郎が孫兵衛長屋に引っ越してきたときから、なにくれとなく力になってくれている。今使っている七輪にしても、よねが貸してくれたものだ。孫兵衛長屋には一口のへっついが備わっているが、お菜を作るにはやはり七輪がいる。どこで買えばいいかと訊ねたきよに、わざわざ買うなんて銭の無駄、うちにあるのを交替で使えばいいと笑って言ってくれたよねの顔を、今でもきよはよく覚えている。

口は達者だし、道を外した人間には手厳しいところもあるが、心根がまっすぐで頼りになる。自分の持ち物だというのに、勤めに出なければならない姉弟のために先に七輪を使わせてもくれる。そんなよねをきよは母のように慕い、日々感謝していた。

「おはようございます、およねさん。今日もいいお天気になりそうですね」

「ほんとだね。おや、浅蜊だね。蜆もいいけど、浅蜊はやっぱり風格がある」

蜆と浅蜊を比べれば当然浅蜊のほうが大きい。それでもやっぱり、風格があるという言い方には首を傾げたくなる。なにせ、どちらも指の先ほどの大きさしかないのだ。風格というなら蛤ぐらい大きくないと……と思うが、よねにわざわざ告げるほどのことではない。なによりきよは、蛤は味噌汁よりもすまし汁のほうがいいと思っている。蛤は殻の模様ひとつひとつがなんとも上品で、口を開いたときの姿まで気品が漂っている。味噌汁よりもすまし汁の中にあるほうが、目のご馳走になっていい。

味噌汁の実として考えれば、浅蜊は蜆より風格があるとするのはあながち間違ってはいないだろう。

きよはにっこり笑って言う。

「もうすぐできますから、お椀を持ってきてくださいな」

「え？」

「およねさん、浅蜊のお味噌汁は大好物でしたよね？」

「そりゃそうだけど、あんたたちの分がなくなっちまうよ」

「大丈夫です。およねさんの分も含めて作りましたから。ご飯はありますか？　まだ炊いてないならお茶碗も……」

きよたちが引っ越してきた当時、よねは娘のはなと一緒に住んでいたが、少し前にはながが嫁入りし、今はひとりで暮らしている。これまで飯ははな、お菜はよねと手分けしていたのに、今はどちらもよねが作らなければならない。毎日のことだから大変だろう、ということで、きよは時折お菜やご飯を裾分けするようにしていた。

「ありがと。でも、ご飯はもう炊き上がったよ」

「あら……今日はずいぶん早起きだったんですね」

「近頃、夜明け前に目が覚めるんだよ。たぶん寝るのが早いせいだろうね。はながいたころは、遅くまであぁでもこうでもないって話をしてたもんだけど……」

「そうなんですか……」

はなは、よねが前々から三味線(しゃみせん)の手入れを頼んでいる琴三味線師右馬三郎(うまさぶろう)の弟子である孫四郎(まごしろう)に嫁いだ。孫四郎はそれまで師匠と一緒に須崎(すさき)に住んでいたが、所帯を持つにあたって近くの長屋に引っ越し、今は夫婦でそこに暮らしている。

深川と須崎はさほど離れてはいないし、はなも気にして時折よねの様子を見に来ているようだが、やはり同じ家に住んでいるのとはわけが違う。よねの言葉の端々に、ひとり暮らしの寂しさが感じ取れ、きよは返事に困ってしまう。

そんなきよの様子に気付いたのか、よねが慌てたように言った。

「ごめん、ごめん。朝からしみったれた話をしちゃったね。浅蜊汁、本当にもらっていいのかい？」

「もちろん。なんなら小鍋に分けてもいいですよ。それなら夜も食べられるでしょ？昨日は浅蜊がすごく安かったからたっぷり買ったんです」

「いやいや、浅蜊汁は煮えばなが一番。一杯いただければ十分だよ。飯はあるし、夜は佃煮と漬け物ですますよ。そうだ、浅蜊汁のお返しに漬け物を分けよう。暇にあかせて作ってみたんだけど、結構うまくできたんだよ」

そう言うと、よねは自分の部屋に引き返していく。

一方きよは、漬け物を作ったという言葉に唖然としていた。

『千川』のような料理茶屋ならまだしも自分の家、特に長屋暮らしで漬け物を作る人は珍しい。漬け物は野菜を干して塩や味噌に漬けるのが基本だ。手間がかかるし、野菜を干すにしても、できたものを置いておくにしても、場所が必要になる。孫兵衛長屋はふたりで暮らせるぐらいだから手狭とまでは言わないが、漬け物樽を並べるほどの広さはない。

よく作ったなと思う一方で、本当にもらってしまっていいのだろうかときよは思い悩んだ。

漬け物を漬け込むには時がかかる。おそらくよねは冬の間に大根を干して漬け物を作ったのだろう。去年の冬は大根がずいぶん安かったし、大根の二、三本なら軒下に吊るせる。だが、それでできる漬け物なんて高が知れている。少ししかないのに、苦労して作ったに違いない漬け物を分けてもらうのは気がひけた。

けれど、よねの性格からして、一度差し出したものを引っ込めるはずがない。困ったなあ……と思いながら待っていると、よねが戻ってきた。手にはお椀と小さな笊……それを見たとたん、きよは歓声を上げた。

「糠漬けじゃないですか！」

笊にのせられていたのは、五寸ほどの長さに切った人参と大根、そして独活だ。いずれも表面にうっすら糠が残り、よねの手にも糠が付いている。

慌ててきよが井戸から水を汲むと、よねは、ありがとよ、と言いながらまず自分の手、そして漬け物を洗った。

「はいよ。よね師匠のお手製の糠漬けだよ。適当に切ってお上がり」

「ありがとうございます！　私も清五郎も糠漬けは大好きなんです。実家には糠床があって毎日食べてました。でも江戸に来てからはなかなか食べる機会がなくて……」

「おやそうかい？　ならよかった。この間、糠をたくさんもらってね。糠袋にするにしては多すぎるから、こんなにはいらないって言ったら糠床にすればいいって言われてさ」

「糠をいただけたんですか……」

糠袋は垢すりに使うものだが、袋は手作りするにしても中に入れる糠は買うのがならいだ。湯屋でも売っていて、確か一袋四文。小さな袋ひとつ分でもそれほどするのだから、糠床が作れるほどの量なら、相当値が張るはずだ。それがただでもらえたなんて、羨ましくなる話だった。

「また今度もらうことがあったら、おきよちゃんにも分けるよ。でも今は、漬け物だけで勘弁しておくれ」

「ごめんなさい！　ねだるつもりじゃなかったんです」

「いやいや、糠漬けが好きなら糠床は欲しいに決まってる。糠をくれたのはあたしの弟子なんだ。米屋の子でね、糠はたくさんあるんだとさ。糠床は時々新しい糠を足してやらなきゃならないから、その分はまた持ってくるって言ってたんだよ」

「でもそれはおよねさんが使う分でしょう？」

「大丈夫。実はかなり手のかかる子でね。あたしも気張って教えているせいか、その子の親がなにかにつけ礼をしたいと思ってるみたいなんだ。糠をもらったとき派手に喜んでおいたから、きっとまた山ほど持ってくるさ」

不出来な子ほどかわいいっていうけど親は大変だ、とよねは笑う。そのあと、少し真面目な顔になって言った。

「そういや、糠漬けを食べるようになってから、なんだか身体の調子がいいよ。夏の盛りが来たら、おきよちゃんもまた具合が悪くならないとも限らない。糠漬けを食べてお気張り」

「……ありがとうございます」

よねは、きよが一昨年具合を悪くしたとき、日に何度も様子を見に来てくれたし、そのたびにもっと食べて力を付けなければいけないと口を酸っぱくして言った。

しかも、ただたくさん食べるだけではなく、いろいろなものを食べたほうが元気が出ると助言もしてくれたうえに、精が付きそうな江戸の食べ物をいろいろ教えてもくれた。

納豆を少しずつでも食べるようになったのも、よねにすすめられたからだ。逢坂にいたときは毛嫌いしていたけれど、身体のためと思って食べているうちに強い匂いにも慣れ、少しはおいしいと思えるようになってきた。納豆に比べれば、もともと好物だった糠漬けを食べるのは容易い。

気になるのは糠床の手入れだが、よね曰く『あたしにもできるぐらい簡単』だそうだからなんとかなるだろう。

「じゃあ、もしも次に持て余すほど糠をいただくことがあったら分けてください」

「まかせときな。暑くなれば茄子が出てくる。うんざりするような暑い日でも、茄子の糠漬けがあればご飯もすすむってものさ」

「そうですね。実家にいたときは、夏になるとご飯に水をかけて食べてました。冷たい井戸水と一緒にご飯をさらさら掻き込んで、合間に茄子や瓜の糠漬けを……」

「勘弁しておくれ」

話し続けていたきよを、よねがやんわり止めた。

なにか気に障ったのだろうかと首を傾げるきよに、よねが苦笑いで言う。

「上方ならそれもできるだろうけど、深川のしょっぱい井戸水じゃ難しい。羨ましくなっちまうよ」

「ごめんなさい。そうでしたね……」

「いいよ、いいよ。考えてみれば、お里で食べてたものを思い出すのは当たり前。あたしが無粋だった。でも、井戸から汲むだけでうまい水が手に入るっていうのは贅沢なことなんだよ」

「本当ですね」

「ま、冷たい井戸水でさらさらーっと、とはいかなくても、糠漬けは食べられる。青物にいい顔をしない清ちゃんだって、漬け物なら喜んで食べるだろうさ」

「はい。早速朝ご飯にいただくことにします」

「それがいい。あたしも朝ご飯にするよ。浅蜊汁をもらったからお菜も作らなくて済んで助かった。あ、七輪はそのままにしておきな。あとであたしが始末しておくから」

「でも……」

「いいから。急がないとお勤めに遅れちまうよ」

そう言うとよねは、きよがよそった浅蜊汁を持って戻っていった。

いつもなら、きよが朝ご飯の支度を終えた七輪をよねがそのまま使うから、きよが炭の始末をすることはない。よねが使わないとなると、きよが片付けなければならないのが、どうやらよねが片付けてくれるらしい。

確かに、話している間にいつもより遅くなってしまっていたため、よねの言葉はありがたかった。

「ありがとうございます。よろしくお願いします！」

家に戻るよねに礼を言い、きよも鍋を持って立ち上がる。

そろそろ清五郎に任せてきた飯も炊き上がるころだ。熱々の浅蜊汁と糠漬け、炊き立ての飯……これ以上はないほど上等、そして姉弟の好物揃いの朝ご飯だ。しっかり食べれば今日も一日元気に働けるだろう。

「伊蔵、鰹を頼む」

「へーい……」

弥一郎の指示に、伊蔵がなんだか歯切れの悪い返事をした。

いつもならもっと元気な声を上げるのに……と思っていると、伊蔵はうつむき加減で眉根を寄せている。視線の先にあったのは、へっついだった。

さらに伊蔵の呟く声が聞こえてくる。

「鰹の叩きはうまいし、よく売れるのはわかってるけど……」

「今日は少し暑いですもんね」

きよの言葉に、伊蔵は軽く頷いて答えた。

「そうなんだ。旨くてよく売れる鰹の叩きは、作るのが大変。まあ手間がかかる分、刺身よりいい値が付けられるんだろうけどさ」

「鰹のお刺身は人気ですが、うちのお客さんは叩きが好きな人が多いですよね」

「あー……お馴染みさんがこぞって『鰹は刺身に限る』って人ばっかりなら、延々と藁を燃やし続けなくてすむんだけどなあ……」

「でも暑い日は、生の鰹は傷みが早いです。やっぱり叩きにしておくほうが少しは安心じゃないですか？」

「それを言われちまうと、ぐうの音も出ねえ。それにしたって、藁ってのはどうしてこうも勢いよく燃えるんだろ……」

伊蔵の愚痴が止まらない。これほど暑さに弱い人だったのか、と驚きながらも、きよはちょっと考える。このまま嘆き続けていては弥一郎に叱られてしまう。いっそ自分が代わってやってもいいのだが、弥一郎が伊蔵に指示を出した手前、差し出たこともできないし……と思ったとき、とある料理を思いついた。

「板長さん、今日の鰹はただの叩きじゃなくて小川叩きにしてみてはどうですか？」

「小川叩きか……それもいいな」

きよと弥一郎の言葉に、伊蔵が首を傾げた。

「小川叩きってなんですか？」

「塩を振った鰹の身を細かく刻んで、杉板に張って湯をかけるんだ。そうしておいて水で締めるとこはいつもの叩きと同じだがな」

「なんで小川叩きって名前になったんですか？」

「さてな。おおよそ、ざあ湯が流れる様が川みたいだからじゃねえのか？」

「へえ……それならずっとへっついの前に座ってなくて済みますね」

「そういうこと。湯を沸かすのは大変だが、杉板を並べといて一気に湯をかければ出来上がる。料理人が藁の強い火にいつまでも炙られることもなくなるってもんだ。よし、今日の鰹は小川叩きにしよう」

「やった！」

嬉しそうな伊蔵の声が板場に響き渡った。

伊蔵がいそいそと奥に入っていく。奥の洗い場の脇にあるへっついで湯を沸かすのだろう。あそこなら裏口を開けっ放しにしておけば少しは風が抜けて、板場よりずっとしのぎやすいはずだ。

伊蔵が奥に入ったあと、弥一郎がきよに言う。

「鰹は傷みやすい魚だから、持ちを良くするためには火を通すのが一番ってことで炙ってたが、湯をかけたって同じことだよな。これから暑さはどんどん厳しくなる。辛抱ならねえような日は、小川叩きにしよう。きっと客も珍しがるぞ」

「今まで鰹を小川叩きにしたことはありませんでしたからね。でも、今日はいいにしても、お客さんたちは『やっぱり叩きがいい』って言い出すかもしれません」

「なんでだ？」

「藁で炙ると独特の風味が付きますよね？　小川叩きではあの風味は出せません。鰹はあの風味があってこそ、って言われたら……」

「なるほど。それなら明日はもうちょっと過ごしやすい陽気になってくれることを祈るとするか。だいたい、鰹が旬の時季にこんなに暑いのが間違ってる」

「本当ですね。鰹の小川叩きは今日だけですんでほしいです。でもほかの魚なら、たまには小川叩きにしてもいいと思います。あ、小川造りでも……」

「小川造り……ああ、叩きみたいに細かくしちまわず、皮目に細かく包丁を入れて湯をかけるやつか。それにしても、小川叩きといい、小川造りといい、おきよはよく知ってる……そうか、おとっつぁんのおかげだな？」

　以前、きよが料理について詳しいのは、実家の父がいろいろなものを食べさせてくれたおかげだと話したことがある。おそらく弥一郎はその話を覚えていて、小川叩きや小川造りもそのうちのひとつだと察したのだろう。

「そのとおりです。父は寄り合いとかで珍しい料理が出されると、たいてい持って帰ってきてくれました。おかげでいろいろな料理を知ることができたんです」

「いいおとっつぁんだ。おかげで『千川』は大助かり。で、逢坂の小川叩きや小川造りはどんな魚を使ってた？」

「叩きは鯵（あじ）やさより、造りは鯛が多かったですね」

「鯛はいいな！　小川造りは火が通ってるのに焦げ目はつかねえし、煮物みたいに醤油の色に染まることも、揚げ物みたいに粉で隠れることもねえ。鯛の皮は湯をぶっかけたら鮮やかな桃色になるから見栄えもいい。さぞやいい値が付けられるだろう」

弥一郎がにやりと笑った。

きよが板場に入ったころは、料理一辺倒な人だとばかり思っていたが、近頃の弥一郎はなかなかの商売人だ。さすがは源太郎の息子なだけあると感心する一方で、弥一郎が『千川』の主（あるじ）を務める日のことを考えたりもする。

今は源太郎がいるから板長に専念していられるけれど、主になったら帳面付けや仕入れ先との話し合い、客の相手だってしなければならないだろう。弥一郎が板長を退くとは思えないが、今ほど板場だけに目を配ることはできなくなるかもしれない。

――今はまだ、旦那さんもお元気だけど、いつかは代替わりする日が来る。もしかしたら、逢坂のおとっつぁんみたいに早めに楽隠居したいって思うかもしれない。そんな日がいつ来てもいいように、修業に励んで板長さんの手を煩（わずら）わせずに済むようにならないと！

そんなことを考えているきよを尻目に、弥一郎は首を捻っている。

「刺身よりいくら高くできる……いや待て、手をかけるには手をかけるだけの理由がある、さては古い魚だな、とか勘ぐられるかな……」

弥一郎は、うちの客は口が肥えてる上に、いろんなことを知ってやがるから……と苦笑いしている。ただ、そんな客がたくさんついているのは、料理茶屋にとっていいことでしかない。難しい客を満足させる料理を作れることすなわち、店の評判もますます上がることでもあるのだ。

奥からは、とんとんという包丁の音が聞こえてくる。時折鼻歌がまじっているから、伊蔵は機嫌良く仕事をしているようだ。

もうすぐ店を開ける刻限だ。伊蔵に負けずに励もう。今日は鰹だけではなく鯛も仕入れた。刺身で出すにしても、小川造りにするにしても鱗は邪魔でしかない。まだ捌くことはできなくても、鱗の始末ぐらいはできる。弥一郎が思案している間に落としてしまおう、ときよは包丁を握る。

そこでまた弥一郎に話しかけられた。

「おきよ、小川叩きや小川造りなら弁当にも使えるよな？」

「届けてすぐに食べてもらえるなら大丈夫かと……」

「……よし、あとで彦之助にも教えてやろう。あいつ近頃、献立に難儀してるようだからな」

「そうなんですか?」

　彦之助が、時折『千川』に現れる与力の上田に頼まれて弁当を作り始めて半年近く過ぎた。

もともとは上田が自分の部下の褒美用にと作らせたものだが、深川にその店ありと評判の『千川』の弁当だけに、部下たちは大喜び。手柄を立てるべくお勤めに励んだせいで、上田の同僚たちも弁当を褒美にしたいと言い出した。

月に数度だった弁当の注文は少しずつ増え始め、今では三日に一度は注文が入っている。

源太郎は、同じ人がもらうわけではないのだから、ずっと同じ料理を詰めたところで文句など出ないはずだと言うが、彦之助は首を縦に振らず、少なくとも同じ月のうちは同じ料理を詰めずに済むよう頑張っている。おそらく料理人の矜持が許さないのだろう。

甲斐あって、今のところ上田もその同僚も満足していると聞いている。そのため、きよには『難儀している』というのは少々大げさのように思えた。

ところが弥一郎の返事は、そんなきよの考えを覆すものだった。

「実は、弁当の注文がまた増えそうなんだ」

「というと？」

「うちが弁当を作ってるって話を聞きつけたやつがいるらしくて、なんとか自分たちにも売ってくれないかって声が上がっているそうだ」

上田がらみ以外の注文まで受けるとなると、毎日のように弁当を作ることになりかねず、献立作りはますます大変になる。

弥一郎は同じ料理人として、代わり映えしない弁当を作りたくない彦之助の気持ちがわかるのだろう。だからこそ、どんな料理なら弁当に詰められるか、といつも考えているに違いない。

「そうだったんですか……。注文が増えるのはいいことですが、彦之助さんは大丈夫なんですか？　献立はともかく、作りきれなくなったりは……」

「俺もそれを心配してる。彦の野郎は近所からの注文を受ける気満々なんだが、注文を受けるだけ受けて届けられねえなんてことになったら、うちの信用にもかかわる」

「それ以前に、あんまり無理をして身体を壊しても……」

「それもある。今以上に注文が増えるとしたら、なにか手を考えねえと……」

手を考えるとは？　と突っ込んで聞きたかったが、あいにく店を開ける時刻が迫っている。やむなくそれ以上の問いは重ねず、きよは鱗取りに専念した。

彦之助が店に現れたのは、その日の昼八つ（午後二時）のことだった。

今日は弁当の注文がなく家にいたようだが、昼の書き入れ時が過ぎたころを見計らって来たのだろう。

彦之助は店に入ってくるなり客たちに料理が届いていることを確かめ、弥一郎に話しかけた。

「兄貴、明日の献立はもう決まったのか？」

「明日？　あらかた決めてはいるが……どうした？」

「弁当の注文が入った。しかも与力様から」

「与力様？　昨日届けたばかりじゃなかったか？」

「そうなんだ。別の人からならともかく、与力様では同じ料理を詰めるわけにいかねえ。どうせ部下たちが、興味津々で見に来るに決まってる。届けるのは明日だが、こいつは一昨日と同じだな、なんて言われたくねえよ」

「与力様もお人が悪い。もうちょっと日を離してくれればいいものを、なんだってそんなに続けざまに注文してくるんだ」

「それが、なんだかやむを得ない事情らしい」

弁当目当てにみんなして勤めに励んでいたが、どうにも弁当にありつけない部下がいる。日頃から真面目な上に、ここぞというときの働きは目を見張るものがある部下だったのに、褒美に弁当を出すようになってからは一度も目立った手柄を立てていない。

不思議に思った上田が本人に訊ねたところ、手柄をほかの人間に譲っていたことがわかった。自分には料理上手な妻がいる。褒美をもらわなくても十分旨い飯が食えるのだから、弁当は仲間に譲りたいと考え、仲間が手柄を立てる手伝いばかりしていたそうだ。

本人がそういう考えならば仕方ないと一度は納得した上田だが、ある日、たまたま部下同士が話しているのが聞こえてきた。

その場にいたのはすべて妻帯者、かつ自分の妻について語っていた。

大半が取るに足らない話の中、ひとつだけ気になることがあった。件の部下の妻が、褒美の弁当を食べたがっている。世に名高い『千川』の弁当を食べてみて、自分の料理にも生かしたいと思っているのに、待てど暮らせど夫は弁当を持ってこない。今まであんなに手柄を立てていたのにどうしたことだろう、と首を傾げている。それどころか、どこか身体の具合でも悪いのかと心配し始めた――というのが、その場にいた部下たちの話だった。

ちなみにその場に件の部下はおらず、話を持ち出した男も、自分の妻から聞きかじっただけらしい。

「手柄を人に譲ってばかりの部下も、女房の心中までは知らない。さすがにこれでは妻も本人も気の毒、なんとかせねばって与力様は考えたんだとさ」

「なるほどな。で、与力様はどうしたんだ？」

「こっそり弁当を頼んできた。しかも、その部下の分とお内儀の分でふたつ。これまで手助けした分を考えたら、ふたつだって少ないぐらいだが一度にたくさんもらっても困るだろうしって」

「なんだ……それなら問題ないだろう」

ほっとしたような弥一郎の声に、きよも内心大いに頷く。

こっそり頼まれてこっそり届けるなら、その部下夫婦以外の目には触れない。『一昨日と同じ』なんて言葉は出ないはずだ。

けれど彦之助は、大きなため息とともに言う。

「それはそうなんだが……その部下ってやつが一昨日の弁当を見てないとは限らねえ。口には出さなくても、なんだ同じか、って思うかもしれない。それだけで俺はいたたまれねえ」

「面倒な男だな……。とはいえ、俺がおまえでも同じように考えたかもしれん。それで『千川』の明日の品書きを聞きに来たってわけか」

弥一郎は、無言で頷いた彦之助をしばらく見たあと、すっと手を伸ばした。

「帳面を見せろ」

「え？」

「おまえが弁当の中身を書き付けてるやつだ。どうせ今も懐に入れてるんだろ？」

「……ああ」

なんで知ってるんだよ、と呟きながら、彦之助は帳面を取り出す。半紙を四つ折りにしたぐらいの大きさで、糸で綴じられている。売られているものではないから、彦之助が自ら綴じたのだろう。

弥一郎は前掛けで手を拭ってから帳面を受け取る。大事な帳面に濡れた手で触ってはいけないという気遣いに違いない。京から戻ったばかりのころはかなり険悪だった兄弟仲も、このところすっかり落ち着いたように見える。やはり弁当専門とはいえ、彦之助が『千川』の仕事の一部を担うことになったのがよかったのだろう。

弥一郎は、帳面を捲って昨日の弁当の中身を確かめている。きよは弥一郎の隣に座っているから、見ようと思えば見られる。盗み見のようで気がひけたものの、やっぱり気になって覗いてみると、そこには文字だけではなく絵まで描かれていた。

弥一郎も驚きの声を上げる。

「絵まで添えてるのか。大層なことだな」

「絵があったほうが思い出しやすいからな」

「確かに。それに、同じ料理を使っても盛り付けを変えれば違う弁当に見せることもできる。どうにもならないときは、それも一手だぞ」

「ああ。そこも踏まえて絵を残してる。でもそれは最後の最後だ」

「なるほどな。ふむ……昨日は菜めしに芋の田楽（でんがく）、魚は鮭の味噌焼きか……いいもの入れてやがるな」

「あ、いや……その鮭は……」

慌てたように彦之助が口を開くも、弥一郎はあっさり片手で制した。

「わかってるさ。その鮭、うちで余らせてたやつだろ？」

「余らせてた、ね……」

彦之助が苦笑した。

『売れ残り』ではなく『余らせた』。言葉の選び方に、仕入れを読み間違えた弥一郎の悔しさが込められているように思える。きっと彦之助も、同じように感じたのだろう。

「そう。鮭は人気だが、ここしばらくは鰹（かつお）のほうがよく売れた。思ったより鰹が安くて、客も手が出しやすかったんだろう。ま、鮭は鰹と違って持ちがいいから、鰹が余るよりはいいさ」

「とはいえ、色が変わっちまったら客には出せねえぞ？」

「そうなったら賄いに使うさ。鮭の握り飯はみんなの好物、いくらあっても足りないぐらいだからな」

「それって、俺たちが鮭の握り飯を食い損ねたって話ですか？」

そこで口を挟んだのは、空いた皿を運んできた清五郎だった。続いてきよの向こう側で黙って芋を煮ていた伊蔵も切ない声を上げる。

「あの鮭、そろそろ賄いに回ってくると踏んでたのに……」

「そりゃあ悪いことをしたな。これはそろそろ売り物になんねえから、使っちまっていいかって親父に訊いたら、いいって言われたから……」

春の鰹ほどではないにしても、鮭だってそこそこ値が張る。なにより売るつもりで仕入れたものを賄いに回しては儲けにならない。彦之助はすまなそうにしているが、清五郎も伊蔵もそれぐらいのことはわかっているはずだ。

その証に、伊蔵が慌てて言う。

「いや、売れるうちに売るってのはまっとうな話です。でも、あの鮭は塩引きでしたよね？　味噌焼きにしたらしょっぱくて食えねえんじゃ……」

「おい、伊蔵。情けねえことを言うなよ」

そこで弥一郎が呆れた声を出した。さらに、ため息をついて続ける。

「塩ぐらい抜いたに決まってるだろう。水につけて塩抜きして、甘味噌を塗って焼く。あの鮭は色が変わり始めてたが、それだってよくよく見ればわかるって程度。味噌を塗って焼けば客には気付かれねえ。おまえも料理人の端くれなんだから、それぐらいは考えろよ」

「そんな客を騙すようなことしていいんですか？」

清五郎が唇をとがらせて言う。ずいぶん客思いの言葉だが、半分は鮭の握り飯への未練だ。さすがに見過ごせない、ときよは口を開いた。

「自分が食べられなかったからって、文句を言うんじゃありません。握り飯なら、あらに付いている身だけで十分だし、新しい塩引きを仕入れたときはそうやって握り飯にしてもらってるじゃない」

「そりゃそうだけど、鮭の握り飯は何度出てきてもいいし……」

「おだまり！　ほら、お客さんよ。いつまでも卑しいこと言ってないで、さっさとご案内しなさい」

「へーい……」

また恐い姉ちゃんが……とぶつくさ言いながら清五郎は戻っていく。

見送ったきよは、彦之助にぺこりと頭を下げた。

「ごめんなさい。弟がくだらないことを言って」

「いやいや、気持ちはわかるよ。清五郎は塩引きが好物なんだろ？」

「はい。毎日だっていい、って言うぐらい好きです」

「なら余計だな。俺は鮭より鰹が好きだが、脂がたっぷりのった鮭を飯にのっけて搔き込むのは堪えられねえ。それこそ、毎日でも食いてえ。そんな客ばかりだと楽なんだがなあ……」

そこに至ってここに来た目的を思い出したのか、彦之助は弥一郎に向き直った。

「で、兄貴……」

「明日は鯛だな……」

「鯛は煮付け？　それとも焼き物かい？」

「いや、小川造りだ。今日は鰹の小川叩きを作ったから、明日は鯛の小川造り。いい海老が入りそうなら、杉板焼きも作る」

「杉板焼きっていうと、杉板で挟んで焼くやつか。それは珍しい……。あ、小川叩きに杉板を使ったからだな。材料ばかりか、道具も回して使うってことか」

「そのとおり。小川造りも杉板焼きも、ここしばらく出してなかったからうちの客は喜ぶだろうし、杉板焼きなら弁当にも使える。なんなら弁当に入れる分は鯛も杉板焼きにしちまえばいい。料理上手の女房殿もご満悦だろうさ」

「助かるよ」

「なんの。その代わり、裏の倉庫から杉板をありったけ持ってきて洗っておいてくれ」

「了解。主菜が決まったらあとはなんとかなる。ありがとよ、兄さん」

「いいってことよ。だが、献立はともかく実際に作るのは手間だ。今は何日かおきだし、数だって知れてるが、一度に作る量が増えたら手が回らなくなる。俺だって知恵は貸せても手は貸せねえ。くれぐれも、近所の分とか安請け合いするんじゃねえぞ」

「うん……」

弥一郎に釘を刺されたのを最後に、彦之助は裏の家に戻っていった。心なしか肩を落としているように見える。弁当の注文が増えるのは励みになるに違いないが、喜んでばかりもいられない。そのことに、自分でも気がついているのだろう。

「小川叩きのおかげで伊蔵も彦之助も大助かりだ。よく気付いてくれたな、おきよ。俺は、鰹（かつお）は藁（わら）で炙（あぶ）るか、せいぜい蒸すぐらいしか思いつかなかったよ」

弥一郎が大きな鯛を捌（さば）きながら言う。

「蒸した鰹は煮付けると美味しいですよね。ほぐして生姜醤油で食べるのもいいし、和え物にも使えますし……」

「弁当にも入れられる。三人寄れば文殊の知恵、とはこのことだ。おきよ、弁当向きの料理があったらあいつに教えてやってくれ」

「考えてみます」

「賄いに回ってくるものが、あんまり減らねえ料理にしてくれよ……」

伊蔵がこっそり囁いてきた。塩引き鮭にありつけなかったのが、相当悔しかったのだろう。気持ちはわかるが、『千川』の奉公人はよその店よりずっと立派な賄いを食べさせてもらっている。それは源太郎や弥一郎がしっかり算盤をはじいているおかげだ。売れるものを賄いに回すようでは、賄いの質が落ちるどころか店ごと傾いてしまう。贅沢を言わず、日々仕事に励むべきだろう。

続けざまに『彦之助弁当』の注文があってから十日後、神崎が『千川』に現れた。

神崎は上田がかわいがっている厩方で、昨年足を怪我してろくに動けなくなった際に、『千川』が食事の世話をした。

最初はきよと彦之助で神崎の家に行って食事を作ったのだが、きよに頻繁に板場を抜けられては困るということで、次第に彦之助の出番が増えていった。食事ばかりではなく身の回りの世話にもせっせと励んだせいか、神崎は彦之助を大いに気に入り、足がすっかり良くなったあとも『千川』に現れては、彦之助の様子を訊ねてくる。ご褒美の弁当にしても、最初はきよに持ち込まれて困っていたところを、彦之助に作らせてはどうかと言ったのが神崎だ。

ただでさえ手一杯だったきよは大助かりだし、彦之助には仕事ができた。『千川』の面々にとって神崎は、上田同様頼りになる客……いや、無理難題を持ちかけない分、神崎のほうが上客かもしれない。

神崎が店に入ってくるなり源太郎が嬉しそうに飛んでいったところを見ると、主もきよと同様に考えているのだろう。

「いらっしゃいませ、神崎様。ちょいとご無沙汰でしたね」

「そうか？」

「前にいらしたのは、花見のころでした。上野の桜を見てきた帰りだとおっしゃってたじゃないですか」

「然り……となると、かれこれ一月。いやはや時が経つのは速いのう」

神崎は苦笑しながら入ってくると、板場の奥のほうに目をやり訊ねる。

「今日は彦之助はいるのか？」

「日暮れまではおりましたが、今は家のほうに」

「そうか」

「あいつに御用ですか？　それなら呼んで参りますが」

「いや。いないほうが好都合」

「と申しますと？」

「少々気になる噂を聞いてな」

「噂？」

怪訝（けげん）な顔になりながらも、源太郎は神崎を席に案内する。板場に近い席を選んだところを見ると、彦之助についての話なら弥一郎にも聞かせるべきだと考えたのだろう。

とりあえず酒を、と頼まれ、源太郎自ら銚釐（ちろり）から徳利（とっくり）に酒を移す。銚釐でしっかり温めた酒を徳利に移して少し冷めたぐらいが神崎の好みだった。

「お待たせしました。お菜は……」

「魚と青物を一品ずつ。なにがある？」

「今日は上等の鯵（あじ）の干物がございます。青物は小松菜の煮浸しでいかがでしょう？」

「干物は酒にも飯にもよく合う。出汁（だし）を吸った小松菜はさぞや旨かろう。それで頼む」

「かしこまりました。弥一郎、鰺の干物と小松菜の煮浸しだ！」

「合点。おきよ、小松菜を頼む」

「はーい」

返事をするなり下茹でしておいた小松菜をとりわけ、出汁をはった小鍋に入れる。弥一郎はすでに鰺の干物を焼き網にのせている。干物は生の魚と違って火の通りが早いから、小松菜を煮ているうちに焼き上がるだろう。

小松菜を箸で出汁に沈めつつ、耳をそばだてる。

わざわざ彦之助の不在を確かめて持ち出すからには、神崎が聞いたのはあまりいい噂ではなかったに違いない。どんな噂だったのか、気になってならなかった。

「それで、神崎様。噂というのは……」

「近頃、褒美の弁当のありがたみが薄れているらしい」

「ありがたみ……それは、何度ももらって飽きてきたって話ですか？　手柄を立てるのがいつも同じお方だとか……」

部下といっても、やはり優劣はあるだろう。先だっての料理自慢の妻を持つ男のように、わざと手柄を人に譲るというのでなければ、同じ男ばかり褒美にありつくことになりかねない。彦之助はそれを踏まえた上で同じ料理の繰り返しにならないようにしているが、季節が同じなら使える食材も似たり寄ったりだし、工夫にも限りがあるのだろう。

ところが神崎は、源太郎の言葉に首を横に振った。

「そういう意味ではない。弁当なんぞ年がら年中食いたいと考える向きもいる。かく言う俺もそうだ。何度食っても旨いものは旨いんだからな。だが、いくら手を替え品を替えしても、料理そのものが旨くなければ話にならない」

「彦之助の弁当が旨くない……ってことですか……」

源太郎の顔から血の気が失せている。さすがに自分の店が出している、しかも息子が作る弁当が旨くないと言われたら、平静ではいられないのだろう。

「旨くない。とはいっても、前に比べれば、という話らしい」

「やっぱりそれは、舌が慣れたってことでは？　初めて食べたときはものすごく旨いと思っても、何度も食べるうちに当たり前になっていく。ありがたみがないとはそういうことなのではないでしょうか」

「主（あるじ）がそう思いたくなる気持ちはわかる。だが、実際に俺は聞いたんだ。近頃、褒美の弁当が『やっつけ』みたいになってる。前は盛り付けも絵みたいにきれいだったのに、今じゃ和（あ）え物の菜が魚にのっかってたり、焼き魚そのものが裏返しになってたり。芋の煮っ転がしは出汁が薄いし、煮足りなくてがりがりだそうだ」

「そんな馬鹿な……あの弁当の料理はうちの板場で味見をして、これならってことで入れてるものばかりです。煮っ転がしの出汁が薄いとか煮足りないとか考えられやせん。盛り付けにしても、彦之助はいつも丁寧にやってます。親が言うのもなんですが、あいつには絵心があってそりゃあ見事な出来です」

「そうか……だが、実際に俺は聞いたんだ。しかもひとりだけじゃなく、二人も三人も同じことを言っていた」

「いつの話ですか？」

「俺が聞いたのは昨日。『昨日食った』と口を揃えておったから、一昨日の弁当だろう」

「それより前は？」

「気がつかなかったな。だが、俺だってしょっちゅう与力様のところに行くわけじゃない。たまたま与力様のお馬の様子を見に行ったときに部下たちが話しているのを聞いただけだから、それ以前がどうだったかまではわからん」

「そうですか……」

とにかく一昨日の『彦之助弁当』が不出来だったことに間違いはないらしい。ふと隣を見ると、弥一郎がいつも以上に厳しい顔つきになっている。きよの眼差しに気付いたのか、弥一郎が訊ねてきた。

「一昨日の弁当、どのくらいの注文があったか知っているか？」

「詳しい数はわかりません。でも、洗い場に弁当の折がたくさん出てたのは見ました。たぶん洗い場の戸棚にしまってあった分を出してきたんでしょう」

「いつも使ってる分じゃ足りなかったってことか。それにしちゃ、作ってた料理の量が少なかったようだが……」

「あとで作り足したのかもしれません。いつもどおりに煮てもしっかり冷ます間もなく詰めてしまったのでは？」

　煮物はすべからく、煮上げたあといったん冷ます。そうしなければ中までしっかり味が染みない。時が足りないあまり、彦之助はそれを省いてしまったとしか思えなかった。

「運ぶときだって駆け足になっていたかも……。いくらきれいに詰めてあっても、揺すぶりまくったら台無しになりますよね」

「ありうる。だが、なんだってそんなことに……」

　がっくり頭を垂れる弥一郎と源太郎……親子のため息が店の隅々まで広がっていった。

「一日だけの話で済むならいいが、明日以降も続くようなら問題だ。ただでさえ、与力様はこの弁当をきよに作らせたがっていたのだ。評判が落ちるようなら、やっぱりきよに……と言い出しかねない。これまでも気を配ってはいたに違いないが、しばらくは今まで以上に彦之助の振る舞いに気をつけてやってくれ」

神崎がこんなに渋い顔をしているのは初めて見た。しかも『千川』の中のことにまで口を出すなんて……。だがそれも、彦之助を心配するあまりのことだろう。さらに神崎は続ける。

「せっかく弁当作りという仕事を得たのだ。与力様やご同僚の注文を足がけに、もっと商いを広げてもらいたい。だがいたずらに数を増やして質を損なっては元も子もない。誰もが褒美にもらいたくなる弁当でなければ……」

「ごもっともです。わざわざお知らせくださってありがとうございます」

「いやなに……彦之助にはずいぶん世話になった。なんとか身が立つようにしてやりたいだけのことよ」

そこで神崎はようやく頬を緩め、はにかんだような笑みを浮かべた。

怪我をして動けなかったときに世話になったといっても、神崎は足が治ってすぐに心付けを持ってきた。源太郎がほくほく顔だったから、かなりはずんでくれたに違いない。にもかかわらず『身が立つように』と心配し続けるなんて、神崎はよほど彦之助が気に入っているのだろう。もしかしたら身分を超えた友情が芽生えているのかもしれない。隣人や奉公仲間はいても、友だちというものを持ったことがないきよには羨ましすぎる話だった。

　酒を一本、鰺（あじ）の干物と小松菜の煮浸し、そのあと焼きむすびをふたつ平らげ、神崎は帰っていった。最後に、くれぐれも頼むぞ、と言われた源太郎は目を白黒させていた。おそらくこれではどちらが親かわからない、とでも思ったのだろう。

　その後、弥一郎は客が一段落するのを待って、裏の洗い場に向かった。気になってきよも行ってみると、洗い場にある戸棚の中を確かめている。

「一昨日（おととい）は弁当を九つ拵（こしら）えたってことだな」

「わかるんですか？」

「わかるさ。この戸棚には幕の内用の弁当箱が十六入っていた。今残っているのが七つなら、持ち出してるのは九つってことになる」

　戸棚の中の弁当箱は、彦之助が弁当作りを引き受けた際に、上田が届けてきたものだ。『千川』は縁日などで客が特に多い日は、賄（まかな）いを重箱に詰めて奉公人が仕事の合間につまめるようにしていた。それすら重箱をばらばらにして使っているぐらいだから、まともな弁当箱があるはずがない。『千川』はもともと仕出しをしない店だから当然のことだが、褒美の弁当なら器だってそれ相応でなければならない、と考えた上田がまとめて買い上げて届けてくれた。

届いた弁当箱は十六。さすがに多すぎるのではないか、と彦之助は戸惑っていたそうだが、評判が良ければ同僚たちも褒美に使いたがるかもしれないし、連日注文が入る可能性もある。褒美を家に持ち帰って食べる部下もいるだろうし、弁当箱をその日のうちに引き取りに行けるとは限らない。弁当箱は多めにあったほうがいい、というのが上田の言。

　置き場所がないわけではないから、と受け取りはしたが、これまでの注文はおおむね日に二つ、多くても四つだった。一度に九つなんて日はなかったのである。

「九つ……それじゃあ追加で料理を作るのも当たり前ですね」

「ああ。だが、与力様やご同僚からそんなにたくさん注文があったとは思えねえ。それじゃあ『ご褒美』の価値が下がっちまう」

「確かに……じゃあいったい誰が……」

「さてはあの野郎、よその注文を受けやがったな。あれほど安請け合いはするなと言ったのに！」

「板長さん、まだそうと決まったわけじゃありません。もしかしたら、なにかの都合で与力様やご同僚からの注文が重なってしまったのかも……」

　彦之助が献立に迷って相談に来たとき、弥一郎はしっかり釘を刺していた。さほど日が経たないうちにそうそう迂闊なことをするとは思えない。きっとわけがあるはず、と庇うきよに、弥一郎は苦虫を噛み潰したような顔で言った。

「仮に全部与力様がらみの注文だったとしたら、あらかじめ数はわかってるはずだ。あいつだって昨日今日料理の道に入ったわけじゃない。九つの弁当に詰めるのに必要な料理の量がわからないなんてことはないだろう。おきよが言うとおり、あとから慌てて作り足したってことは、前もって仕込んでおいた分では足りなかった、思いがけねえ注文が増えたってことじゃねえのか？」

ぐうの音も出ないとはこのことだ。

だが、なぜ彦之助はそんなことをしたのだろう。ご褒美の弁当ですら、届ける前日の朝、できれば前々日の昼までには知らせてくれと頼んである。その日になってから注文を受けるなんて、あり得ない話だった。

「しかも、よその注文を受けたのなら、与力様が揃えてくださった弁当箱を勝手に使ったことになる。使って減るもんじゃねえが、与力様にしてみれば気持ちのいいもんじゃねえだろ」

「そこまで心の狭いお方ではないと……」

「どうだか。あの御仁は気に入った者には親切にするが、そうじゃない者には案外冷てえ気がする。いずれにせよ、急な注文を受けたことは間違いねえ。まさかそっちにも杜撰な弁当を届けたわけじゃあるまいな……」

いても立ってもいられない様子で、弥一郎は勝手口から出ていく。

新たな客が入ってくる様子もないから、このまま裏の家に行って彦之助を問い詰めるつもりだろう。さすがに家にまで付いていくわけにもいかず、きよは板場に戻った。

へっついの前に座るなり、伊蔵が声をかけてくる。

「板長さんは？」

「裏の家に行ったみたいです」

「なにしに……あ、彦さんか」

「はい。一昨日は九つお弁当を作ったとわかって、与力様以外からの注文を受けたに違いないって」

「げ……彦さん、叱られるのかな？」

「叱るっていうか……まずは成り行きを確かめに行ったんでしょう。彦之助さんにもきっとわけがあるだろうし」

「だといいな……」

伊蔵は不安そうに戸口のほうを窺う。もちろん、そこから裏の家は見えないのだが、声だけでも聞こえないかと思っているのかもしれない。だが、ここまで声が届くようなら、彦之助は怒鳴りつけられていることになる。きよとしては、頼むから声なんて聞こえてこないで、あるいは、弥一郎を呼び戻さねばならないほど一気に客が来てくれ、と祈るばかりだった。

ところが宵五つ（午後八時）が近いせいか、新たな客はいっこうに現れない。おまけに雨が降り始め、それまでいた客たちも大慌てで帰っていった。これでは弥一郎を呼び戻す理由が立たない。どうしたものか……と思っていると、肩を怒らせて弥一郎が戻ってきた。

開けっ放しになっていた戸をぴしゃりと閉め、腰にぶら下げていた手ぬぐいを土間に叩きつける。なぜ手ぬぐいを……と思ったが、ほかに叩きつけても無事に済みそうなものがなかったようだ。まだ冷静さが残っている証、ときよはほっとした。

しばらく土間を見つめていたあと、手ぬぐいを拾い上げた弥一郎がへっついの前に戻ってきた。怒りはなおも収まらないらしく、消えかけていた炭を掻き立てる仕草が荒々しい。火の世話を終えたあと、こちらに目も向けずに訊ねる。

「俺がいない間に、なにかまずいことはなかったか？」

「いいえ……雨のせいか客足は止まったままですし、あんまり暇だから明日の仕込みでも始めようかと思ってたぐらいです」

「そうか。店としちゃ喜ばしいことじゃねえが、あの馬鹿野郎みたいに安請け合いしてんてこ舞いになるよりはいい」

「あの馬鹿野郎って……彦之助さんのことですか？」

「ほかに誰がいる？　いや、あいつは馬鹿野郎じゃねえ、大馬鹿野郎だ！」

安請け合いというからには、やはりよそからの注文を受けて手が足りなくなってしまったに違いない。どういう経緯だったのだろう、と思っていると、弥一郎の説明が始まった。

「連れに頼まれたんだとさ」

「連れ？　彦之助さんにお弁当を頼んでくるようなお連れがいたのですか？」

「あいつにだって連れぐらいいるさ。がきのころ寺子屋で一緒になって、修業に出るまではしょっちゅう会ってたそうだ。一昨日（おととい）、その連れとばったり出くわした。おまえ上方（かみがた）から戻ってきてたのか、なんて話が弾んで近況をペラペラしゃべっちまったらしい」

弥一郎は不機嫌そうに語ったが、今の彦之助は悪さをしてるわけではない。久しぶりに会った友だちと近況を語り合うぐらい当然ではないか。

けれど、弥一郎が怒っているのはそのことではなかった。どうやら彦之助は『千川』

の弁当を引き受けていることを話した挙げ句、友だちに弁当を注文されたらしい。

予定になかった弁当だから、仕込みが足りるわけがない。おまけに友だちの弁当は、上田に届けるよりも早い時刻に届けなければならなかった。上田から注文された弁当に入れるつもりだった料理を友だちの分に回した結果、ご褒美用の弁当が不出来なものになってしまったという。これでは、弥一郎が怒るのも無理はなかった。

「どうしてそんな注文を受けたんでしょう……断ればよかったのに」

「知るか！　どうせいい格好したかったんだろ。あいつ、がきのころから鼻っ柱が強くて、友だち連中にも親分気取りだったからな」

どんな理由があったにしても、もともと注文されていた分の料理を横流しするなんてありえない。自分の力量をわきまえもせず、力量を超えた注文を受けた時点で大間違いだ。そもそも弁当を上田とその同僚以外に届けることなど許していない、と弥一郎は憤る。

だが、彦之助はそれをちゃんと心得ていたのだろうか。京から戻ったばかりのころよりずっと打ち解けたとはいえ、兄弟がそこまで深く語り合っているとは思えなかった。

「その話、彦之助さんにちゃんと伝えたんですか？」

「わざわざ伝えるまでもない。当たり前の話だろうが」

「そうとは限りませんよ。神崎様に言われるまでもなく、彦之助さんだって、三日や四日に一度の注文じゃ埒があかない、もっと商いを広げたいって思ってるはずです。お弁当作りにも慣れてきたことだし、ここらでよそからの注文も……って思ったとしても不思議はないでしょう」

「だからあいつは考えなしだって言うんだ！　あれはご褒美弁当だ。褒美ってのは珍しければ珍しいほど価値が上がる。弁当の出来云々は言うまでもないことだが、金さえ出せば買えるってんじゃ褒美の意味をなさなくなっちまう」

「確かに……」

　これにはきよも頷くしかなかった。だが、彦之助は頭の悪い男ではない。それぐらいのことはわかっていそうなものなのに、どうしてそんな注文を受けてしまったのか、という疑問は膨らむ一方だ。

　弥一郎は「あいつが馬鹿だからだ」と繰り返すが、納得がいかない。ここはひとつ本人に訊いてみよう。彦之助にしても、喧嘩腰の弥一郎よりはきよのほうが話しやすいに違いない。

　とりあえず弥一郎との話はそこでおしまいにして、きよは大鍋に水を汲みに行く。今朝取った出汁の鍋はもう底が見えている。今のうちに昆布を水に浸しておけば、明日の朝慌てずに済む。大鍋を抱えて奥に引っ込むきよを、弥一郎は黙って見送った。

「あんたは先に帰っててくれる？」

その日、勤めを終えたきよは前掛けを外しながら清五郎に声をかけた。

ところが清五郎は首を縦に振らない。神崎の話も裏の家から戻ってきた弥一郎の話も聞いていたのだから、きよが彦之助と話すつもりだということぐらい察しているはずだ。

ふたりがかりでする話ではない。姉弟で行けば、彦之助は身構えるだけだろうに……

と困惑するきよに、清五郎が言う。

「俺は勝手口あたりで待ってる」

「え、でも……」

「ひとりで帰ったって飯にありつけるわけじゃねえし」

「なんだ、ご飯の心配？　それなら先に食べちゃっていいわよ」

朝炊いたご飯も味噌汁も残っている。水屋箪笥（みずやだんす）に佃煮（つくだに）も糠漬け（ぬかづけ）もある、ときよが言ってもやはり清五郎は動こうとしなかった。

「本当は飯なんてどうでもいいんだ。ただ、こんな遅くに姉ちゃんをひとりで歩かせたくねえ。雨も本降りになっちまったし……」

ただでさえ暗い夜に、雨まで降っている。辻斬りでも出たらどうする、と清五郎は心配そうに言う。だが、弟の目をじっと見ているうちに、きよは弟が姉だけを心配しているわけではないと気付いた。

「あんたも彦之助さんのことが気にかかってるのね」

「まあ、そんな感じ。あの人がしくじると自分のことみたいに辛い。きっとなにかわけがあるに違いないって信じたくなる。でも、俺じゃあ話してくれそうにないし、姉ちゃんだけのほうがいいってのもわかってるけど、やっぱり……」

「そっか。じゃあ待ってて――って言ってもまずは彦之助さんを呼び出さないと……」

そう言いながら勝手口を出たきよは、思わず声を上げそうになった。戸口が開いたのに気づいたのか、のっそり近づいてくる影があったからだ。

宵五つ（午後八時）の鐘はとっくに鳴った。こんな遅くにいったい誰が……と思って目を凝らすと、それは今まさに話をしようと思っていた男だった。

「彦之助さん……」

「勤めは終わったか？」

「ええ。ちょうど今、彦之助さんを呼びに行こうと思ってたところです」

「そうだったか……悪いな、たぶん弁当の話だろ？」

「はい。もしかしたら板長さんに言えないわけがあったんじゃないかと……」

「相変わらず察しがいい。実はそのとおりなんだ。だが、兄貴にも親父にも、言ったところでわかっちゃもらえねえと思う。それでも……」

「誰かに聞いてもらいたかった、ってか？」

きよの後ろからぬっと出てきた清五郎に、彦之助は苦笑いで答えた。

「なんだ、清五郎もいたのか。まあでも、おまえの言うとおりだよ。ほかに思いつく相手がいなかった」

「泣き言を言う相手にしちゃ、姉ちゃんはおっかなすぎるぞ。慰めるどころか、ひとつでも間違ったことをしてるってわかったら、容赦なく尻をひっぱたく」

「清五郎！」

「ほらな、こんな具合だ」

思わずきよが振り上げた右手を見て、清五郎が大笑いで言った。だが、彦之助は平然と答える。

「それはおまえがおきよの弟だからさ。俺と兄貴だって同じ。さすがにぶったりしねえけど、すーぐ頭に血が上っちまう。やっぱり身内相手だと冷静沈着でばかりはいられねえってことよ」

「なんだ。ちゃんとわかってるんですね」

「もちろん。だからこそ、黙って文句を聞いといて、あとになって愚痴を吐きに来たってわけだ」

「そこまでわかってるなら、あんたが冷静になってわけを説きゃいいじゃねえか」

呆れたように言う清五郎に、彦之助が首を横に振る。

「あー無理無理。あんなに頭ごなしに文句を言われたら、黙ってるだけで精一杯。いったん口を開いたら最後、大喧嘩になっちまうよ」

「そんなに頭ごなしだったんですか？」

「おう。開口一番、なにやってんだこのとんちき！　ときたもんだ」

「それはちょっと見てみたい気がする……とはいっても、俺が叱られるのはまっぴらだけど」

「俺だってまっぴらだが、実際に叱られちまった。それに俺自身、なんであんなこと引き受けちまったのかって後悔してる。まさかあんなにうまくいかねえとは思わなかった」

「で……どういう経緯だったんですか？」

「えーっと……俺、ちょいと離れてようか？」

いよいよ話が始まると思ったのか、清五郎が訊ねる。だが、彦之助は平然と答えた。

「かまやしねえよ。万が一、俺がおきよに尻をひっぱたかれそうになったら助けてくれ」

「しませんって！」

「そう願うよ。それでな……」

そこから始まったのは、『間が悪い』を絵に描いたような話だった。

一昨日の朝、彦之助は富岡八幡宮にお参りに行き、寺子屋で一緒だった友だちに出くわしたそうだ。

長らく会っていなかった友だちだが、朝一番で人も少なかったせいかなんとか見分けが付いた。久しぶりだな、などと挨拶を交わしたあと、お互いの近況を伝え合った結果、友だちの姉が病に伏していることを知った。

ちょうど花の季節だし、きれいな花を見たら元気が出るのではないか、ついでに旨いものでも食わせて精を付けてやりたい、と友だちは言ったそうだ。

とはいえ、その友だちも料理に長けているわけではない。当初は振売や煮売り屋で買った料理を重箱にでも詰め込んでいこうと考えていたらしいが、彦之助が親元に戻って弁当を作っていると聞いて考えを変えた。深川にこの店ありと名高い『千川』の料理を姉に食べさせてやりたい、と縋りつかれ、彦之助はやむなく引き受けた。幸いご褒美弁当用の料理は少し多めに用意してある。その友だちと姉の分ぐらいならなんとかなると思ったそうだ。

ところが、家に戻って弁当の支度をしかけたとき、その友だちが大慌てでやってきた。しかも、いきなり土下座せんばかりの様子。驚き、どうしたことだと訊ねたところ、近隣の分も作ってくれと言う。

なんでも、引き戸を開けるなり「姉ちゃん『千川』の弁当が手に入るぜ！　ご馳走を持って花見に行こう！」と叫んだ声が、隣の家にまで聞こえてしまい、『千川』の弁当たぁどういうこった、と問い詰められた挙げ句、自分たちにも食わせろ、と言われてしまったらしい。

友だちの父親は五年前に亡くなり、子どもふたりを養わねばと無理をした母親も二年前に逝ってしまった。隣人は残された友だちと姉を哀れに思い、なにかと面倒を見てくれた。懐が豊かではない姉弟に米や味噌を恵んでくれたし、振売が来れば自分たちが買うついでに姉弟の分のお菜を買ってくれることもあった。その隣人の頼みとあっては断ることなどできない。なんとかならないか、と駆けつけてきたというのだ。

彦之助はため息まじりに語る。

「俺はもともと金なんて取るつもりはなかったが、連れがそういうわけにはいかねえって言うから、与力様に納めるときの半分ぐらいの値を伝えたんだ。けど、そいつにしてみりゃそれすらけっこうな金額だったらしい。隣の親爺に、かかりは俺がまとめて払ってやるからって言われたんだとさ。こんなことならもっと安く言っとくんだった」

「後の祭りですね。それじゃあ、彦之助さんも断るに断れない……」

「そういうこと。おまけに隣の親爺はかみさんの分も欲しいっていうから合わせて四つ。もともと五つの注文だった弁当を九つ作ることになっちまった」

「ほとんど倍じゃないですか。それならお料理だって足りませんよね……」

「ああ。連れには先に注文を受けた分を拵えてからとは言ってあったんだ。それなら大急ぎで作り足せばなんとかなる。連れの分は夕方になっちまうかもしれねえが、夜桜も粋だろうって……。でも、あの日は昼前から雲行きが怪しかっただろ？　雨が降り出さねえうちに花を見せてやりたいなんて考えちまって、ついつい連れの分を先にしちまったんだ」

「確かに、夜には雨が降り出しましたね……」

「さらに悪いことに、与力様からも遣いが来た。いつもより早めに弁当を届けてくれって……」

「早めに？」

怪訝そうに訊ねたきよに、彦之助は両手の平を天に向けて答えた。

「考えることは誰しも同じ。その日のご褒美弁当をもらうのは軒並みひとり者で、みんなで弁当を持って花見に行こうってことになったらしい。で……」

「そっちも雨が降りそうだから早めに、ってことですか？」

「あたり。聞きつけた与力様が、今日は急ぎの仕事もないから早上がりしてもいい、弁当が届く時刻も繰り上げてやろうって。まったくあの与力様ときたら。部下思いなのはけっこうだが、振り回される身にもなってほしい」

その与力様のおかげで弁当作りという仕事ができたというのに、なんという言い草だろう。けれど、上田がそんな気配りをしなければすべてうまくいったはずだ。よりによってなぜこの日に……と彦之助は恨めしい気持ちになったに違いない。

できないとも言えず、慌てて料理を作り足した。冷まさねばならないとわかっていたから、少しでも長く置けるようにいつもより早く火から下ろしたせいで固さが残り、味だって十分には染みなかった。あまつさえ、ぎりぎりまで置いたせいで駆け足で届けに行く羽目に陥り、盛り付けまで崩れてしまった――それが、あの日のご褒美弁当が悪評を得た理由だった。

すべてを聞き終えた清五郎が、感心したように言う。

「なるほどな……それにしたって、長らく会ってもいなかった連れのためにそこまでするなんて、彦之助さんって案外男気があったんだな……」

「案外だなんて失礼でしょ！　あんただって、彦之助さんと同じ立場になったら同じことをするかもしれないじゃない！」

「すまねえ。つい……」

「まあそう怒るな、おきよ。俺だって、自分でびっくりしてるぐらいだ。ただ、病気の姉さんに旨いものを食わせて精を付けてやりたいって言われたら……」

「にしたってさ……」

そこで清五郎は言葉を切った。おそらく、それでももともと頼まれていた弁当を後回しにしてまでやることじゃない、と言いたかったのだろう。きよだって同じ思いだ。だが、彦之助は十分わかっているようだし、これ以上言ったら、彦之助はやさぐれかねない。言葉を切って正解だった。

「まあでも、やってしまったことはやってしまったこと。これに懲りて安請け合いしないことですね」

「ああ。次からは気をつける」

「次？」

次もなにも、病の姉を抱えた友だちがそう何人もいるはずがない。次なんてないのに……と思っていると、彦之助は妙に自慢げに言った。

「あの日拵えた弁当は全部で九つ。もうちょっと暇があればちゃんとした弁当を、盛り付けも崩れねえまま届けられた。前もってわかってさえいれば十や十五ぐらいならいける」

「でも彦之助さん、あの弁当箱は与力様がわざわざ届けてくれたもんだぜ？　よそに使うってのは具合が悪いんじゃねえか？」

「清五郎まで兄貴や親父と一緒のことを言うのか。わかってるさ。与力様以外の注文を受けるなら、弁当箱を誂えなきゃならない。だが、弁当箱さえあれば、俺はもっと手が広げられる。『千川』の儲けだって増えるじゃねえか」

「そのとおりかもしれませんけど、お弁当箱を誂えるにもお金はかかりますよ。もうちょっと考えてからのほうが……」

「それは心配ない」

彦之助は妙にきっぱり言い切る。なにか根拠があるのだろうか、と首を傾げる姉弟に、彦之助は得意満面に言った。

「弁当を届けた連れは破籠を作る職人なんだ。そいつから仕入れて、弁当箱込みの値段で売る」

「弁当箱込み……破籠ごと売りつけるってことですか？」

「ああ。与力様が誂えてくださった弁当箱は町人には立派すぎるが、破籠なら使い捨てにできる。俺は空になった弁当箱を取りに行く手間が省けるし、連れも俺も商いが広がって万々歳だ。なんならいくつかまとめて作っておいて、店売りしたっていい」

「店売り⁉　そこまで手を広げるのは早計です。ご褒美弁当にしたってまだ始めたばかりなんですよ。もうちょっと考えてからのほうが……」

「いやいや、商いは勢いが肝心だ。思い立ったことはどんどんやっていかないと」

彦之助はすっかりご褒美弁当以外の注文を受ける気になっている。これはもう、弥一郎に叱られて愚痴を聞いてほしかったというよりも、思いついた考えを誰かに聞かせたかっただけではないか、と疑うほどだった。

言うだけ言って気が済んだのか、彦之助は意気揚々と家に戻っていく。背を見送ったきよは、清五郎と顔を見合わせてため息を漏らした。

今の彦之助になにを言っても聞く耳は持たない。ただ、心配しなくても源太郎や弥一郎がきっと止めてくれる。こんな行き当たりばったりの思いつきがうまくいくはずがないのだから……

清五郎も首を左右に振りつつ言う。

「いやな予感しかしねえ。ただ俺たちにどうこうできる問題でもなさそうだ」

とりあえず帰ろう、と促され、先に立って歩き始めた弟を追う。

清五郎でさえ難しいとわかっているのに、なぜ彦之助にわからないのか。きよはもどかしさでいっぱいになっていた。


翌日も、その翌日も彦之助の様子に変わりはなかった。

その後、上田や同僚たちから弁当を注文される頻度も神崎が心配したほどは落ち込みもせず、二、三日に一度という状況が続いている。数そのものはいささか減ったように思えるが、このところ大きな事件が起こらず、手柄を立てる機会が減ったからだろう。

ところが、そのまま十日ほど過ぎ、親兄弟に諭されて考えを変えたのだ、と思いかけたある日、『千川』に大きな風呂敷包みを背負った男が現れた。

「彦之助さんはいるかい？」

その声を聞くなり、奥に続く通路から彦之助が飛び出してきた。

彦之助は朝から通路のへっついと裏の洗い場を行ったり来たりしていた。今日は弁当の注文も入っていないのにどうしたことかと思ったら、この男を待っていたらしい。どうりで、通路と板場を隔てる暖簾から顔を出しては様子を窺っていたわけだ。

「こら助次郎！　裏口に来いって言ったじゃねえか！」

「そういやそうだったな、こいつぁすまねえ」

「いいからとっとと裏に回れ！」

彦之助に蹴り出すようにされても、男は文句も言わずに店を出ていく。男はさほど大柄でもないのに、大きな風呂敷包みを楽々背負っているところを見ると、包みの中身は軽いものばかりなのかも……と思ったとたん、きよははっとした。

――あの人、この間彦之助さんが八幡様で会ったって言ってたお友だちなんじゃ……

風呂敷包みの中身が破籠なら、楽々背負えるのは当たり前だ。破籠を作るのにどれぐらい日がかかるのかは知らない。ただ、ひとつひとつはそれほどではないにしても、大風呂敷がいっぱいになるほどの数を揃えようと思ったら十日ぐらいはかかるだろう。おそらく彦之助は、きよたちと話してすぐに破籠を注文した。源太郎や弥一郎の諫めすら聞かなかったのか、ときよは虚しくなる。

「なんてこと……」

俯いて呟いた声に、弥一郎が怪訝な顔になった。

「どうした、おきよ。あの男、彦之助の馴染みのようだが、おまえも知っているのか？」

「直接は知りませんが、たぶん彦之助さんのお友だちだと思います。破籠を作ってるっていう……」

「破籠？　そういや彦之助の連れが破籠屋に弟子入りしたって聞いたことがある。名前も助次郎に間違いねえ。それにしても昼日中に、親方の目を盗んで連れに会いに来るなんて、とんでもねえやつだな」

弥一郎は渋い顔をしている。ちょうどやってきた源太郎も困ったように言う。

「助次郎は昔っから字は下手くそだし、算盤もからっきしだったって聞いたぞ。幸い手先が器用だから職人に向いてるってことで、姉ちゃんが知り合いの破籠屋に頼み込んだそうだ。姉ちゃんの顔を潰すようなことをしちゃいかんな……」

「お姉さん、ただでさえ病気なのに……」

「え？」

源太郎がぎょっとしたようにきよを見た。この様子だと、源太郎は助次郎の姉が病に伏していることを知らないらしい。おそらく弥一郎も……

「旦那さんはご存じなかったんですか？」

「初耳だ。たぶん弥一郎も知らねえよな？」

「ああ。むしろ、なんでおきよがそんなことを知ってるんだ？」

「彦之助さんから聞きました。この前、助次郎さんのお弁当を作ったときに……」

「あの弁当、助次郎の分だったのか⁉」

いきなり耳元で大声を出されてきよは仰天、人差し指を耳の穴に突っ込みながら答えた。

「助次郎さんがたまたま八幡様で出会った彦之助さんにお弁当を頼んだそうです。病気がちのお姉さんをなんとか元気づけたいって言われて、断るに断れなくなったって……」

「彦の野郎は、姉ちゃんって言葉に弱いからな。あいつはきっと兄貴じゃなくて姉さんが欲しかったんだろう」

それはどうだろうか、ときよは思う。おそらく京の修業先できよの姉であるせいの世話にならなかったら、これほどこだわることはなかった気がする。『姉が病がち』と聞いたとたん、京にいるせいを思い出し、いても立ってもいられなくなったのだろう。

いずれにしても、こんなことすら知らないのであれば、彦之助の謀（はかりごと）について知っているわけがない。きっと彦之助はなにを言われても反論も説明もせず、すべてを胸に秘めたまま突っ走ったに違いない。

「おきよ、おまえさては、ほかにも知っていることがあるな？」

「あるなら教えてくれ。手が付けられねえことにならないうちに」

源太郎と弥一郎の両方に詰め寄られ、きよは言葉に詰まった。

彦之助には、内緒で進めてふたりをあっと言わせたい気持ちがあるような気がする。

その半面、源太郎や弥一郎の気持ちだってわかる。せっかく始めた弁当の仕事をしくじらせたくない一心なのだろう。

やむなくきよは、彦之助の謀（はかりごと）についてふたりに話すことにした。

「手を広げたいってことか……」

弥一郎が遠くを見るような目をして言った。烈火のごとく怒ると思っていただけに、かなり意外だったが、源太郎も弥一郎と同じような反応だった。

「あいつだって男だ。いつまでも日雇いみたいなことはやってらんねえ、と思うのは無理もない。弁当だけしか任せてもらえないなら、その弁当の数を増やしたいって気持ちはあって当然だろうな」

「旦那さん……」

「そんなに目をまん丸にするんじゃねえよ。俺だって親の端くれ。日頃から、なんとかあいつの身が立つ術（すべ）はねえかって考えちゃいるんだ」

「おふくろにもせっつかれるしな」

「まあな。それに弁当の数を増やすってのはあながち間違いじゃねえ。ただ、いたずらに手を広げて立ち行かなくなっちまうのは困る。せめてもうちょっと段取りを踏んでほしかった」

「え、じゃあ旦那さんは彦之助さんを止めないってことですか？」

「止めるもなにも、もう破籠（わりご）は届いちまったんだろ？　しかもあの風呂敷包みの大きさからしたら相当な数だ。だったらもう進むしかねえ。もしかしたら助次郎とつるんで弁当の注文もいくつか受けちまってるかもしれんし」

　注文が増えて嬉しいのは彦之助も助次郎も同じだ。助次郎はずっと深川界隈（かいわい）で暮らしているから顔が広い。口だけは達者な男だから、あの手この手で注文取りをしたかもしれない、と源太郎は言う。

　弥一郎は弥一郎で、渋い顔のまんまで頷く。

「少なくとも買っちまった破籠の分だけでも弁当を売らせなきゃなるまい。さもないと、破籠代すら支払えねえ。おふくろあたりが、それじゃあ助次郎に気の毒だからうちで払う、とか言い出したらことだ」

　おふくろという言葉で、肩を落としつつも財布の紐を解くさとの姿が目に浮かぶ。彦之助がどんな失敗をしても、さとならとことん庇おうとするに違いない。

「さとなら言いかねんし、俺でも言うかもしれない。さすがに息子のやらかしで、よそ様に迷惑をかけるわけにはいかねえ」

「だよな……とどのつまり、うまくいくようにしてやるしかねえ。まったくあの馬鹿野郎は……」

ますます親子のため息が深くなる。それでも、なんとかして彦之助を助けようとする弥一郎と源太郎の姿が輝いて見える。やっぱり家族なんだな……と嬉しくなるきよだった。

「破籠（わりご）を使うなら、弁当箱を使うご褒美弁当のありがたみはさほど減りゃしないだろう。あとは、こないだみてえに別注文を受けたせいで与力（よりき）様に届ける分が不出来にならねえように目を光らせるしかねえ」

源太郎の言葉に、弥一郎はより一層口元を引き締める。さらに源太郎は続ける。

「とりあえず彦之助の目論見（もくろみ）を聞いてくる。近頃は彦之助が使う分も含めて料理を仕込んでるから、弁当の数が増えるならこっちの仕込みも増やさねえと」

「だな。いつ、いくつの弁当を作るのか、きちんとした数字を寄越すよう伝えてくれ」

「わかった」

かくして源太郎は洗い場に向かい、残りの面々はまた手を動かし始める。

――よかった。旦那さんと板長さんが後押しするなら安心だ。彦之助さんも助次郎さんって人の商（あきな）いも、きっとうまくいく……

　ほっとしつつ、きよは沸いた湯に青菜を放った。

　だがその安堵はものの半月で、あっさり消え去った。

「なんだってそんな無茶な数を引き受けたんだ！」

　皐月に入ってすぐの昼八つ（午後二時）、板場に弥一郎の怒号が鳴り響いた。

　相手はもちろん彦之助だが、本人は平気の平左、笑みまで浮かべている。

「たかだか十二、無茶なんかじゃねえよ」

「それは破籠だけの分で、与力様の注文が入ってねえ」

「いやいや、明日は与力様やお仲間からの注文はないよ。だからこそ……」

「ないってことはねえだろ。前に、次の八幡様の縁日に弁当を拵えてくれって遣いが来てたはずだ」

「え……」

　そこで初めて彦之助が言葉に詰まった。しばらく考えていたあと、小さく息を吞む。

「そういやそうだった！　十日も前のことだったからすっかり忘れちまってた……」

「忘れちまってたじゃねえよ！　確か与力様たちの注文は八つ、破籠の分まであわせたら二十だぞ。そんな数をひとりで作れるのか⁉」

今すぐ、破籠のほうを断るなり数を減らすなりしてこい、なんなら丸ごと日延べでもいい、と弥一郎は凄む。だが、返ってきたのは彦之助の自信に満ちた言葉だった。

「大丈夫だ。数が増えたってやることが変わるわけじゃねえ。作った料理を弁当箱に詰め込むだけ、なんとでもなる」

弥一郎はさらに苛立ちを募らせる。

「作った料理って簡単に言うな！　明日は縁日、いつもの倍ほど仕込んでも天気がよけりゃ昼過ぎには売り切れて、夜に備えて仕込み直すぐらいだ。今だって、昼の書き入れ時が終わるなり仕込みにかかってるんだぞ。ぎりぎり与力様たちの注文はなんとかするが、それ以上に作る余裕なんてねえよ！」

「そんな……」

彦之助の顔が一気に青ざめた。無理もない。今までずっと『千川』で作った料理を使ってきたのだから、明日は無理だと言われたら戸惑うに決まっている。けれど、どう考えても悪いのは上田に届ける分を忘れてよそからの注文を受けた彦之助だった。

「どうしよう……」

「だから、さっさと断ってこいって……」

「そんなの無理だ。後から受けた十二のほうは、助次郎の親方がくれた注文なんだ。明日の夜に職人仲間の寄り合いがあって、助次郎の腕を披露がてらそこで出したいからって……」

真面目に修業に励んだおかげで、助次郎はひとり立ちが近いという。親方は助次郎のおかげで破籠の注文が増えそうだし、これからのことも考えて、助次郎の腕を披露がてら仲間たちに弁当を振る舞うことにしたという。

「助次郎の親方は、もうその話を仲間たちにしちまったらしい。明日弁当が出せなかった親方の顔は丸潰れ、助次郎だって腕を認められる機会がなくなっちまう。断るなら与力様のほう。褒美の弁当なんて一日ぐらい遅れたって……」

「ふざけんな！」

そこでまた、弥一郎の怒号が飛ぶ。

先に注文してきたのは上田たちだ。そもそも彦之助の弁当作りの仕事は、はじめに上田ありきの話なのにないがしろにするなんて許されない。本末転倒もいいところだった。

「与力様のほうだって、まとめて八つなんて今までなかったことだ。しかも十日も前に知らせが来てた。きっとなにか特別なわけがある。断れるわけがねえだろ！」

「そんな……」

彦之助が頭を抱えた。どちらも断れない。かといって仕込みまで含めてひとりで二十の弁当を作るのは無理難題だった。

「もうひとつ言っておくが、縁日の『千川』はいつだっててんてこ舞いだ。だからこそ、おまえが賄い（まかない）を引き受けてくれたんだったよな？　おまえが弁当にかかり切りになるなら、みんなが食うや食わずで働きっ放しになる。俺や親父はともかく、それじゃあ奉公人たちが哀れすぎるだろ」

彦之助の肩は、これ以上はないというほど落ちきっている。

縁日の賄いは、彦之助が自ら言い出したことだし、上田たちの弁当を引き受けるようになってからも手を抜くことなく作り続けてくれている。伊蔵も、お運びをしていると、どれほど忙しくても彦之助の賄いにありつけるなら、と頑張ったし、きよや清五郎も時折入っている上方（かみがた）風に味付けされた料理をとても楽しみにしている。

今回の彦之助のやらかしは、上田たち、助次郎とその親方に迷惑をかけるばかりか、『千川』の面々まで落胆させかねないものだった。

――こうなったら仕方がない……

きよは覚悟を決め、仏頂面（ぶっちょうづら）をしている弥一郎に話しかけた。

「板長さん、私、明日一日彦之助さんの手伝いをしてもいいですか？」

「はあ⁉」

とんでもないことだ、と顔に書いてあった。もちろん、きよだって言う前からわかっている。けれど、それ以外に解決法を思いつかなかった。

実際のところ、彦之助、伊蔵、きよの三人がいつも以上に頑張って、弁当分の仕込みをするのが一番だとは思う。縁日で大忙しになるのがわかっていて、自分が板場から抜けるなんてありえない。

だが、きよが思うに彦之助には案外弱いところがある。普段は勢いよく走っているが、いったん躓いたらそのまま蹲って動けなくなるような危うさを感じる。おそらく『七嘉』にいる姉も同じように思ったからこそ、世話を焼かずにいられなかったのだろう。今の彦之助は動揺しきっているし、注文を忘れていたことで自信をなくしているようにも見える。もしかしたら、今夜はしっかり眠れないかもしれない。

気持ちも身体も万全とは言えない状態で、二十もの弁当をひとりで作れるだろうか。彦之助が聞いたら腹を立てるだろうけど、とんでもないしくじりを重ねそうだ。

それぐらいなら誰か——軽口を叩きながら手を動かせる相手と一緒に仕事をしたほうがいい。うってつけなのは自分だ、ときよは考えたのである。

だが、さすがにそんな話を彦之助の前でするわけにはいかない。なんとか弥一郎を説き伏せる手はないか、と考えを巡らせる。

「彦之助さんはいつも、通路のへっついを使ってますが、それは板長さんの目が届くように、都度味見ができるように、ってことですよね？」

「そのとおりだ」

「明日は、板長さんの代わりに私に味見をさせてください。私がつきっきりになれば、裏の家で仕事ができます」

「そうすることになにか意味があるのか？」

「料理の仕込み云々以前に、『千川』には二十ものお弁当箱を広げる場所がありません。今までは盛り付けるときは洗い場に台を出してやってましたけど、そんなんじゃ到底無理。でも、旦那さんの家ならお座敷があるし、二口のへっついもある。七輪だっていくつもありますよね？　彦之助さんとふたりで朝からかかりきりになれば、お弁当に入れるお料理も賄いも作れると思います。もちろん、賄いは簡単なものになっちゃいますけど」

途中で止められないように一気に話したあと、きよは弥一郎の様子を窺う。『ふたりで』に込めた意味をなんとか汲み取ってくれないかと祈るばかりだった。

弥一郎の眉間にはいつも以上に深い皺ができている。それでも祈りが通じたのか、しばらくして「確かにひとりじゃねえほうがいいかもな……」という呟きが聞こえてきた。

兄だけに、彦之助の質がわかっているのだろう。

そして弥一郎は、まっすぐにきよを見て訊ねた。

「自信はあるのか？」

「自信？」

「まちがいなく『千川』の味を守れるって自信だ。彦之助は未だに『千川』じゃなくて修業先で覚えた上方の味つけをねじ込んでくる」

「ねじ込んでくるって……それは彦之助さんの工夫で……」

「彦之助が考えた料理ならいい。だが、うっかりするともとから『千川』で出してる料理まで上方風にしちまってる。おきよは俺の代わりに、彦之助の勝手な味付けを『千川』の味に戻さなきゃならねえ。おまえにそれができるか？」

正面から見据えられ、きよは一瞬ひるみそうになった。いつもなら言い返すに違いない彦之助も黙ったまま……やはり相当気落ちしているのだろう。

ここで退いては最悪の結果になる。きよは、無理やり胸を張って答えた。

「やります。これまでお弁当に入れてきたのは『千川』の名物料理ばかり、味はしっかり覚えてます。板長さんの舌には見抜かれるかもしれませんが、お客さんなら十人のうちの十人、これは『千川』の料理だって言わせてみせます。力不足には違いないですが、明日だけ私に任せていただけませんか？」

「よく言った！」

いつの間に来たのか、源太郎がへっついの向こうで手を叩いて言った。弥一郎の眉間の皺がすっと伸びる。嬉しそうなふたりの顔を見て、きよは肩に入っていた力が抜けていくのを感じた。

弥一郎は満足そうにきよを見たあと、彦之助に向き直る。

「彦之助、悪いが明日の弁当に入れる『千川』の料理は俺とおきよで決めさせてもらっていいか？　この引っ込み思案がここまで言うのはよほどのことだ。おきよの自信のある料理におまえの料理を足せば、明日一日ぐらいなんとかなるはずだ」

こんな騒動に巻き込まれてなお、弥一郎は彦之助に伺いを立てる。弟とはいえ、弁当作りは彦之助の仕事、頭領は彦之助だと心得ているからだろう。

彦之助は、一も二もないという様子で頷く。

「もちろんだ。兄貴、すまねえ……」

「礼ならおきよに言え」

「私はいいんです。自分で言い出したことですから。ただ伊蔵さんは……」

ただでさえ忙しい縁日の板場を、ふたりで回さなければならない。どうしたって伊蔵にかかる負担は増える。それが申し訳ない、ときよが言うと、彦之助は伊蔵に向かって深々と頭を下げた。

「伊蔵、すまねえ……俺が欲張ったばっかりに……」

「やっちまったことはやっちまったこと。どっちも断れねえなら気張るしかねえ。その代わり、次の縁日の賄い(まかな)はうーんと贅沢なのを頼みますぜ」

「わかった。俺が身銭切る。卵でも鮎(あゆ)でも鯔(ぼら)でも、食いたいものを食わせてやるぜ！」

「うへえ……卵や鮎はともかく、鯔なんて勘弁してくだせえ」

秋や冬の鯔はご馳走だが、夏の痩せた鯔なんて見たくもないと伊蔵は嘆く。情けない伊蔵の顔つきに弥一郎と源太郎も噴き出し、重苦しかった店の中が一気に明るくなった。

「よし、じゃあ彦之助はさっさと段取りしろ。材料が余分にいるだろうから、出入りの青物屋や魚屋に知らせるのを忘れるな。おきよは明日は店に来なくていい。まっすぐ裏の家に行って、こいつを助けてやってくれ」

「合点(がってん)だ」

「わかりました」

かくして二十の、しかも上田たちと助次郎の親方と二種の弁当を作ることが決まった。明日はみんな大忙し、休む暇もないに違いない。それでも、彦之助の窮地を救う手立てを考え、自ら言い出せたことは大きな進歩だ。今までなら、思いつくことはできても弥一郎か源太郎に話を振られてようやく口を開くのが関の山、自ら名乗りを上げることなどできなかっただろう。

――この調子でいこう。一歩一歩は小さくても、足を止めない限り前に進み続けられる。進んでいるうちに、なにかすごくいいものが見つかるかもしれない！

明日は、休む暇もなく動き回る彦之助を間近に見ることができる。忙しいときほど力量が露わになる。料理人としての彦之助の力を計る絶好の機会だ。

見習うべきことがたくさんあるといいな、と思いつつ、きよは弁当に入れる料理を考え始めた。

翌日、きよはいつもより四半刻（三十分）早く長屋を出た。清五郎はどうするのかと訊ねたところ、いつもどおりに行くと言う。こんなときはたいてい一緒に早出してくれるのに、自分だけ残るというのは、今回の成り行きが気に入らなかったからだろうか……と不安を覚えるきよに、弟は笑って言った。

「今日は大変な一日になりそうだ。とりわけ姉ちゃんは、夜には精も根も尽き果ててるだろう。俺は今のうちに晩飯の支度をしていくよ」

「晩飯？　でも賄いを作るわよ？」

「そりゃ作るだろうさ。姉ちゃんが自分で引き受けたんだからな。でも、作ると食うは違うよ。きっと姉ちゃんは作るのが精一杯で、草臥れ果てて食えっこねえ。かといって、帰ってきてそのまま寝ちまったら身体を壊す」

「一日ぐらい平気よ」

「そんなこと言って、また倒れられたらみんなが困る。今日は賄いがあるからって、飯も汁も夜の分まで作ってねえだろ？」

「うん……」

「俺も全部食っちまってから気付いた。だから、今からもう一回飯だけでも炊いておく。それから……」

　そこで清五郎は、土間の隅に目をやった。そこにはよねからもらった糠で作った糠床がある。

「そいつも手入れしておくよ。姉ちゃん、漬け物を出し忘れただろ？」

「そういえば……。ごめん、お弁当のことで頭がいっぱいで忘れちゃった……」

「せっかくおよねさんが糠をくれたんだから大事にしねえと。どんどん暑くなってきてるし、明日まで置いたら酸っぱくなっちまう。俺は酸っぱい糠漬けも嫌いじゃないが、糠床（ぬかどこ）は日に一度はかき混ぜたほうがいい。入ってる瓜（うり）やら茄子（なす）やらを出して、底までしっかりかき混ぜて、明日の分の青物を突っ込む。それでいいんだよな？」

「そのとおり……ほんとにごめん」

「いいってことよ。糠床から出した分はちゃんと切って水屋箪笥（みずやだんす）に入れとく。どれだけくたくたでも湯漬けぐらい食える。そこに糠漬け（ぬかづけ）があれば言うことなし」

「清五郎……」

清五郎は鼻歌まじりに糠床に被せてあった布巾（ふきん）を取り、脇に置いてある手桶の上で絞る。青物から出た余分な水気を吸い取るために被せてあるのだが、その始末もしっかり心得ている。きよが毎日手入れをする様（さま）をちゃんと見ていたからだろう。

清五郎は子どものころからずっと家族に面倒をかけ通し。追われるように逢坂を出てきて、これからどうなることかと心配ばかりしていたけれど、今ではこんなに頼もしくなった。江戸に出てきたのは、きよばかりではなく清五郎にとっても、とてもいいことだったようだ。

そんなことを思いながら糠床をかき回す弟の背中を見ていると、不意に清五郎が振り返った。

「なに突っ立ってんだ。彦之助さんが待ってるぜ。さ、姉ちゃんは行った、行った！」

はっと我に返り、干してあった前掛けを懐に突っ込む。そういえば、昨日帰ったあと懐から出したところまでは覚えているが、洗った記憶がない。おそらく清五郎が洗ってくれたのだろう。

「あれもこれもごめん！　じゃ、行ってくるね！」

最後にもう一度詫びて外に出る。

面倒を見るほうから見られるほうに変わりつつある。情けない半面、弟の成長が嬉しくてならない。弥一郎や源太郎も、きよのことをこんなふうに思ってくれているだろうか。そうあってほしいと願いながら、きよは『千川』への道を急いだ。

「おはようございます」

弥一郎に言われたとおり、まっすぐ裏の家に行ったきよは、勝手口で声をかけた。すぐに勢いよく戸が開き、彦之助が顔を出す。

「おはよう。早くから済まねえな。今日は一日よろしく頼む」

「承知しました。で、私はなにをすればいいですか？」

「なにをって……好きにしてくれよ」

「そうはいきません。頭領は彦之助さんです。段取りはつけてもらわないと」

「かーっ！　兄貴といい、あんたといい、妙に俺を立てやがる。ここまでくると、逆に見下されてるような気がしてくるぜ」

「ひねくれたこと言ってないで、さっさとかかりましょう。無駄話してる暇なんてありませんよ！」

「そうそう、俺は、そうやって叱りつけられるぐらいがちょうどいい。えーっとまずは飯かな。どうせ届けるころには冷めちまうんだから、最初に炊いちまったほうがいいだろ」

「じゃあ、お米を洗って水に浸すところからですね」

「いや、米はもう洗ってあるからすぐに炊ける。あ、梅干しをいくつか放り込んでくれ」

「持ちがよくなりますもんね。ご飯は型で抜きますか？　それともおにぎり？」

「与力様のほうは扇の型で、助次郎のところは握り飯だな」

「いっそ、梅は刻んでご飯に混ぜ込んではどうですか？　赤紫蘇を使った梅干しなら色がきれいになりますよ。なんなら型で抜くほうも梅干し飯にしても……」

「そいつはいい考えだ。ついでに煎り胡麻も入れてくれ」

「わかりました！」

元気よく返事をし、大釜がのったへっついのところに行く。念のために蓋を取って確かめると、米は透明感のない白に変わっている。しっかり水を吸った証だ。この分だと彦之助は昨夜も遅くまで仕込みをしていたのだろう。なかなかの意気込みだ、と感心しつつきよはへっついに火を入れた。

飯炊きから始まった弁当作りは、休むことなく続いた。

飯が炊き上がったころ、芋を煮込んでいた彦之助の腹から、聞き慣れた音が漏れてきた。清五郎がしょっちゅう鳴かせているからわかる。あれは腹の虫だ。

男ってどうしてこんなにすぐにお腹を空かせるんだろう、と不思議に思いつつも、大釜の底に残っていた焦げをかき集め、出汁を取るときに削った鰹節の粉と醤油を少し混ぜてぐいぐい握る。五つほどできた握り飯を皿に盛り、彦之助の脇にそっと置いた。

「焦げ飯の始末をお願いします」

「お!?」

芋の煮え具合を見つめていた真剣な眼差しが一気に緩むと同時に手が伸びて、握り飯が彦之助の口の中に消えた。ひとつ、またひとつ……続け様に三つの握り飯を食べたあと、彦之助がぺこりと頭を下げた。

「ありがとよ」

「彦之助さん、朝ご飯は召し上がりましたか?」

「そういや食ってない。起きるなりここに来て、そのまま仕事にかかっちまった」

「それはよくありませんね」

「飯なんぞ食ってる気分じゃなかったんだよ。それに、一食ぐらい抜いてもどうってことはない」

「どうでしょ。あんまりお腹が空きすぎてると、味がわからなくなりますよ？」

「味がわからなくなる？」

「お腹が空いてるときって、なんでも美味しく感じませんか？　多少塩（しょ）っぱくても酸っぱすぎても、お腹が諸手を挙げて歓迎しちゃって、味なんて二の次とか……」

「そんなことがあるはず……」

　首を傾げつつ聞いていた彦之助は、そこでふときよの顔を見て噴き出した。

「なんだそのがきが悪さをするときみてえな顔は。さては俺をからかいやがったな？」

「だってあんまり思い詰めたような顔をしてるから。仕事は真剣に丁寧にやらなきゃなりませんけど、多少は気持ちにゆとりがないと、とんがった味になっちゃいますよ」

「だから、とんがった味になんてならないって。俺だって昨日今日料理の道に入ったばっかりってわけじゃねえんだから、塩や味醂（みりん）をどれぐらい入れればどんな味になるかぐらい心得てる」

「ならよかったです。でも、やっぱりお腹の空きすぎはよくありません」

「うん、腹が減ってては戦はできぬってのは本当かもな。こいつを食ったら俄然（がぜん）力が湧いてきた。にしても、きれいに握ったな」

釜底の焦げた飯を小さく握るのは難しいのに、と彦之助は感心している。だが、彦之助と違ってきよの手は小さいし、女にしては力もある。力を込めて握れば、一口の大きさにするのは容易（たやす）いことだった。

「女の手は、おにぎりを握るのに向いているのかもしれませんね。それに今日のご飯は真っ黒に焦げ付いたわけでもないから、さほど難しくありませんでしたよ」

「その飯を炊いたのもおきよ。やっぱりおめえはすごいわ」

「褒めてもなにも出ませんよ」

「握り飯だけで十分……。あ、そうだ……」

そこで彦之助はお勝手の奥の戸棚から湯飲みを持ってきて、水瓶（みずがめ）から水を移した。

「俺ばっかりじゃなんだから、おきよも一息入れろ」

「ありがとうございます」

へっついの火に煽られて喉が渇いていたきよは、受け取るなり口を付ける。ところが、一口、二口飲んだところで、ぎょっとして彦之助を見た。ただの水だと思ったのに、湯飲みの中身はしっかり甘い。しかも飴や蜜とはちがう上品な甘さだ。おそらく湯飲みの底にあらかじめ砂糖を入れてあったのだろう。

「彦之助さん……」

きよの様子をじっと見ていた彦之助が、片目を瞑(つぶ)って言う。

「うめえだろ?」

「美味しいですけど!」

「おきよにしてみりゃとんだとばっちり。せめてこれぐらいは褒美がないとな」

「お砂糖なんて使ったら、また旦那さんや板長さんに叱られますよ!」

「ほんのぽっちりだ。おきよに振る舞ったって言えば文句なんて言われねえさ。それに、力が湧いただろ?」

「……はい」

「ならよかった。ってことで、続きにかかろう」

ほんの短い休憩で元気を取り戻したふたりは、またへっついに向かう。

彦之助が、それぞれが作るべき料理を書き出して壁に貼っておいてくれたおかげで、作業はひどく順調に進む。次はこれ、その次はこれ、と作り続け、しばらくしたところで彦之助が手を止めて言った。

「これでよし、と。おきよに任せてあった分の煮物は上がったか?」

「はい。あとは冷まして詰めるだけ。冷める間に味もしっかり染みるでしょう」

「よし、じゃあ次は賄いだ」

「もうそんな時分ですか？」

「そろそろ昼九つ（正午）の鐘が鳴るころだ。今からかかれば、昼の書き入れ時が過ぎたあたりで食えるだろう」

「昼九つ⁉　私、昼四つ（午前十時）の鐘も気付きませんでした……」

「俺に握り飯を作ってくれたのが、四つが鳴ったすぐあとだった。一息入れるのにいい頃合いだって作ってくれたのかと思ったら、まったく気付いてなかったのか」

「ぜんぜん……ただ彦之助さんのお腹がうるさかっただけです」

「悪かったな！　まあいい、賄いにかかろう」

けっこう離れた場所にいたのになんて地獄耳だ、とぶつぶつ言いながら、彦之助が取り出したのは蒲鉾だった。

「その蒲鉾、賄い用だったんですか？　てっきり与力様のお弁当に使うんだと思ってました」

「与力様のにも入れる。ただし、そっちはちゃんとしたやつ。賄いに使うのは安く手に入ったやつだ」

「安く……それはまたどういうわけで？」

「見習いが作ったせいで不出来らしい。とはいっても、親方みたいに板にしっかり盛り上げられなかっただけで、味は変わりない。試してみろ」

そう言うと、彦之助は蒲鉾の端っこを薄く切って渡してくれた。食べてみると、確かに味はいつも納めに来る蒲鉾屋と同じ、ただしほんの少しいつもより固かった。

「いつもよりちょっと固い……盛りが悪い分、蒸したときに火が通り過ぎたみたいですね」

「固い？　言われてみれば……」

気がつかなかった、と彦之助はつまらなそうに言う。ふくれっ面で蒲鉾を切り始めた彦之助に苦笑しつつ、きよは握り飯に海苔を巻く。これは、朝まとめて炊いた飯を賄い用に握っておいたものだ。ただし、梅干しは入っていないただの塩握りだった。

昼の賄いができたのは九つ半（午後一時）、そろそろ手を休める間はなくても、つまみ食いぐらいはできるだろうと思しき時刻だった。

いつも賄い用に使っている重箱五つに握り飯や蒲鉾、芋の煮っ転がしも詰め込む。

白、黒、茶色といった地味な色合いの中、一際目を引くのは玉子焼きの鮮やかな黄色だった。

「こいつがあるとないとでは大違いだな」

「ほんと。たとえこんな端っこ、弁当に使った残りでも玉子焼きは玉子焼き。蒲鉾だって入っていますし、きっとみんな大喜びです。でも、彦之助さんは大変ですね」

「俺が？　そいつはいったいどういう理屈だ？」

「次の賄いは、『俺が身銭を切る』って言ってたじゃないですか。今日の賄いに玉子焼きや蒲鉾を入れてしまったら、次は本当に鮎でも入れるしかなくなります。お財布、空っぽになっちゃいますね」

「う……」

　言葉を失った彦之助を尻目に、きよは詰め終わった重箱を店に運ぶ。『千川』はいつも以上に大繁盛で、すべての席が埋まり、源太郎、清五郎、とらは足を止める間もなく動き回っているし、板場の弥一郎と伊蔵の額からは汗がしたたり落ちている。ちょっと見、動き回っている三人のほうが大変そうに見えるが、へっついの火に煽られ続ける料理人も大変だ。

　それもこれも自分が彦之助を手伝うと言い出したせいだと思うと申し訳ないが、頼んだ弁当が届かなくて『千川』の名を汚すよりはまし、と諦めてもらうしかない。玉子焼きと蒲鉾で精を付けて、午後も気張ってねと祈るばかりだった。

夕七つ（午後四時）、すべての弁当が出来上がった。

固かったり味が染みきらなかったりという煮物はひとつもなく、握り飯はみなきれいな俵形、上田たちの分の型抜き飯も扇の角がぴんと立っている。盛り付けはすべて彦之助の手によるものだが、塩引き鮭や玉子焼き、青菜の和え物といった色鮮やかな料理をところどころに配した弁当箱はまるで錦絵のよう……さすが絵心があるだけのことはあると感心させられる。きよも盛り付けが上手いと褒められることがあるが、一枚の皿にひとつの料理を盛り付けるのと、何種類もの料理を詰め込まねばならない弁当とでは難しさが段違いだ。

しかもいくつも同じ料理を使っていながら、上田たちに届けるものと助次郎に届けるものとで盛り付けをがらりと変えている。いつもの賄いもきれいな盛り付けだと思っていたが、それの比ではない。二種類の弁当の盛り付けを見られただけでも、手伝いに来た甲斐があったというものだった。

「じゃ、与力様の分を届けてくる」

「助次郎さんのところは？」

「それはあいつが取りに来ることになってる。俺の留守中に来るかもしれねえから、そのときは渡してやってくれ」

「わかりました。気をつけて」

「おう」

元気よく返事をして、彦之助は出かけていった。

四つずつ二列に積み上げた弁当箱を風呂敷で包み、胸にぴったりつけて抱える。足取りもいつもより心持ちゆっくりに見え、思わずきよは笑ってしまった。前に大慌てで運んだせいで盛り付けが乱れ、神崎に苦言を呈されたことがよほどこたえたようだ。だが今回は大丈夫、あの分なら錦絵のような盛り付けのまま、上田たちのもとに届くに違いない。

彦之助が出て行った直後、助次郎がやってきた。なぜか薄い板を持っているので、なにに使うのだろうと思っていたら、板の上に破籠(わりご)を六つずつ二列にしてのせ、板ごと風呂敷に包んだ。なるほど、これなら傾くことなく運ぶことができる。いい工夫だな……と思っているうちに助次郎は去り、かわりに清五郎が駆け込んできた。

「姉ちゃん、弁当は終わったか⁉」

「今、助次郎さんの親方さんの分を渡したところよ。あとはここを片付けて、夜の賄いを……」

「そんなのほっといて、さっさと店に戻ってくれよ。板場が回りきらなくて大変なんだ。伊蔵さんは慌てすぎていつもならしないようなしくじりをしでかすし、それを見た板長さんは声を荒らげるし……」

「それは大変！」

弥一郎は厳しい板長ではあるが、言動は極めて静かだ。逆に不気味で怖ろしいと伊蔵は言うものの、きよは大声で叱られるほうが嫌だ。いずれにしても、あの弥一郎が大声を出すほど忙しいなら、さっさと戻るべきだ。片付けや夜の賄い（まかない）は、戻ってきた彦之助に任せればいいだろう。

早く、早くと弟に急き立てられ、きよは小走りに店に急ぐ。洗い場から店に続く通路に入ったとたん、弥一郎の声が聞こえてきた。

「さっきも味噌汁の注文が入っただろうが！　まとめて作ることぐらい思いつかねえのか！」

「すみません……」

伊蔵は慌てて鍋に出汁（だし）を足す。おそらくもとから入っていた出汁はほぼ温まり、あとは味噌を溶くだけだっただろうに、冷えた出汁を足したせいでまた温まるのを待たねばならない。これでは先に注文した客を待たせることになってしまう。普段の伊蔵であれば弥一郎に言われるまでもなくまとめて作っただろうし、弥一郎にしてももっと早い段階で指示をしたはずだ。自分の手元で精一杯、ほかに目が届いていない証だった。

伊蔵を叱りつつ、弥一郎は焼き網に味噌漬けの鯛をのせようとしてる。これも注文が重なっているのだろう。ふたつ、みっつ……と焼き網に移し、もう一切れ……となったところで箸を滑らせる。危うく土間に落ちそうになった鯛は、きよが差し出した味見用の皿の上になんとか収まった。

「おきよ！」

「お弁当のほう終わりました。急ぎの注文は？」

「胡椒飯（こしょうめし）を頼む。常連たちの注文なんだが、酒のあとでと言われてる。いつも徳利（とっくり）を二本で切り上げる客だから、そろそろしめに入る頃合いだ」

胡椒飯は飯の上から胡椒を振りかけ、醤油で味を付けた出汁をかけて食べる。さらさらと流し込めて食べやすい上に胡椒がぴりりと舌を刺す感じが好まれ、酒のあとならなおさら堪（たま）らないと感じるだろう。ただ、胡椒飯は炊き立ての飯と挽き立ての胡椒で作るのが常だ。胡椒はともかく飯は大丈夫かと思っていたら、客が多すぎて底を突き、炊き直したばかりだという。これなら問題なく旨い胡椒飯が作れるはずだ。

座敷に目を走らせ、客の顔を確かめる。酒を呑んでいる常連は五、六人、そのうち三人はいつも連れ立ってやってくるし、炊き立ての飯があれば必ず胡椒飯を注文する。彼らの前には二本ずつ徳利が倒してあり、人待ち顔でこちらを窺っている。しめの胡椒飯を待っているに違いない。

「胡椒飯は三人前ですか?」

「そうだ」

「すぐやります」

真ん中のへっついの前に座り、小鍋に出汁を張る。常連だし、待たせてもいたようだから飯も汁も少しおまけしたほうがいい。茶碗に盛り上げた飯を見て、弥一郎がにやりと笑った。

「わかってるな、おきよ」

「これぐらいのことは……」

満足そうに頷き、弥一郎は目を焼き網に戻す。鯛に徐々に焼き目が付き、香ばしい味噌の香りが漂ってくる。

そこで伊蔵がふうっと息を吐いた。真ん中にきよが入れば、ちょっと弥一郎の目から逃れられる、叱られる回数も少しは減ると思ったのかもしれない。

三人に戻ったことで、気持ちにもゆとりが出たのだろう。確かな手つきで味噌を溶きつつ伊蔵が言う。

「ありがとよ、おきよ。もうどうなることかと……」

「ごめんなさい。私が彦之助さんを手伝うって言ったばかりに、お店が大変になっちゃいましたね」

「いや……今日は特別だ。いくら縁日だって、こんなに客が詰めかけるなんて思ってもみなかった。おきよがいなくても大丈夫なように、あれもこれも先取りして用意したはずがてんで追いつかなかった」

「ご飯も足りなくなったって言ってましたよね。どうしてそんなに……」

ふと見ると、味噌も醤油もずいぶん減っていた。いずれも使いやすいように壺に移して手元に置いているが、昨日の夜大樽から移していっぱいにしておいたのにもう底が見えている。いつもは一日を終えても半分ぐらいしか減らないのに、夜の書き入れ時を迎える前にこの有様、さぞやたくさんの料理を作ったのだろう。

それほど客が詰めかけた理由がわからない。首を傾げるきよに、料理を取りに来た源太郎が言った。

「彦之助の弁当が噂になったらしい。神崎様はよくねえ噂を聞いたらしいが、それは与力様に届けた分についての話で、彦之助の連れに届けたほうは上出来。こんなに旨いものは食ったことがねえってんで、お参りついでに寄った客が多かったみたいだ」

「彦之助さんのお弁当が宣伝になったってことですか?」

「そうだ。与力様の注文を差し置いてよそに持ってったなんて、とんでもねえことをしてくれたと思ったが、結果としてうちの客が増えた。あとであいつにも詫びなきゃならん」

それだけ言うと、源太郎はできた料理を運んでいく。いつもならもう少し話していくのに、それすらできない忙しさだった。

神崎から話を聞いた翌日、源太郎は朝一番で上田家に出かけた。褒美の弁当が不出来だったのだから怒っているに違いないと謝りに行ったのだが、笑って許してくれたそうだ。源太郎は『おきよの座禅豆』をたっぷり持って行ったおかげだと言っていたが、そうとは思えない。おそらく、若者のしくじりには寛容な人なのだろう。

——神崎様にはご心配をおかけしたけど、与力様以外のお弁当は上出来だった。その与力様たちの分にしても、今日の出来はすごくいいから悪い噂が続くこともないはず。

彦之助さんが勝手に受けた注文で『千川』のお客さんは増えたし、今日の破籠でまた増えるかもしれない。どうなることかと思ったけど、これなら全部がうまくいきそう……

彦之助も助次郎も『千川』も商いを広げることができる。三方よしとはこのことだ。

朝一番から働いて身体は疲れ切っているが、気持ちは明るい。これなら夜の書き入れどきも十分乗りきれる。

無事に弁当を作り終えてほっとしたが、それ以上に嬉しかったのは、自分が頼りにされているとわかったことだ。伊蔵はもちろん、弥一郎ですらきよの姿を見てほっとしていた。地獄で仏に会ったみたいになっていた弥一郎の顔を思い出し、きよは誇らしさでいっぱいになっていた。

母からの文（ふみ）

皐月も末が近づき、『千川』の面々は落ち着いた日々を送っている。

例年このころは普段に比べて少しだけ客足が鈍る。なぜなら五月雨が続くことで客の半数を占める外仕事の職人たちが稼ぎを得られず、料理茶屋に足を運ぶ回数が減ってしまうからだ。

中にはそれまで蓄えていた銭をここぞとばかり吐き出す剛気な客もいるけれど、職人は普段から「宵越しの金は持たねえ」と使い果たし、蓄えようなんて考えもしない者が多かった。

ただ、今年の皐月は例年に比べて売上げが減っていない。おそらくすべてを取り戻すまではいかないものの、店で飲み食いする客が減った分を彦之助の弁当が補っているせいだろう。

彦之助は、上田と助次郎の親方の注文が重なった日を無事に乗り切ったことで自信を得たのか、上田たちからの注文がなかったり少なかったりする日は破籠弁当の注文を受け始めた。数も少しずつ増え、今ではきよが駆り出された日と同じく合わせて二十の弁当、多いときには昼と夜に分けて三十近く作ることもある。

彦之助は元気いっぱいだし、伊蔵も清五郎もとらも暇すぎず忙しすぎずでちょうどいいと喜んでいる。弥一郎や源太郎も、例年ほど売上げが落ち込まずにすんでほっとしている。そんな中、ため息をついているのはきよひとりだった。

――あーいやだ。なんでこんなにくさくさするんだろう……

ふと手が空いたときに考える。答えなんて自分でもわかっている。ただその答えがあまりにも浅ましくて情けなくて、認めたくないだけだった。

そこできよはぎゅっと目を瞑る。

耳に残るのは、五日ほど前に聞いてしまった神崎と源太郎のやり取りだ。

今日は馬たちの機嫌がよく手入れも早く終わったからと日暮れ前に現れた神崎は、甘露煮の鮎と茄子の油炒め、茗荷の味噌汁で大盛飯を平らげたあと源太郎に話しかけた。

「彦之助は与力様だけじゃなく、よそからの注文も受け始めたらしいな」

「お聞き及びでしたか」

「ああ。お城の厩方たちが、近ごろ破籠入りの弁当を売る店があって、かなり値打ちで旨いらしいと話しておった。気になってどこの店だと聞いてみたら深川の『千川』だと言うではないか」

神崎は馬の扱いに秀でていて、お城の厩方たちにまで頼りにされているらしい。時には城内に招かれて指南することもあるようなので、その際の話だろう。

「それはそれは……神崎様のお仲間にまで……」

「深川界隈ならまだしも、お城の厩にまで噂が届くとは大したものだ。聞いたときは我がことのように誇らしかったぞ。彦之助はさぞや励んでいるのであろうな」

よかったよかったと相好を崩す神崎に、源太郎は深々と頭を下げた。

「ありがとうございます。それもこれも神崎様が彦之助を推してくださったおかげです」

「いやいや、やつの頑張りよ。与力様の部下たちから味や盛り付けが拙いという噂を聞いたときは心配したが、よくぞ持ち直した。しかしなあ……」

そこで神崎は眉根を寄せた。源太郎が不安そうに訊ねる。

「なにか心配事でも？」

「厩仲間たちも聞いたのは噂だけ。注文を受ける数が少ないせいか、食いたいと思ってもなかなかありつけないと嘆いておった。せっかくいい噂が立っているのに、もったいないではないか」

「とはおっしゃられても……」

　よそからの注文を受けるようになったあと、彦之助は注文分の料理を裏の家で作り、店に運んで弥一郎の検分を受けてから家の座敷で盛り付けをしている。店の中ではとてもじゃないが、その数はこなせないからだ。

　行ったり来たりは大変だし、座敷だって千畳敷（せんじょうじき）というわけではない。上田たちの分を含めて二十、うんと頑張って三十。時、手間、場所……あらゆる意味でそれが限界だった。

　ほとんどの仕事を裏の家でやっていると聞いた神崎は、しばらく考えていたあと、源太郎を窺（うかが）い見ながら言った。

「店を持たせるわけにはいかぬのか？」

「店……でございますか？」

「裏店（うらだな）でよい。手が足りぬのであれば雇い入れ、弁当屋を立ち上げたらどうだ？」

「いや、それは……」

「なぜじゃ？　与力様の分もよそに売っている分も、苦情など来ておらんのだろう？」

「まあ、確かに……」

「ならばしっかり旨い弁当が作れているということだ。『千川』の味がどうのこうのと言っていたら、いつまで経っても彦之助は一人前になれんぞ」

「一人前……」

「いずれこの店は弥一郎が継ぐ。お主たちはこの店にやつを入れるつもりはないのだろう？　それならなおのこと、彦之助は自分の店が欲しいに決まっておる。ひとり立ちさせてやればいいではないか」

親や兄の顔色を窺いながらでは、思う存分仕事ができない、と神崎は言う。少し考えていたあと、源太郎は頷いて言った。

「確かにあいつはもともと一本気。そのわりには突っ走った挙げ句しくじって気弱になることもありますが、好き勝手やらせたほうが伸びるかもしれません。京に修業にやったのも、『千川』の倅である以上、やっぱり料理で身を立ててほしいと思ったからです。彦之助が弁当屋の主でもいいと言うなら……」

「料理茶屋だけが料理人の生きる道ではない。店を持てるならそのほうがいいに決まっている」

「折を見て話をしてみます」

「それがいい」

満足そうな笑みを浮かべたあと、神崎は帰っていった。彦之助の店の足しにしてくれ、といつもより多めの心付けまで置いて……

そのとき板場はちょうど手空きだった。弥一郎は蔵に醤油や味噌の残りを調べに行き、伊蔵は賄いを食べたあと厠に行っていた。清五郎ととらは離れた席の常連と与太話に興じており、きよひとりが神崎と源太郎のやりとりを聞いたのである。

その翌日、きよはいつも以上に源太郎と弥一郎のやり取りに気を配っていた。彦之助に店を持たせるのであれば、源太郎は当然弥一郎にも相談するだろう。だが、ふたりの間で店の話はおろか、彦之助の名前すら出なかった。彦之助が味見をしてもらいに料理を持ってきたときも、醤油や味醂を足せと指示するのが関の山……夜のうちに話をするかも……と思っていたが、親子の間でそんな話があったようには見えなかった。

おそらく、相談はしたが弥一郎が反対して立ち消えになったか、そもそも神崎に話を合わせただけで、実際に店を持たせるつもりはなかったのだろう。正直に言えば、少なからず安堵したことも確かだ。

ところが、神崎が来てから三日後の夜、きよが仕事を終えて家に帰ろうとしたとき、料理茶屋仲間の寄り合いから戻った源太郎が弥一郎に話しかけた。

「幸兵衛さんのところに空きが出たそうだから、詳しい話を聞きに行ってこようと思う」

「幸兵衛さんは確か神田だったな」

「ああ。裏店で、煮売り屋のあとらしい」

「煮売り屋？　空いたってことは家移りしたのか？」

「いや、立ち行かなくて逃げちまったらしい。店賃は踏み倒すわ、鍋釜は放りっぱなしだわで幸兵衛さんが弱り果ててた。あれなら安く借りられるんじゃねえかと……」

「なるほど。そういうわけならこっちには好都合だな。もとが煮売り屋ならへっついや七輪も揃ってるだろうし、鍋釜も残ってるならそのまんま使える」

「まあ、七輪や鍋釜は売り払って踏み倒した店賃の足しにするつもりかもしれねえが、使えそうならまとめて引き取る話をつけてもいい。それも含めて訊いてくる」

「いつ行くんだ？」

「幸兵衛さんがいつでもいいって言ってくれたから、明日、昼の書き入れ時が過ぎてから行ってくるつもりだ」

「わかった。うまくいくといいな」

そこで親子の話は終わりになった。

——お店の話、なくなったわけじゃなかったんだ……。神崎様はあんなふうにおっしゃったけど、今だって彦之助さんの料理は『千川』の味から外れがち。板長さんがちゃんと直させているからこそ『千川』の弁当として出せてるのよ。あの二十のお弁当を作った日だって、私がずいぶん味を直した。たとえお弁当だけにしても店なんて……時期尚早すぎる。だが、源太郎も弥一郎も大乗り気だ。さもなければ、たった三日で店探しなんてことにはならないはずだ。

それにしても、なぜこんなに急いでいるのか。彦之助が喜んでいるのは想像に難くないし、源太郎夫婦が息子の身の立て方に悩んでいたことも確かだ。まっとうな暖簾分けであれば、『千川』の味を守らせるために目を光らせねばならないが、弁当屋であればそこまで躍起にならなくていい気もする。『千川』とは別に店を作って彦之助に任せるというのは、解決法としては打ってつけだろう。

だが、弥一郎がここまで前向きなのは不思議だ。

彼はもともと出たとこ勝負の弟とは異なり、石橋を叩いて渡る質である。弟の行く末は気にしているし、江戸に戻ってからの精進ぶりもしっかり見ているには違いないが、まだまだ店を構えるほどではないと判断しているはずだ。たとえ彦之助が大乗り気で、源太郎やさとが背中を押したところで、弥一郎が止めるはずだときよは考えていたのである。

ところが、話を聞く限り、主一家はみんなして彦之助のひとり立ちに大賛成で、一日でも早くと思っている。きよには納得がいかないことこの上なし、だった。

それでもなんとか勤めを終え、きよは清五郎とともに『千川』を出た。心なしかいつもより足取りが重い。気がつけば、ため息ばかりついていた。

――わかってる。私は彦之助さんを羨んでるだけだ。旦那さんの息子である彦之助さんを差し置いて、ちゃっかり板場に収まっていい気になってる間に、彦之助さんはお弁当作りって仕事を見つけた。そればかりか、店を持つ話まで……。今は受けられる注文の数も限られているけれど、店を構えればもっともっと商いを大きくできる。しかも、全力で後押ししてくれる親兄弟がそばにいる。口では厳しいことばかり言っている板長さんにしても、彦之助さんに困り事があると知ったら、駆けつけて助けようとするに決まってる……

後ろ盾の大きさが違う、ときよはまたため息を重ねる。かなり大きなため息だったのか、清五郎がきよの顔を覗き込むように訊ねた。

「働きづめで草臥れちまったのかい？」

「そうじゃなくて、なんだか自分で自分が嫌になってきちゃってね」

「なにかあったのか？　俺の知らねえところで板長さんに叱られたとか……」

「そんなんじゃないわ。ただ、彦之助さんに店を持たせる話が進んでるみたいで……」

「あー……おとらさんもそんな話を小耳に挟んだって言ってたけど、姉ちゃんも聞いたとなると本当なんだな。それで？」

「正直、羨ましいの」

「え、姉ちゃんも店が持ちたいの？」

「できればね。でも私には到底無理だから余計に羨ましい。私だって、旦那さんや板長さんに後押しされれば店が持てるのに……なんて思っちゃって」

「おーっと、そう来たか！」

そこで清五郎は、なぜだか盛大に笑い出した。ようやく笑いやんだあと、なおも嬉しそうに続ける。

「姉ちゃんがそこまで欲を出すなんて思いもしなかった」

「浅ましいよね……」

「とんでもねえ。姉ちゃんはなにかあるたび、『私なんて』を繰り返す。正直俺は、姉ちゃんって海老（えび）の生まれ変わりなんじゃねえかって疑ってたぐらいだ」

「海老の生まれ変わり!?」

「後ろに後ろに引っ込むとこがそっくり。まあ、それはさておき、姉ちゃんがそんな気になるなんて目出度（めでた）いじゃねえか。欲が出るのは悪いことじゃない。料理で身を立てるつもりなら、いつかは自分の店を持ちたいって思うのは当たり前のことだ。けっこうけっこう」

清五郎は頷きつつ、さらに言葉を重ねる。

「彦之助さんが旦那さんや板長さんに後押しされるのが羨ましいって言うけど、姉ちゃんが店を出してえと言ったら、逢坂のおとっつぁんや兄貴たちが黙っちゃいねえよ」

きよと清五郎の実家である『菱屋』は、『千川』に負けず劣らず、いや場所の違いを考えに入れずに言えば、『千川』よりも大店である。もしもきよが店を持ちたいと言えば、主一家同様、あらゆる手立てを講じてくれるに違いない、と清五郎は言う。

「でも私は江戸にいるのよ？　逢坂ならともかく、江戸で店を持ちたいとなったら、できることは知れてるでしょ」

店を借りるにしても、昔の仲間の伝手ぐらいはあっても親自らが検分に行けるわけではない。そもそも油問屋と料理茶屋では商いのやり方から違う。仕入れや料理に関わる知恵を授けてもらうことはできない。逢坂にいる家族に、源太郎たちのような対応を期待するのは間違いだろう。

そこまで考えて、きよはさらに嫌な気持ちになる。

彦之助と自分を比べては、自分がしてもらえそうにないことを嘆く。同じ境遇なら自分だって、と心のどこかで思っている。これまでは授かりは人それぞれ、与えられた境遇で精一杯生きるしかないと思っていたのに、いつのまにこんなに卑しい人間になったのだろう。

男女の双子の片割れとして生まれたきよは、忌み子だ。生まれたとたんよそにやられる、どうかしたら息の根を止められても仕方がなかったのに、実の親の手で育てられた。そればかりか、こうして江戸で無事に暮らし、生涯かけて打ち込めそうな仕事にだって巡り会えた。この上、人を羨むなんてもってのほかだ。

「私、前はもっと慎ましかった。今のままで十分ありがたいって思えてたのに……」

「生きてりゃ欲も出るよ。それに、謙虚も謙遜も行きすぎると周りがいたたまれねえ気持ちになる。店が持ちたいなら持ちたいって言えばいい」

「身の程知らずって思われちゃうじゃない」

「思いたいやつには思わせとけ。それに、姉ちゃんは根が正直だから、口に出すことで嘘にならねえように頑張るしかなくなるってこともあるだろ？」

清五郎は、大事なのは志を持つこと、いざとなったらなんとかなるさ、と言い残し、湯屋への道を折れていく。姉の性根が歪み始めているというのにやたらと嬉しそうで、そんな弟の気楽さまでも羨ましい。

羨ましさと妬ましさとやっかみと……頭の中がそんな汚い気持ちでいっぱいになって

いる気がする。こんなことでは神様にすら見放される。もっと真摯に生きなければ、と自分に言い聞かせても明るい気持ちになれず、きよはとぼとぼと歩き続けた。

翌日の昼下がり、源太郎は出かけていった。

『千川』を出てから戻るまでに、二刻（四時間）ほどかかっていたからよほど念入りに検分をしたのか、空いたという店がかなり遠くにあるのかのいずれかだろう。戻ったときには夜の書き入れ時が始まっており、源太郎は客の相手に忙しく、話をしている暇はなさそうだった。たとえ暇があったとしても、彦之助のいない場所で話すのは二度手間、家に戻ってからと考えたに違いない。

きよは気になってならなかったが、『千川』で彦之助の店の話が出ることがないままに、その日も次の日もその次の日も過ぎていった。

きっと意に染まない店だった、彦之助の独立の話は立ち消えになったのだ、と思っていたある日、逢坂から文が届いた。しかも差出人には母、たねの名がある。

いつもは父か長兄の清太郎なのに……と不審に思ったものの、文はいつものように父から源太郎にあてた文と一緒に届けられ、渡されたのが仕事中だったためにすぐに開けるわけにいかなかった。

はやる気持ちを抑えつつ一日の仕事を終え、帰宅後直ちに晩飯の支度、湯屋から戻った弟が飯を食べ始めたところで、ようやく文を読むことができた。

母の文字を懐かしく思いながら読み進める。時候の挨拶、きよと清五郎の身を案じる言葉のあとに続いた話に、きよは眉根を寄せる。すかさず清五郎が訊ねてきた。

「どうした？　逢坂でなにかあったのか？」

「兄さんの具合が悪いって……」

「大兄ちゃん、それとも小兄ちゃん？」

両親の間には京の料理茶屋『七嘉』に嫁いだ姉のせいを筆頭に、現在『菱屋』の主を務める清太郎、番頭の清三郎、きよ、清五郎と五人の子どもがいる。一口に兄と言っても清太郎なのか清三郎なのかわからない。清五郎が訊ねるのは当然だった。

「清三郎……小兄さんよ」

「小兄ちゃんならいつものことじゃねえか。ちょっと食いすぎたら腹下しか疝気、夏は阿せも、秋が来りゃ雁瘡、暑くても寒くても風邪をひく。まったく、あんなに手のかかる男はいねえよ」

「小兄さんだって好きで病にかかってるわけじゃないわ。それに、手がかかるなんてあんたにだけは言われたくないと思う」

「そりゃそうだけど、俺は風邪すら滅多に引かねえじゃねえか。小兄ちゃんの身体の弱さにはおっかさんばかりかおとっつぁんも手を焼いてた。おとっつぁんなんて、いっそおきよと入れ替えてえぐらいだって……」

「え、おとっつぁん、そんなこと言ってたの？」

「言ってた言ってた。同じときに同じ腹から出てきたのに、清三郎は男のくせにあんなに弱虫。それに引き替えおきよは女だてらに腕っ節は強いし、身体も丈夫。うまくいかねえもんだ、ってため息ついてた」

「おとっつぁんにしてみりゃ、店に出てる小兄さんが病(やまい)がちってのは困るでしょうね。奉公人にも示しがつかないし」

「だろうな。で、小兄ちゃんはどんな具合なんだ？　おっかさんが文(ふみ)に書いてくるぐらいだからよっぽどひどいのか？」

「熱もないし、別段痛いところもないらしいの。ただ悄気返(しょげかえ)ってるんだって……」

　母の文によると、清三郎は番頭の仕事こそそれなりにこなしているが、家に戻ると元気がない。飯もあまり進まず、気にしたたねが好物を並べても、飯に湯をぶっかけて啜り込んでおしまい。魚も、苦労して手に入れてきた山鯨(やまくじら)も喜ばない。子ども時分はさかんに食べていた豆腐にすら、ろくに手を付けない。飯のほかには漬け物ぐらいしか食べなくなってしまったという。

　母の文は、このままでは衰える一方、清三郎が喜んで食べそうな料理を知らないか、という相談だった。

「飯と漬け物ぐらいしかって……そのうち霞しか食わなくなって仙人になっちまうぞ」

「仙人になれたら逆に心配はないわよ。おっかさんは、その前にひからびちゃうって心配してるんでしょ」

「まあそうだろうな。それにしても、豆腐も食わねえのかよ……。姉ちゃんが包油煠なんて作った日にはひとり占めしてたくせに……」

「包油煠か……ずいぶん久しぶりに聞いたわ。逢坂にいたころはしょっちゅう食べてたわね。うちには油はいくらでもあったし」

　包油煠は豆腐を濡らした紙に包んで油で揚げ、とろみを付けた出汁をかける料理だが、とにかく油を使う。もともと油は高値な上に、料理に使う油はさらに値が張るから、そこらの家ではそう簡単に作れない。実家にいたころ頻繁に拵えることができていたのは、『菱屋』が油問屋だったからこそに違いない。

「やった包油煠だ、って大喜びしてたら、いつの間にか全部消えてる。ありえねえよな。弟にすら分けねえなんて」

「そういえばそうだった。小兄さんに全部食べられて、あんたが大泣きしちゃって慌てて作り直したこともあったわね」

「俺だって包油揚は大好物だったのに、小兄ちゃんときたら！」

食い物の恨みは怖ろしい、ときよは苦笑する。だが、これについては清三郎にも言い分があるだろう。清五郎も清三郎も包油揚は大好物だったのに、ひとつふたつ余ったときは必ず清五郎の器にのせられた。末っ子ゆえの特権だったに違いないが、清三郎にしてみれば面白くないに決まっている。自分のほうが年上だし、身体だって大きいのだから取り返してなにが悪い、とでも思っていたのだろう。

「あー懐かしい。包油揚はずいぶん長いこと食べてない。食いてえなあ……」

「無理よ。揚げものを拵えるほどの油は買えっこない」

「やっぱりか。あ、じゃあ賄いは？」

「お店には油もたくさんあるけど、そもそも包油揚は品書きに入ってないし、賄いにも出てこないんじゃない？」

「どうして包油揚が入ってねえんだろ。あんなに旨いのに……」

油が高いならその分売値を上げればいい、『千川』には舌が肥えた客も多いのだから、多少高くても旨ければ売れるだろう、と清五郎は言う。

だが、包油煠が品書きに入らない理由は油の値段だけではない。

「たぶん、手間がかかるからでしょ。小さく切った豆腐をいちいち紙で包んで揚げて、また剥がして葛餡をかけるなんてやってられない。しかも江戸の柔らかい豆腐では、切って包むのは難しいわ」

「そうか……じゃあ仕方ないな。でも、包油煠なら小兄ちゃんも食べそうだけど」

「もしかしたら真っ当な包油煠しか出してないのかも……」

そこできよが思い出したのは、逢坂にいたころに自分が作っていた包油煠のことだ。

初めて包油煠を食べたのは、父が持ち帰ってくれたものだった。寄り合いで出されてあまりにも旨かったから、と料理茶屋に無理を言って作ってもらったらしい。父は急いで帰ってきてくれたようだが、やはり熱々というわけにはいかず、それでも飛竜頭にも似た食感と醤油味の葛餡が合わさった優しい味に目を見張らされた。

冷めかけていてもこれほどであれば、出来立てはさぞや美味しかろうと考え、早速家で作ってみたところ、かなりうまくできたし、家族も気に入ってくれたようだった。だが、小さく切った豆腐をいちいち紙に包んで油で揚げるのは大変で、なんとか楽に作れる工夫はないかと思案した挙げ句、紙で包まずに揚げることにした。

ところが、そのままの豆腐を油に入れてみたところ、爆ぜて大変なことになった。あたり一面に油が飛び散ったばかりか、きよは手の甲に火傷を負う始末。母には叱られるし、掃除も大変だった。それでも懲りずにあの手この手でやってみた結果、油が爆ぜるのは豆腐に水が残っているからとわかった。

とはいえ、豆腐からすべての水を抜いたら凍み豆腐となり、油で揚げたところで包油煠とはほど遠い料理になってしまう。やはり紙に包むしかないのか、と諦めかけたとき、水で溶かない粉をまぶすことを思いつき、やってみたら大成功。

紙で包むよりずっと手軽だし、剥がす手間もいらない。多少水切りが足りなくても、粉をしっかり付ければ油が爆ぜることもない。さらに、余った粉で出汁にとろみを付けることもできる。料理屋は葛を使っているが、狙いはとろみを付けることにある。家で食べるなら片栗粉で十分だった。

この『きよ風の包油煠』をとりわけ気に入ってくれたのが、清三郎だった。揚げ立てはかりかりだった角が、徐々に餡に解けて柔らかくなっていく様も楽しめると、大喜びで、ことあるごとに包油煠を作ってくれとねだられたものだ。

もしかしたら清三郎は、母や奉公人に包油煠を作ってくれとねだっては、本来の紙で包んで作る包油煠が出てきてがっかりしているのではないか……

きよは、そんな気がしてならなかった。清五郎も頷いて言う。

「なるほどな……そういや、小兄ちゃんは姉ちゃんの料理を滅法気に入ってた。おっかさんはいつだっておとっつぁんに持っていってたけど、おとっつぁんが味見したあとはほとんど小兄ちゃんが食ってたらしいぞ」

「そうだったの？」

父と兄たちはたいてい一緒に食事をしていたが、せいときよ、まだ店に出ていなかった清五郎は奥で母と一緒に食べることが多かった。きよが作った料理を父に運んでいたことは知っていたが、そのあと清三郎の口に消えていたとは……

清五郎が笑いながら言う。

「いつだったか、大兄ちゃんが言ってた。俺だっておきよの料理を食いたいのに、親父の横から清三郎が全部攫っちまう。その上清三郎は、気に入った料理をこっそりきよに作らせてひとり占めしやがる。なんてふてえ野郎だって」

「清太郎兄さんまでそんなことを……」

「ま、逢坂にいたころから姉ちゃんの料理は大人気だったってこと。『菱屋』の奉公人は料理上手だけど、姉ちゃんの手前勝手な料理の作り方までは心得てねえだろう」

そこできよは、改めて母からの文を読み返す。

清三郎に食べさせようとしたものの、箸が進まなかった料理がずらずらと書かれており、その中に包油煤の名もあった。

「やっぱり包油煤も入ってる……」

「だろうな。ほかには？」

「つみ入れ汁」

「鰯の団子が入ってるやつ？」

「たぶん」

「そりゃだめだ。小兄ちゃん、青魚は嫌いじゃなかったけど、つみ入れ汁だけは苦手だったよな。なんでわざわざつみ入れ汁なんて出したんだ？　そもそも小兄ちゃん、つみ入れ汁なんて食ってたっけ？」

「食べてたわ。鰯じゃなくて鮭だったけど」

「鮭……あー！　小兄ちゃんが寝込んだときか！」

「そう。冬のさなか、風邪を引いてなにも食べられなくて、鰯じゃなくて鮭なら小兄さんも気に入るかなと思って。ちょうど塩引き鮭を捌いたあとであらがあったから」

「確か俺にも食わせてくれたよな。骨やかまにくっついてた細けえ身を集めて団子にしてあった。薄味で、刻んだ青葱がたっぷり……あれは旨かった」

「けっこうな手間だったのよ。でも、小兄さんは喜んで食べてくれたし、あのあとみるみる元気になった。きっと小兄さんにとってのつみ入れ汁は、鰯じゃなくて鮭なのよ」

「でもそんなことは、奉公人もおっかさんも知らねえ……」

「あのつみ入れ汁は、私が勝手に作って勝手に小兄さんのところに持っていったからね」

「一事が万事ってやつだな」

どれだけ清三郎が食べたいものを並べ立てたところで、奉公人も母も手本どおりの料理を作ってくれるだけ。それでは意気も上がらないだろう、と清五郎は気の毒そうに言った。

「逢坂では、私は本当に好き勝手してたから」

母は材料は好きに使っていいと言ってくれたし、いちいちそばで目を光らせることもなかった。父が持ち帰ってくれた料理を再現したときだけは、母が父の膳に運んでいったけれど、それ以外はほったらかしだった。

病を得るとてきめん食が細る清三郎のために料理を作ることはあったが、なにをどんなふうに工夫していたかなんて母は知らない。本人が食べたがった料理を出しているのに箸が進まない清三郎に、母は困り果てているのだろう。

「ほかにも勝手に作った料理があったはずだけど、なんだか思い出せない……」

「思い出せないっていうより、ありすぎてわけがわからなくなってるんだろ」

「そうかも。とりあえず、包油煠とつみ入れ汁については作り方を文にして送るわ」

『菱屋』から文が来ると、源太郎は翌日か翌々日には文を返す。以前はその日のうちに飛脚を立てることもあったらしいが、きよと清五郎が来てからは返事が書けるように遅らせてくれている。別便にするだけの銭がないとわかっているからこその配慮だが、父と源太郎は商いの連絡を取っているのだし、それ以上遅らせるわけにはいかなかった。

「それがいい。あとは俺がやっとくから、姉ちゃんは文を書きな」

「ありがとう。そうさせてもらうわ」

箱膳は自分で片付けたけれど、空になった味噌汁の鍋を濯ぎ明日の朝に炊く米の支度をしなければならない。隣のよねから七輪を借りておく必要もある。それらすべてを任せられるのはなんともありがたい。世話を焼かせてばかりだった弟がこんなに立派になった、と喜びながら、きよは文を書き始めた。

　母に文を返してから半月ほど経ったある日、また逢坂から文が届いた。

　源太郎に渡されたものの読む暇がないままに懐に突っ込んであった文を、家に帰るなり開けて見る。受け取ったときになんだか父とも母とも手が違う、と思っていたら、差出人は清三郎だった。

江戸に来てからこの方、清三郎が文を寄越したことはない。

いったいなにごとだ、と読んでみたきよは、あっけに取られてしまった。

清五郎が怪訝な顔で言う。

「小兄ちゃん、なんだって？」

「うーん、なんていうか……ちょっと読んでみて」

清五郎はおとなしく渡された文を読み始める。長くはないのですぐに読み終え、呆れたように首を左右に振った。

「なんだよ、これ。『きよの飯は旨かった、また食いたい』ばっかりじゃねえか。まるで逢坂に戻ってこいって言ってるようなもんだ。姉ちゃん、こんなの取り合わなくていいぜ」

大の男がなんて情けねえ文を寄越すんだ、と清五郎は毒づき、きよは途方に暮れる。包油煤も鮭のつみ入れ汁も作ってもらったはずなのに、まだ不満があるのか。これではほかの料理についても書き送るしかない。文を書くのは嫌いではないが、一日の勤めを終えて疲れているのに眠い目を擦って書かねばならないのは辛い。それでもやっぱり無下にはできない、ときよは文を綴ることにした。

ところが、巻紙と筆を取りに立ち上がろうとしたきよを、清五郎が止めた。

「やめときな」

「どうして？」

「どれだけ詳しく作り方を書いたところで、小兄ちゃんは満足しねえよ。おっかさんや奉公人では、姉ちゃんと同じようには作れない」

「そんなはずないでしょ。醤油や塩の量まで書くんだから」

「包油煠や鮭のつみ入れ汁だって細かく書いたんだろ？　それでもこの文が来た。同じには作れなかった、っていうより、小兄ちゃんにとっては、料理そのものよりも姉ちゃんが作ったってことのほうが大事なんだよ。どれだけ詳しく書き送ったところで、小兄ちゃんは『おきよが拵えたのはもっと旨かった』って言い続けるさ」

「そんな……」

「とどのつまり、小兄ちゃんは姉ちゃんに戻ってきてほしいんだよ。まったく、おっかさんの次は小兄ちゃんかよ！」

先だって父が江戸に来たとき、母がきよと清五郎を逢坂に戻したがっていると聞いた。父は、なんで連れ帰らなかったと文句を言われそうだ、と苦笑いで帰っていったが、その後なにも言ってこないところを見ると、母を説き伏せてくれたのだろう。

それなのに、今度は次兄が同じようなことを言ってきた。もしかしたら、母もまだ諦めておらず、清三郎の具合の悪さに乗じたのかもしれない。

「まったく……姉ちゃんの人気にも困ったもんだ」

「そんなこと言われても……。それに、おっかさんが戻ってきてほしいのは、私よりあんたでしょ」

「どうだろうなあ……。俺に戻ってほしいのも嘘じゃねえだろうけど、おっかさんは、娘が家にいなくなって寂しいのかもしれねえ」

「そうね……おっかさんは、せい姉さんがお嫁に行っても、私はずっと家にいるもんだと思い込んでたに違いないわ」

「うん。さもなきゃ、せい姉ちゃんをもっと近場に嫁にやったはずだ」

江戸ほどではないが、逢坂と京だってそれなりに遠い。隣のよねにしても、娘のはなの嫁入りにあたって、できるだけ近所に住まわせたいと言っていた。あの気丈なよねですらそんなことを言うのだから、やはり娘は近いところにいてほしいものらしい。

『菱屋』には娘がふたりいる。本当はどっちも近くにいてほしいけれど、ひとりはずっと家の奥に隠れ住んでいて、この先だってどこにも行きっこない。それならもうひとりは遠くに嫁がせてもいい。嫁ぎ先は京でも指折りの料理茶屋だから、きっと幸せに暮らせるはず……と母は諦めたに違いない。

「とどのつまり、俺さえやらかさなきゃ、平穏無事だったんだよな」

肩を落とす弟に、きよは笑って言う。

「何度も同じこと言わせないで。あんたが『やらかした』からこそ、今があるの。大手を振って外を歩けるのも、料理っていう道を見つけられたのも江戸に来たおかげ。少なくとも私はとっても感謝してる」

「うん……」

清五郎は照れくさそうに笑ったあと、真顔に戻って言う。

「にしても、小兄ちゃんはどうしたものかな。さっきは取り合わなくていいとは言ったものの、なしの礫（つぶて）ってわけにはいかねえし、逢坂に戻るなんてもっとありえねえし……」

「逢坂に戻る……それも案外……」

思わず漏らしたあと、自分の言葉に驚く。言葉というよりも、戻ることをちらりとでも考えたことに……

清五郎がぎょっとしてこちらを見た。

「姉ちゃん!? 案外ってなんだよ！ まさか戻る気なんじゃ……」

「本当に戻ったりしないとは思う。ただ……」

「ただ、なんだよ」

「逢坂に戻ったら……ううん、なんでもない！　とりあえず、小兄さんが好きだった料理の作り方を送るわ。前におっかさんに文を送ったあと、いくつか思い出して書き留めておいたのがあるから」

疑わしそうに見ている清五郎ににっこり笑い、きよは立ち上がった。すでに書いたものがあるから、あとは時候の挨拶でも足しておけばいい。今日は一日中忙しかったから、さっさと済ませて休みたい。

それよりなにより、ふと頭に浮かんだ、逢坂に戻れば彦之助のように親に後押ししてもらって店が持てるかもしれない、という考えを振り払いたかった。

――たぶん、私はおかしくなってる。それまで露ほども思っていなかったのに、あの『きよ』という名が入った緋色の暖簾の夢を見てから、店を持つことが頭から離れない。彦之助さんの店の話も気になってならない。あの人が店を持てるなら私だって……なんて思ってる。途中で逃げてきたとはいっても、何年も京で修業してきた彦之助さんと肩を並べられるわけがないのに……

彦之助に『姉弟子』なんて言われていい気になっていたに違いない。腕はもちろん、料理についての知識も足りず、素人に毛が生えたような自分が、親の力で店を構えたところでうまくいくはずがない。片や彦之助は『千川』の片隅とはいえ、弁当作りを始めて半年以上が過ぎ、すでに人気になっている。店を開けば、もっともっと客は増えていくだろう。

きよが店を持つ日が来るとしても、今ではない。むしろ、店を持ちたいなら、脇見をしていないでしっかり修業をすることだ。彦之助がどうしようが関係ない。

自分に言い聞かせつつ、きよは水を張った鍋に昆布を入れる。文を書く前に明日の汁の支度だけでもしておこうと考えたのだ。少しずつ水を吸って膨らんでいく昆布が、自分のように思える。

昆布はそのままでは役に立たない。水の中に入れなければ旨みは溶け出さないし、水を吸わせなければ固くて食べられない。

今は自身に水を吸わせ、すべての料理の元となる出汁に変える時期——何度もそう己に言い聞かせるきよだった。

きよが再び彦之助の店の話を聞いたのは水無月の半ばを過ぎたころ、およそ二月ぶりに現れた大層腰の軽い与力からだった。

「彦之助の店を探していると聞いたが、もう決まったのか？」

豆腐田楽と座禅豆でひや酒を呑み、しめに大根飯を茶碗に二杯平らげたあと、出てきた上田の問いにきよは耳をそばだてた。

至って愛想よく源太郎が答える。

「おかげさまで。運良く、鍋から釜から放りっぱなしで夜逃げしちまった煮売り屋のあとに入ることになりました」

「夜逃げ？　それはいささか縁起が悪いのではないか？」

「そんなものは気の持ちようでございます。聞けば夜逃げした煮売り屋はそもそも阿漕(あこぎ)な商売ぶりで評判が悪かったそうです。そのあとに入って真っ当な商い(あきな)をすれば、むしろいい噂が立つことでしょう」

「なるほど、考えようだな。で、場所はどのあたりになる？　わしや同僚たちは今までどおりに届けてもらえるのだろうな？」

気になるのはその一点のみ、と言わんばかりの上田に、源太郎は苦笑しつつ答えた。

「もちろんでございます。見つけた店は神田明神(みょうじん)の近くにあります。しばらくして慣れてくれば、作り置きを店売りするつもりのようですから、お立ち寄りいただければご褒美のお弁当ばかりではなく、与力様やおりょう様にも使っていただけるのではないかと」

「神田明神！　神崎の家からなら、ここに来るのと大差ない。それなら会えなくなる心配もない」

弁当を買える買えないよりも、彦之助の顔を見られることのほうを喜ぶかもしれぬ、と上田は笑う。

神崎が怪我をして彦之助が食事の世話をしに行ったあと、ふたりはすっかり懇意になった。『千川』に食事をしに来たときには、必ず彦之助に声をかけているようだし、彦之助のほうも神崎が来ていると聞けば挨拶に来る。

彦之助が自分も通える距離に店を構えるとなったら、誰よりも喜ぶのは神崎かもしれない。

「やはり……。彦之助も、神田なら神崎様にも来ていただけるだろうと喜んでおりました。『千川』に来る機会が減りすぎるのは困りますが、時には彦之助の店を使っていただければ、と思います」

「そうだな。まあ、あいつは馬に負けず劣らず丈夫だし、飯も自分で作れないことはないが、弁当が買えるのは便利に違いない。なにより神崎は、人より馬が好きという男だ。彦之助は、その神崎が珍しく付き合いを深めている相手、顔を合わせる機会は多いほうがいいに決まっておる」

人との付き合いを学べるよい機会だ、と上田は嬉しそうに言う。そこまで言われるなんて、いったい普段の神崎はどんなふうなのだろう。『千川』の面々とはごく普通に付き合っているように見えるだけに、きよは不思議でならなかった。

「して、店はいつから？」

「水無月の内にあれこれ調え、文月の頭には暖簾を掲げるつもりです」

「文月……もう半月もないな。わしらからの弁当の注文は相変わらずの数だし、近隣からの注文も受け始めたと聞いておる。さぞや忙しいことだろう」

「彦之助はまだ若いですし、本人は店を持つことを滅法楽しみにしております。むしろ張り合いがあるせいか、肌の色艶もこれまでよりぐっとよくなったようです」

「それはよい。いずれにしても、無理だけはせぬように。開店早々店主が倒れては、話にならんからな」

「ありがとうございます。彦之助によく言い聞かせておきます」

「それで、今日は彦之助は？」

上田が首を伸ばして板場のほうを見てきた。暖簾の向こうのへっついに彦之助の姿がないかと思ったのだろうが、ちらりと見える通路のへっついの火は消えている。

今日は上田たちからの弁当の注文もないし、近隣の分も引き受けなかったらしく、朝から彦之助の姿を見ていない。そういえばどこに行ったのだろう……と思っていると、源太郎が答えた。

「彦之助は、神田に出かけております」

「店の支度か？」

「いえ、店のほうはあらかた調（ととの）いましたので、家の支度を」

「家も構えるのか？」

「仕込みやらなんやらを考えると、ここから通うのは難儀すぎます。店には二階がありますので、そちらで寝泊まりすることにしました。それと、ついでに人に会いに」

「ほう……人とな？」

「はい。たとえ弁当だけとはいえ、なにからなにまでひとりでは難しいので手伝いを入れることにしたんです。できれば料理人がいいということで探していたのですが、紹介してくれる人があって会いに行きました。神田なら、雇うと決めればそのまま店も見てもらえて好都合ですし」

「なるほど。店も家も人も支度は着々と、ということだな。それで、もう店の名は決めたのか？」

「名？　いえ、別段……」

「店を構えるからには名がいるだろう」

「そうですね……では『彦之助弁当』とでもつけましょう」

「彦之助の弁当屋だから『彦之助弁当』か？　ひねりがないし、堅苦しすぎる。そうじゃな……いっそ『ひこべん』とでもするがいい」

「『ひこべん』……それは親しみやすそうですな」

「うむ。これで名も決まった。けっこうけっこう」

ではこれは開店祝いじゃ、と心付けを残し、上田は上機嫌で帰っていった。源太郎がいつもの倍以上だと驚いていたから、神崎だけではなく上田もかなり彦之助を気に入っているのだろう。

今まではきよのことばかり気にかけてくれていたのに、今日はきよの『き』の字も出なかった。話の成り行きを考えればやむを得ないこととはいえ、きよは寂しくてならない。なにより、主親子はきよに彦之助の店の話をなにひとつ教えてくれない。

品書きには『おきよの』と付けられた料理が並んでいるし、その数はどんどん増えている。きよが板場に入る前から出していた料理でも、新たな工夫を求められることも多い。伊蔵はもちろん、弥一郎も自分を頼りにしてくれていると喜んでいた。けれど、ここに来て弁当の店をどうするかなんておまえの立ち入る話ではない、と戸を立てられてしまった。

所詮奉公人は奉公人、家族とは違う。なんでもかんでも相談されるわけがない。頭ではわかっていたつもりだったが、実際に蚊帳の外に置かれるとなんとも虚しい気持ちになる。身の程を知れと言われた気がして、きよは深いため息を漏らした。

さらに気になるのは、彦之助が店に寝泊まりするという話だ。毎日通うのは大変というのはよくわかるし、二階があるならそこで暮らすほうが便利に決まっている。けれど、彦之助が引っ越すことになるなんて、今の今まで考えてもいなかった。店を構えるにしても、もっと近くて源太郎や弥一郎の目が届きやすい場所を選ぶとばかり思っていたのである。

同じ料理の道を選んだ者として、切磋琢磨していこうと思っていた相手が深川を去る。きよにとって彦之助は、心底気軽に言葉を交わせる相手だった。料理を作っている間でも、これは『千川』の味ではないと思えば遠慮会釈なしに指摘した。歯に衣着せぬとはこのことだ、と彦之助本人から言われたこともある。ある意味、それほど気を許した相手だったのだ。

源太郎は、古い付き合いの父に頼まれてきよと清五郎を引き受けてくれた。無理を言っているのはこちらなのだから、迷惑をかけてはいけない、失礼なことをしてはいけない、少しでも役に立たねば、と肩に力が入りっぱなしで気疲れすることも多かった。

そんなきよにとって彦之助の存在は貴重だった。彦之助と軽口を叩き合うことで、元気をもらっていたのかもしれない。

——どうやら私は、彦之助さんのことを友だちみたいに思ってたらしい。それならそれで、羨ましいとか寂しいとか言っていないで、新しい門出を祝うべき！

そしてきよは、落ち込みそうになる自分を励ます。躍起になって手を動かしていても、ふとした拍子に彦之助のことが頭を過り、途方に暮れるきよだった。

上田が訪れた翌日の夕七つ（午後四時）、『千川』に飛脚が文を届けに来た。文は一通だけで差出人は逢坂の母。どうやらたねは『菱屋』と『千川』のやり取りに乗じてではなく、ひとりで飛脚を立てたらしい。

これはよほどのこと、すぐに読んだほうがいい、と弥一郎に促されて文を開いたきよは困り果ててしまった。

文には、きよが送った説明書きのとおりに料理を拵えているが、何度作っても清三郎は気に入ってくれない、とうとうしびれを切らして自分で作ると言い出した、とある。

母曰く、きよにできるのであれば、同じときに同じ腹から生まれた自分にだってできるはず、と思っているのだろう、とのこと。

ところが、いざ台所に入らせてみたら、やっぱりうまくいかない。それどころか、包丁で指を切ったり火傷をしたりとひどい目にあっている。指に怪我をしたときは、筆が持ち辛くなって番頭の仕事にも支障を来した。父の五郎次郎は言うに及ばす、清太郎も腹を立てているし、奉公人たちにも示しがつかない。

本人は本人で、妹は料理で身を立てようとしているのに、自分は好きなお菜ひとつまともに作れない、とふさぎ込む一方でどうしようもない。きよにも思惑があるに違いないが、江戸でなくとも料理はできる。むしろ、天下の台所と呼ばれ、材料も豊富な逢坂のほうが道を究められる。舌の肥えた逢坂の人たちを満足させてこそ、腕利きの料理人と言えるのではないか。清三郎のことだけでなく、これからの身の立て方を考えても逢坂に戻ったほうがいい、というのが母の文の大要だった。

眉根を寄せたままのきよに、弥一郎が訊ねる。

「難しい顔だな。どうした？」

「実家の兄の具合が思わしくないようで……」

「前にもそんな文が来ていたな。確か二番目の兄さん……」

病が長引いているのか、と弥一郎は心配そうにしている。だが、清三郎の具合の悪さは病より気鬱というべきものだった。

「なんだかずっと具合が悪くて、私は季節の変わり目だからだろうと思ってたんですが、夏が来ても調子が戻らないみたいです」

「それで、おっかさんはなんて？　江戸ならいい薬が手に入るんじぇねえか、とかいう話なら、深庵先生にでも相談してみたらどうだ？」

深庵というのは、腕ばかりではなく面倒見もよく頼りになると評判の医師で、以前清五郎が川で流されていた女を助けたときにも世話になった。病や薬の相談には打ってつけの人物に間違いないが、今の清三郎の助けになるとは思えない。

きよが答えに困っていると、客の注文を聞き終えた清五郎がやってきた。

「板長さん、たぶん逢坂の兄貴の不調は医者や薬じゃどうにもなんねえやつだと思いますよ」

「そいつはいったいどういうことだ？」

「兄貴の病は、姉ちゃんが逢坂に戻らなきゃ治らねえ。だからこそおっかさんは、躍起になって文を寄越してるんです」

「はあ⁉」

弥一郎が素っ頓狂な声を上げた。伊蔵も目を見開いている。

「ちょっと、清五郎！　余計なことを言わないで！」

慌てて止めるきよを尻目に、清五郎は自分の憶測を語り始める。それはきよ自身が薄々感じながらも、勘違いであればいいと思っていたことだった。

「姉ちゃんとすぐ上の兄貴は、とにかく仲がよかったんです。子どものころなんて朝から晩まで一緒にいましたし、兄貴が店に出るようになったあとも暇さえあれば姉ちゃんのとこに来てあれこれ話してました」

「そんなに仲のいい兄さんがいたのか……。それなら、江戸に出てきたときは大変だっただろうに」

「もう大騒ぎでした。『なんでおきよまで連れていくんだ、清五郎がひとりで行けばいいだろう』って……」

「え、そうだったの？」

そんな話は初耳だ。驚くきよに、清五郎は笑って言った。

「おっかさんに泣きついてた。さすがにおとっつぁんには言えなかったんだろ。俺もさんざん文句を言われたよ。おまえがやらかしさえしなければ、って」

「全然知らなかった」

「だろうな。小兄ちゃん、俺がひとりのときを見計らっては恨み言を垂れ流しに来てたから」

「なんて情けない……おっとすまん。おまえたちの兄さんだったな」

「兄貴は昔っからそういうところがありました。姉ちゃんのほうがよっぽど腹が据わってます。三年も過ぎたんだから、もういい加減慣れて平気になったと思ってたのに、今になってふたりがかりで文を送りつけてくるなんて」

「兄さんの文にはなんて？」

「姉ちゃんの料理が食べたい、ってばっかり。でも、料理云々は口実、実のところ姉ちゃんに戻ってきてほしいだけ。兄貴は姉ちゃんがいないのが寂しすぎておかしくなっちまってるに違いありません」

「おっかさんが逢坂に戻したがってるのは、清五郎だとばかり思ってたが……」

「前はそうだったかもしれませんが、今は姉ちゃんです。おっかさんは、姉ちゃんさえ戻せば俺も付いてくると思ってそうだし、兄貴はとにかく姉ちゃんに戻ってきてほしい、ってんで矢の催促。料理はただの口実だと俺は思ってます」

「『将を射んと欲すればまず馬を射よ』って話じゃないのか……」

「小兄ちゃんに限って言えば、狙いは姉ちゃん。まったく情けない……」

いったいいくつになったんだよ、と清五郎は清三郎を罵っているが、それも酷な話だ。

清五郎には、母の腹の中からずっと一緒にいた兄妹の絆の深さはわからない。それに、逢坂にいた時分の清五郎しか知らない清三郎にしてみれば、『おまえこそいつまでおきよの世話になっているつもりだ』と言い返すことだろう。

江戸に来てから清五郎は変わった。ちょうど大人になるころだったのかもしれないが、面倒も心配もかけてばかりだった弟が、今では飯も炊いてくれるし、強い匂いに顰めっ面になりつつも糠床に手を突っ込んでくれる。なにより、きよの身体への気遣いは並大抵ではなく、一昨年のように寝込ませてはならないと己に言い聞かせているようだった。

清五郎を見ていると、つくづく人は育つのだと思う。清五郎だけではなく彦之助にしても、修業に出るまでは立ち居振る舞いだけではなく料理の腕も目も当てられなかったそうだ。京から戻ったばかりのころ、弥一郎や源太郎が彦之助を軽く見ていたのも、子どものころの彼を忘れられなかったからに違いない。

けれど、清五郎も彦之助もずいぶん変わった。やはり『外の飯を食う』というのは、大人になっていく上で大事なことのようだ。もちろん、清太郎や弥一郎のように、外に出なくても立派な大人になる人間もいるだろうが、それは長男として跡を継ぐことを前提に育てられたからだ。

清太郎や弥一郎だって長男ではなかったら、今のようにしっかりした男になっていないような気がした。

「おい、おきよ！」

いきなり弥一郎の声がした。

はっとして顔を上げると、みんながこちらを見ている。どうやら思いにふけっている間に、何度も呼ばれていたらしい。

「すみません！　なにをしましょう⁉」

てっきり仕事を指示されたのだと思って訊ねると、弥一郎が呆れた声で言った。

「なにをって……おまえは今、座禅豆を煮ているじゃねえか。へっついはふさがってるし、作り置きしなけりゃならない分はとっくに仕上がってる。俺はただ、おまえの意向を聞きたいだけだ」

「意向……ですか？」

「ああ。おっかさんは、おきよに帰ってきてほしいんだろ？」

「そうなんです」

「それは清五郎込みの話か？」

「できればふたり一緒にと思ってるはずですが、とりあえず今は私だけのようです」

「そうか。前にも同じことがあったが、あのときは末っ子を連れ戻したいだけのようだったから、なんなら清五郎だけ帰らせればすむと思ってた。だが、今の狙いはおきよ自身。しかも、兄さんの具合が悪いとなると……」

「もしかして、逢坂に帰れと？」

「おまえ次第だが、そのほうがいいと思うなら……」

一番に止めてくれると信じていた弥一郎の言葉に、きよは血の気が引く思いだった。

彦之助の手伝いをした日、『千川』の板場に戻ったきよを見て、ほっとしたように見えたのはただの思い込みで、その実、頼りになんてされていなかった。清五郎や彦之助同様、伊蔵だってどんどん育っている。もうきよなんていなくてもいい、と弥一郎が考えているとしたら、あまりにも辛い。

きよは言葉をなくし、呆然と弥一郎を見る。そのとき、源太郎のからかうような声が聞こえた。

「よく言うよ」

彼は朝から、彦之助の店を世話してくれた幸兵衛に、文月はじめから店を開けることになったことを知らせがてら、礼の品を届けてくると言っていた。

幸兵衛とは昔からの呑み友だちらしく、てっきりゆっくりしてくると思っていたが、もう戻ってきたらしい。

「なんだ、親父か。ずいぶん早かったな」

「ああ。俺はゆっくりするつもりだったが、幸兵衛さんが忙しくてな」

「忙しい？　ほとんど楽隠居だって聞いてたが……」

「娘が孫を連れて戻ってきてたんだ。久しぶりらしいし、それなら俺なんぞより孫の相手がしたかろうってんで、さっさと帰ってきた」

「そうだったのか。だが、『よく言うよ』とはどういう意味だ？」

「そのまんまだよ。物わかりがいいことを言ってるが、おきよにいなくなられたらおまえはお手上げじゃねえか」

「お手上げってことは……」

弥一郎が、口の中でもごもご呟いた。そんな弥一郎ときよを交互に見たあと、源太郎はにやにや笑いながら言う。

「ま、お手上げは言いすぎかもしれねえが、困るのは間違いない。でなきゃ、わざわざ神田あたりに店を借りたりしねえ」

「そういえば彦之助さんの店は神田でしたね……でも……」

自分の進退と神田に店を借りることにどんな関わりがあるというのだろう。きょとんとするきよに、源太郎はにやにや笑いのまま言う。

「ちっとやそっとで助っ人を呼べねえぐらい離れ……」

「親父、戻ったんなら働け！　客が待ってる！」

普段の弥一郎からは考えられない大声に、源太郎も奉公人たちも、品書きを見て注文を決めようとしていた客たちまでも、ぎょっとして板場を見る。

衆目を集めたことに気付いたのか、弥一郎が気まずそうに咳払いをした。

「と、とにかく、くっちゃべってるほど暇じゃねえ。みんな自分の仕事をしろ」

「へえへえ、それ以上言うなってことだな。わかったよ」

とりあえず着替えてくる、と源太郎は裏の家に帰っていった。残された奉公人たちも、それぞれの持ち場に戻る。腑に落ちない思いを抱えたまま……

――あれってどういう意味だろう。すごく気になる。旦那さんも、最後まで教える気がないなら話し始めなければいいのに……

いっそ本人に訊ねてみようかと思ったけれど、弥一郎は目を合わせようともしない。折を見て源太郎に訊ねるしかないと思いながらも、そのあと立て続けに客が入ってきて、それどころではなくなった。そのまま夜まで客足は衰えず、料理以外のことを考える暇は一切ないまま一日が過ぎていった。

帰りに湯屋に寄って戻った清五郎が、箱膳の前に座りながら言う。

「あー草臥(くたび)れた。ここしばらく縁日でもないのに忙しい日が増えたな。彦之助さんの弁当がいい宣伝になってるってのは本当みたいだし、旦那さんたちは儲(もう)けが増えてほくほくだろうけど、俺たちにとっちゃ、ただ忙しいだけだもんな」

忙しくて給金が増えるわけじゃねえし、とぶつくさ言う弟を軽く睨みつつ、きよは冷えた味噌汁を注ぐ。

「文句を言うんじゃありません。奉公人なのに通いを許してもらえて、仕事帰りに湯屋に寄ってさっぱりできる。ご飯だってちゃんと食べられてるし、そのあとは誰にも邪魔されずにしっかり眠れるじゃない」

住み込みの場合、ひどい主(あるじ)にあたると、疲れ果てて床(とこ)に入ろうとしたとたんに用事を言いつけられる。朝も早いうちから起きねばならないし、主と同じ屋根の下では気が休まらない。それに比べれば、今の姉弟の暮らしは贅沢そのもの、文句を言っては罰(ばち)が当たる。

「そりゃそうだけどさ……。あ、そうだ、さっき面白い話を聞いたよ」

「面白い話って？」

「湯屋に長屋の大家らしいやつが来ててさ、裏店(うらだな)が空きっぱなしになってるから借り手を探してるけど見つからねえって嘆いてた」

「へえ……どこいらの人？」

「よくわかんねえけど、竪川がどうのこうの言ってたから本所界隈じゃねえかな」

「そのあたりなら借り手はいくらでもいそうだけど」

「ちょいと広くて店賃が高いらしい。その上、家主がうるさくて、なんとか大家が借り主を見つけてもちょっとでも素性が怪しいと貸さねえんだとさ」

「あらあら、それは大家さんは大変ね。でもそれのどこが面白いの？」

本所でというのは珍しいが、長屋の借り手が見つからないというのはよくある話だ。『面白い』というほどではない、と思っていると、清五郎がぽんと膝を打った。まるで講釈師のような仕草に、きよは笑ってしまう。

「面白くなるのはここからさ。なんでもその大家、旦那さんに話を持ちかけたらしい」

「旦那さんって……うちの？」

「『千川』の旦那って言ってたからな。この界隈にほかに『千川』はねえだろ？」

「まあそうね。でも、どうして？」

「『千川』の下の息子が近々店を開くかもって噂を聞きつけたみたいだぜ。でも、断られたんだってさ。しかも門前払いだったたって」

「そりゃそうよ。店はもう神田に……」

「じゃなくて、その前。皐月の末ごろの話だって」

「皐月の末……」

それなら神崎が源太郎に、彦之助に店を持たせてはどうか、と話していったころだ。あのとき源太郎は、かなり前向きに考えるような口ぶりだった。いくら神田の店の話が進んでいたとしても、もっと近い場所に空きがあれば、見に行くぐらいするだろう。少なくとも、門前払いなんてするはずがない。

「お弁当屋には向かない造りだったんじゃない？」

「どうだろ……へっついは二口のがあるって言ってたし、広さもそこらの長屋の倍ぐらいあるらしいよ。前は畳屋が使ってたらしく、でっかい台もある。だからこそ店に打ってつけ、『千川』の息子なら素性も確かだから家主から文句も出ねえと思って話しに行ったのに、って嘆いてた」

「でっかい台……それはお弁当を詰めるのに便利でしょうね」

「だろ？　しかも本所なら深川の目と鼻の先。旦那さんや板長さんの目もよく届くから、彦之助さんだって安心だろうに……」

「それはきっと、彦之助さんがあんまり近場だと頼りっ放しになってよくないと思ったのよ」

「どうだろ？　彦之助さんなら頼りっきりより、好き勝手してえって思いそうだ。だとしたら、余計に旦那さんや板長さんは近くに置いときたいと思わねえか？　もしくはおかみさんが寂しがって止めるとか……」

やっと戻ってきた息子がまた出ていってしまう。彦之助は清五郎同様末っ子だから、さとが遠くにやりたがらないのではないか、と清五郎は言う。

「うーん……それならますます本所のほうがいいわよね。そのころもう神田の話があって、道具が揃ってるって聞いてたとしても、楽に行き来できる場所を選びそうなものだけど」

「謎だよな。でも、このあたりに昼間旦那さんが言ってた『よく言うよ』の秘密がありそうな気がする。板長さんと旦那さんの間に、俺たちには予想もつかねえ思惑があるんじゃないのかな。そういや、『ちっとやそっとで助っ人を呼べねえ……』なんてことも言ってたな。やっぱり彦之助さんに甘えが出ねえように、ってことか……」

「かもねえ……あーもう、なんでそんな話を聞きかじってくるのよ。ますます気になるじゃないの！」

「俺のせいじゃないだろ」

そんなに気になるなら本人に訊いてみろ、と清五郎は唇を尖らせる。

「できるわけないじゃない。あのときだって、板長さんは無理やり話を終わらせたように見えたわ。きっと私たちには聞かれたくないことなのよ」

「そりゃそうだな。でもさ、姉ちゃんが『逢坂に戻ったら店を持たせてやるって言われてる』って言えば……」

「え、なんで知ってるの？」

昼間は呼び戻したがっているというだけで、店の話には触れていないし、母からの文(ふみ)は未だにきよの懐(ふところ)に入ったままだ。あんたはまだ読んでいないはずなのに、と首を傾げるきよに、清五郎は目を見張った。

「え、おっかさん、本当にそんなことを言ってきてるのか？　ただの当てずっぽうだったのに！」

「うーん……はっきりと書いてあるわけじゃないんだけど……」

「あーもう、まどろっこしい。おっかさんの文を見せてくれ！」

右手をぐいっと突き出され、きよは懐から出した文を渡す。

ぎりぎりまで行灯(あんどん)に近づいて文を読んだあと、清五郎は天を仰(あお)いだ。

「これだと、おっかさんは姉ちゃんに店を持たせてでも逢坂に戻したいって考えてそうだな」

「やっぱりそう思う？」

「ああ。『舌の肥えた逢坂の人たちを満足させてこそ、腕利きの料理人』なんてのは、よその人に料理を食わせる前提の話だ。そもそも家の中で料理をしてるだけじゃ、料理人とは言えない。銭を取って食わせて初めて『料理人』を名乗れるんだろ？　これからの身の立て方云々（うんぬん）ともあるし、これはもう商（あきな）いをさせるつもりだとしか思えねえ。となると……」

そこで清五郎はまた天井を睨んで考え込む。しばらくそうしていたあと、きよに目を戻し、真顔で訊ねた。

「それで姉ちゃんはどうするつもり？」

「どうって……」

「小兄ちゃんのこと……いや、それを抜きに考えても悪い話じゃねえ。これなら逢坂に戻るって案もありだ」

「あんたまで……」

『菱屋』に戻れば、また人目を憚（はばか）る生活が始まる。家の外の世界を知った今、そんな暮らしに戻るのはあり得ない。万が一店を持つにしても、自分が『菱屋』の子であることは隠さねばならないはずだ。江戸ならまだしも、生まれ育った逢坂で家族とかかわりなく暮らしていくなんてあんまりだ。

清五郎だってきよの気持ちぐらいわかってくれていると思っていただけに、弟の言い分は心外だった。

不満顔のきよをよそに、清五郎の話は続く。

「そんな顔すんなって。ただ戻るんじゃなくて、店を開くんだぜ？　家の奥に隠れっぱなしじゃねえし、料理人の道も諦めずに済む。それどころか、奉公人じゃなくて主になれる」

「お店の主なんて私にはまだ無理よ」

「おっと『まだ』と来ましたか！」

清五郎は両手を打って喜んでいる。

言われてみれば、『まだ』は、『いずれそのうち』という言葉に繋がる。今は無理でもいつかは主になりたいという気持ちの表れだった。

「姉ちゃんは前に、いつかは店を持ちたいって言ってただろ？　それなら思い切って帰ればいいじゃねえか」

「だから、今は無理だってば！」

「なんで？　別に今でもいいだろ。彦之助さんが店を持てるなら、姉ちゃんにだってできるさ。なんならおとっつぁんから旦那さんに頼んでもらって、暖簾分けをしてもらえばいい」

「そんなこと旦那さんが許してくれるわけがないでしょ」

「案外『千川』の味を逢坂に広められる機会だって喜ぶかもしれねえぞ。いっそ『逢坂千川』って名付けるのはどうだ？」

「ますます無理。私はまだまだ暖簾分けしてもらえるほど『千川』の味を身につけちゃいないもの」

「相変わらず引っ込み思案だなあ。俺ならとっとと戻って店を出すけどな。なんなら彦之助さんにでも訊いてみろよ」

「彦之助さんに？　どうして……」

「旦那さんや板長さんは、姉ちゃんにいなくなられたら困るから、あれこれ言って止めるかもしれないけど、彦之助さんなら素直に答えてくれそうだ」

確かに、弟の言うとおりかもしれない。正直に言えば、きよに店が出せるほどの力量があるか否かについて、彦之助に訊ねてみたい気持ちはある。

けれど、このところの彦之助はひどく忙しそうだ。弁当の注文がない日に『千川』に来ないのは当然だが、注文が入っている日でも昼過ぎに『千川』に来て、怒濤の勢いで作り上げて届けに行く。とてもじゃないが無駄話を持ちかけられる雰囲気ではなかった。きっと、神田の店を開く支度に奔走しているに違いない。

結局、彦之助にそんな暇はないということで清五郎との話は終わりになった。

きよが、そのひどく忙しそうな男に呼び止められたのは水無月の末、あと二日で文月が始まるという日のことだった。

昼八つ（午後二時）過ぎ、客の注文はすべて出し終えた。弥一郎に、今のうちに飯を食っておけと言われて伊蔵を先に行かせたあと、交替で裏に入った。『千川』は板場の奥にも休み処を設けてあるが、裏の洗い場のほうが広いし、下働きだったころはずっとそこにいたから馴染んでもいる。今日は特に暑いし、勝手口から風が抜ける洗い場のほうが心地よいだろうと考えてのことだった。

少し大ぶりな茶碗を持って洗い場に行き、隅に置いてある台に腰掛けて飯を掻き込む。茶碗の中身はとろろ飯で、飯には麦がまじっている。弥一郎が拵えてくれたものだが、賄いだからけちったというわけではない。むしろ、白米ばかりだと具合が悪くなる、麦や玄米も食べたほうがいいと聞いて、わざわざ麦を入れて炊いてくれたのだ。その上、麦飯がするすると喉を通るようにとろろ飯に仕立ててくれた。味付けは、客に出すより少々濃いめ、これも暑い中、忙しなく働く奉公人たちを気遣ってのことだろう。ずっとへっついの火に煽られている伊蔵ときよにとってありがたすぎる賄いだった。

朝飯を食べてから働きづめで、空腹も限界。勢いよく掻き込んで、ふう……とため息を漏らしたところで、笑い声が聞こえた。

「なんて豪快な食いっぷりだ」

聞き慣れた、それでいて久しぶりに耳にした声——いつもの戯れ合いが始まる、ときよは楽しい気分で振り向いた。

「いやだ、いつから見てたんですか？　いるならいるって声をかけてくれても……」

「井戸端に来たら、裏口からおまえが見えた。声をかけようと思ったんだが、飯を食い始めたから、邪魔しちゃなんねえと待ってたんだ。それにしても、どんぶり飯をこんな勢いで掻き込む女、初めて見たぜ」

「ほかに女の料理人なんて知らないでしょうから、女の料理人が賄いを食べる様だって初めてでしょうよ」

「そりゃそうだ。それにしたって、あんな食い方は身体に毒だ。もうちょいゆっくり食ったほうがいい」

「とろろ飯をゆっくり食べられる人なんていますか？」

「なんだ、とろろ飯だったのか。そりゃあ仕方ねえ」

「でしょ？　それより……」

声をかけようと待っていたと言うぐらいだから、言いたいことがあったのだろう。なにか御用でしたか？　と訊ねると、彦之助は懐から小さな本を取り出した。

「こいつを見てもらおうと思って」

「本ですか？」

「料理本だ。俺が手に入れたものなんだが、『素人包丁』って名のとおり、逢坂のおっかさん連中が作って食ってる料理がたくさん載ってるらしい。俺は京で修業してきたが、習ったのは『七嘉』で出してるかしこまった料理ばっかりで、そこらの家がどんな飯を食ってるのかは知らねえ。だから、ここに載ってる料理のうちのどれがよく食われてる、つまり人気の料理なのか訊きたくてな」

この料理本にはとにかくたくさんの料理が載っている。きよは逢坂の出だから、家で食べるような料理にも詳しいはずだ。人気の料理をうまく江戸風に仕立てて弁当に入れれば、人気が出るに違いない、というのが彦之助の弁だった。

「そういうことですか。じゃあ、ちょっと拝見」

きよは早速開いて確かめようとした。ところが彦之助は、また懐に手を突っ込んでさらに二冊本を取り出した。いずれも同じ体裁、おそらくこの料理本は続き物なのだろう。

「実は三冊あるんだ。一朝一夕で確かめられるようなもんじゃねえし、答えはゆっくりでいい」

「でも、彦之助さんはもうすぐ神田に移るんでしょう？　文月まで三冊も確かめきれるとは思えません。せっかく彦之助さんが手に入れた本を私が預かりっぱなしにするわけには……」

「その心配はねえ。俺はほかにもう一揃い持ってるから」

「え……？」

「素人料理ばかり、しかもあんたの実家がある逢坂で出された本とはいっても、あんたがここに書いてある料理を全部知ってるわけがない。『千川』の品書きに入れられそうなものもあるかもしれねえし、この三冊はあんたにやる」

「いや、そんなわけには！」

本は久しく買っていないが、三冊ともなるとけっこうな値段だ。『やるよ』と言われてあっさり受け取れるわけがなかった。

だが、彦之助はなぜかきよから目を逸らしつつ言う。

「あんたにはずいぶん世話になった。あんたの言うとおり、俺はもうすぐ神田に行く。

店を開けたらそうそう深川に戻ってこられないだろう。ここを離れる前に、なにか礼がしたいと思ってたんだ」

「お礼なんていただくようなことはなにもしてません」

「それはあんたの考えだ。俺が世話になったと思ったんだから、礼はする。ただ、なにをやればいいんだろう、って考えても、なにも思いつかなくてな。しばらく迷ってたんだが、この本を見つけたとき、こいつなら役に立ちそうだって」

「そりゃ役には立ちますよ。ありがたいに決まってます。だからって……」

「じゃあいいじゃねえか。ぐだぐだ言ってねえでもらってくれ」

「……ありがとうございます」

ぺこりと頭を下げ、きよは受け取った本をぺらぺらと捲ってみる。

よく知っている料理も多いが、まったく知らないものもある。もしも店を開くことになったら、さぞや役に立つことだろう。

「本当にたくさん載ってますね。これなら江戸で店を開くのにずいぶん役立つでしょう。でも逢坂では……」

「今、なんて言った⁉」

思わず漏れた声に、彦之助が訊ねた。かなりの大声、しかも食いつかんばかりの勢いにきよは驚いてしまった。もしかして怒らせてしまったのだろうか、と不安に思いながら答える。

「なんでもありません」

「なんでもなくはないだろ！　でも逢坂では……って言ったよな？　まさか逢坂で店を開く話でも出てるのか？」

「そんな話は出てませんって！」

「じゃあなんで、店の話なんてするんだよ！　心づもりがあるからこそ出た言葉じゃねえのか？」

彦之助は詰め寄らんばかりになっている。こうなったら仕方がない。とりあえず今の彦之助は暇がありそうだ、と考えたきよは、母からの文（ふみ）について話してみることにした。

一通り聞き終えた彦之助は、ため息とともに言った。

「なるほど……跡取り以外にはよそに店を持たせて立ち行くよう算段する。そして、よそとは言いつつ、なるべく近場で……どこの親も考えることは同じだな」

「親なら、志（こころざし）のある子を助けたいと思うものなんでしょう。でも、もうお弁当が評判になってる彦之助さんならともかく、私にはまだまだ……」

こう言えば、彦之助はきっと否定してくれる。あんただってやれるさ、と言ってくれる。そんな思いが確かにあった。けれど、彦之助の口から出てきたのは、意外かつ、きよの胸を突き刺すような言葉だった。

「そうだな……やめといたほうがいい。少なくとも、逢坂でってのはなしだ」

「私にそんな力量はありませんものね……」

自分が履いている草履しか目に入らない。知らず知らずのうちに俯いていたのだろう。

彦之助が、苦笑しつつ言う。

「そんな真下を向かなくていいだろ。力量どうこう言ったら、俺にだってありゃしねえよ。ただ、逢坂ってのは場所が悪い」

「どうしてですか？　私はもともと逢坂の出ですから、あっちの味は身についてます。『千川』で逢坂の味を取り入れた料理が人気になったんですから、その逆だってできるはず。この本に載っているような料理を江戸風に仕立てれば人気が出ると……」

「それはどうかな……？　上方と江戸じゃ人柄が違う。江戸はとにかく『新しいもの好き』だが、上方、とりわけ京は古くからあるものを大事に守ってる気がする。少なからず、逢坂もそんな感じじゃねえのか？」

「そうかもしれません……」

「だとしたら『新しい味』が人気になるかどうかは怪しい。ましてや、堂々と『千川』

の息子でございって名乗る俺と違って、あんたは『菱屋』の娘だってことを隠さなきゃならねえ」

そんなことはきよだって百も承知だ。

『菱屋』の次女は忌み子であるが故、逢坂では存在そのものがなかったことにされている。いきなり『菱屋』の娘でございとやったところで信じてくれる人はいないはずだ。そもそも料理の店を開く上で、『菱屋』の名に意味があるとは思えなかった。

「名乗れたところで油問屋では大した箔は付きませんよ。まだ『千川』で修業したって言ったほうが……」

「『菱屋』ほどの大店の子なら身元は確かだ。だが、それを名乗れない。それに『千川』の暖簾分けを謳ったところで、『千川』なんて逢坂では無名。もっといえば、女の料理人は江戸でこそなんとか受け入れられたが、上方で同じようにいくかどうかはわからない。どこの誰ともわからない女が開いた店を繁盛させるには、逢坂は厳しい場所だ」

あまりにも理が通りすぎていて返す言葉がない。きよはこれまで、上方と江戸の人柄の違いなんて考えたこともなかった。京で修業し、苦労してきた彦之助ならではの意見だった。

「おっしゃるとおりです……」

「だろ？　あ、念のために言っておくが、あんたに力量がねえなんて俺は思っちゃいねえよ。俺みたいな弁当屋、しかも『千川』の名が通ってる界隈なら今すぐ店を出せると思う」

「お店を出すには先立つものが必要です。私には無理」

「それこそ、逢坂の親父さんや兄貴たちを頼ればいいじゃねえか。長いこと日陰暮らしをさせた挙げ句、弟のお守りで江戸に放り出したんだ。それぐらいのことをしてくれても罰は当たらねえと俺は思うぜ」

「日陰暮らしじゃなければ私の命はなかったんです。江戸に来たことだって、私にとってはいいことでしかありませんでした。それに……」

そこできよは言葉を切った。

本当は、親兄弟に頼って店を持とうとは思わない、と続けたかった。だがそれは、今まさに親の力で店を開こうとしている彦之助を非難することになりかねない。なにより、料理の腕だけでは店は持てない。日陰暮らしから江戸という日向に出てきてまだ四年にしかならないのに、店を営めるはずがない。客あしらいだってまだまだだし、明日の料理を仕込むのに量の判断がつかない。仕入れ先とのやり取りも、帳面の付け方すらまともに知らないぐらいだ。店には出ていなかったとしても、子どものころから『千川』の商いを見てきた彦之助と同じようにはいかないだろう。

彦之助は、きよの言葉の続きを待っている。やむなくきよは、まったく別の理由を持ち出した。

「お金のことはともかく、彦之助さんがお店を出すことがわかっているのに、あえてお弁当屋を出すなんてことはしません。不義理すぎます」

「それを聞いて安心した。そんなことをされたら俺には災難でしかねえ。あんたが店を持つなら『千川』みたいな料理茶屋、もしくは手始めに煮売り屋ぐらいかな。どっちにしても江戸がいい。『女料理人おきよ』が生まれたのは江戸なんだから」

本当の生まれは逢坂だが、料理人として産声を上げたのは江戸だ、と彦之助は笑う。言われてみればそのとおりだった。

「逢坂の兄さんだっていい大人なんだから、己の機嫌は己で取ってもらうしかない。あんたは逢坂には帰らず、これならと思えるまで修業を続ける……ってことで、次に俺がここに来たときには、逢坂で真に人気の料理を教えてくれ」

彦之助はさらりと話を元に戻す。

なるほど、きよにいなくなられては逢坂で人気の料理が訊けなくなる。それは彦之助にとって都合の悪いことなのだろう。

誰かに頼りにされるのは嬉しいことだ。力がなければ頼りになんてされない。ひとつでも役に立つことがあってよかった、ときよも笑って答える。

「次っていつですか？」

「さあ……でもまあ主(あるじ)は俺だから適当に抜け出して足を延ばすことぐらいできるさ」

「そんな不真面目をしていると、せっかくの店があっという間に潰れちゃいますよ」

「そうやってすぐに恐い顔をする。じゃあ、あれだ、こっちに配達があるときに寄るってことで」

「それならまあ……」

「よし、約束だぞ」

神田の店に深川界隈(かいわい)から注文を出す人がどれほどいるのだろう。いたとしても、わざわざ主自ら届けに来るつもりだろうか、とおかしくなる。

だが、そんな曖昧な約束でも約束は約束。会う理由ができたことが、素直に嬉しかった。

「身体に気をつけて励んでください」

「ああ。あんたもな」

右手を軽く上げ、彦之助は裏口から出ていった。

その後、板場に戻ったきよは、いつものようにへっついの前に座ろうとして動きを止めた。懐が膨らみすぎて動きづらい。一冊一冊は小さくても三冊ともなると嵩張る。このままでは仕事に支障が出るし、うっかり水に濡らしてもつまらない。どこかに置いてこなければ、とまた腰を上げたところで、弥一郎に声をかけられた。

「どうした？」

「さっき本をいただいたんですが、懐に入れたままでは動きづらいのでどこかに置いてきたほうがいいかと……」

「本？」

「なんでも逢坂の人が書いた料理本だそうです」

「それは興味深い。ちょっと見せてくれるか？」

「あ、はい」

懐から出した本を差し出す。反対隣の伊蔵も首を伸ばしてくる。料理本だけに興味津々なのだろう。さもありなん、ともう一冊を伊蔵にも渡した。

早速捲って見た弥一郎が言う。

「これはいいな。料理の手順がしっかり書いてあるし、なにより絵が入っていてわかりやすい」

伊蔵も感嘆の声を上げる。

「これなら、食ったことも見たこともない料理でも作れる。滅多に作らねえ料理だと、ついつい拵え方を忘れちまうことがあるけど、こういうのがあれば思い出せる」

「こういうのがあれば、っておまえは自分で書き留めてないのか？」

「えーっと……俺は絵も字も苦手で……」

「苦手でも下手でも己にさえわかればいいんだから、ちゃんと書いておけ」

「へーい……」

弥一郎に叱られて、とんだとばっちりだと嘆きながら、伊蔵はきよに本を返す。同様に本を渡しながら、弥一郎が訊ねた。

「いいものをもらったな。で、誰から？」

「彦之助さんです。逢坂で人気の料理を教えてほしいそうです」

「逢坂で人気の料理？　でも、あいつは明日には神田に引っ越すんだぞ。いくらおきよが読み書きに長けてても、一晩じゃ無理だろ」

「次に来るときまでに目を通しておいてほしい、って言ってました。こっちに配達があるときに寄るからって」

「そうか……ってことは、もらったんじゃなくて借りたのか？」

「いいえ。彦之助さんも同じ本を持っているそうです。二揃い手に入れて、片方を私にくれました。きっと役に立つだろうからって」

「彦之助と揃いかよ……」

「え？」

「いや、なんでもねえ。まあ、あいつはさんざんおきよに迷惑をかけた。おきよだけじゃなく、京の姉さんにも。これぐらいしたって罰は当たらねえだろ」

きよ自身は大したことはしていないと思っているが、弥一郎と彦之助が揃って同じことを言うならそれが世間の考えというものかもしれない。伊蔵も頷いて言う。

「うんうん、江戸に戻ってきたばっかりの彦さんは本当にひどかった。へっついに悪戯したり洗い場を汚したり……しかも全部おきよにおっかぶせようとしたんだからな。あんなことされたら、とうてい許そうなんて気にならない。でもおきよは違う」

「だな。許すどころか、京まで文をやって事情を聞いて、あいつなりのわけがあったって俺たちに教えてくれた。おきよがいなければ、彦之助は今も俺や親父にも冷たい目で見られてやさぐれたまま。弁当を作ることになったのもおきよのおかげ」

「え、それは違いますよ」

その件については、むしろ彦之助がきよを助けてくれたのだ。あのとき、きよは上田の無理強いで危うく弁当係にされるところだった。彦之助が弁当作りを引き受けてくれなければ、今ごろ弁当と板場の仕事の両方でとんでもないことになっていただろう。

だが、弥一郎は言うまでもなく、伊蔵ですらきよに同意してくれなかった。

「弁当を彦さんに作らせろって言ったのは神崎様なんだろ？　おきよがいなければ、彦さんは神崎様と出会うことすらなかった。弁当作りとも縁がなかった。店が出せるほど人気の弁当を作ったのは彦さんにしても、元を辿ればおきよ。恩を感じて当たり前だぜ」

「そういうものですかねえ……」

首を傾げるきよに、両隣から笑い声が上がる。いずれにしても、その本はもらっておけ、できれば時々俺たちにも見せてくれ、とふたりから頼まれ、きよは大きく頷いた。

「板長さん、この本は奥の小部屋に置かせてもらえますか？　それなら、みんなが見られますから」

「奥の小部屋か。それなら賄いを食うついでにでも見られるな。ありがたいが、おまえはそれでいいのか？」

せっかくもらったのだから家に置いたほうがゆっくり読めるぞ、と弥一郎は心配そうに言う。それなら、とまたきよは口を開いた。

「じゃあ、いったん持って帰ります。じっくり読んで、逢坂で人気の料理もちゃんと選んで、そのあと店に持ってくるってことでどうでしょう？」

「それなら……」

「やった！　これで俺もどんどん新しい料理を覚えられる」

伊蔵が歓声を上げた。知らない料理を学ぶ機会をこれほど喜ぶのだから、伊蔵もきよ同様、もしかしたらそれ以上に真剣に料理の道を歩んでいるのだろう。

「彦さんは本当にいいものをくれた。ありがてえありがてえ……」

伊蔵は両手を合わせ、そこにいない彦之助を拝む。

彦之助の贈り物がみんなの役に立ち、彼の株が上がる。それはきよにとってもとっても嬉しいことだった。

その日、家に戻ってあれこれ済ませたあと、きよは待ちかねたように本を開いた。

もともと本は好きだったが、手元にある黄表紙は繰り返し読んで空で言えるほどなのに、新しい本を求める機会もなくつまらない思いをしていた。物語ではなくても紙に字が連なっているだけで嬉しくなるのに、知らない料理が出てきた日には、気持ちが一気に高まる。

もう少し、もう少し……と読み続けた挙げ句、とうとう清五郎に叱られた。

「よくは知らないが、料理本ってのはそんなふうに読みあさるもんじゃねえ気がするぜ。

なにより夜更かしは身体に毒だ。行灯の油だって安かねえんだから、そこらへんにしとけよ」

『身体に毒』のあとに、あえて行灯の油の値段に触れたのは、清五郎なりの思いやりだろう。そうでも言わないと、身体は大丈夫と言い張っていつまでも本を離そうとしないとわかっているに違いない。

「ごめん、ごめん。じゃあ続きはまた明日ってことにする」

「それがいいよ」

お休み、と弟は夜着を被る。いつもならきよが床に就くか就かないかのうちに高鼾なのに、わざわざ見届けてくれたのだ。

清五郎の優しさに感じ入りつつ料理本を枕元に置き、きよは行灯の火を吹き消した。

翌日、彦之助は神田に引っ越していった。

荷物はあらかじめ運び込んでいたので、彦之助の手には小さな風呂敷包みがひとつあるだけだ。朝一番、店を開ける前に出るというのでみんなで見送ったのだが、本人はいたって気軽な様子。片手をついっと上げただけで、まるでちょっとそこらに用足しに行く、という感じで出ていく。おそらく本人は新しく開く店のことで頭がいっぱい、もしくは日帰りできないほどの距離ではないし、なにかあったらすぐに戻ってこられると達観しているのだろう。

湿っぽくなっていたのはさとひとりで、今にも泣き出しそうな顔で手を振り続けていた。自分たちが逢坂を発ったとき、たねもああやって送ってくれていたのだろうか。逢坂から江戸は遠く、無事に歩き通せるかばかり気になって、ろくに振り返りもしなかったけれど……

あのあと、母から文が来ることはなくなった。おそらく母は諦めたのだと思う。なにせ、逢坂には戻らない、たとえ店を持つにしても江戸で自分の力で、と書き送ったのだから……

母と清三郎の望みを絶ち切るような文を出すかどうかについてはずいぶん迷った。逢坂に戻って店を持つことは容易い。家族は喜ぶし、安心してくれるに違いない。けれど、上方の味を江戸に持ち込むのとその逆では話が違うという彦之助の話は頷けるし、自分の力だけならまだしも、家族の後押しで開いた店を潰すことになったら身の置きどころがない。以前はただ外に出られないだけで、家の中では気儘に振る舞えていたが、申し訳なさに小さくなって暮らすことになってしまう。

自分の力だけでと考えたとき、店の場所として逢坂はあり得ない。料理の道に出会い、新たな人生を歩み始めたこの江戸こそが、緋色の暖簾に相応しい土地だ。

なにかを見たり聞いたりするたびに二転三転していた思いはようやく定まった。その思いをどこかに、いや誰かに示すことで自分の覚悟を固めたい。だからこそ文を送った。母と清三郎の両方にあて、きっとわかってくれると信じて……

清三郎からも、あれ以後文は来ていない。父からの文には、少しずつ具合もよくなってきたし、きよが送った書き付けを見ながら料理をすることも増えた、と書かれていたから、渋々ながらもきよの決意を受け入れてくれたのだろう。

さとは小さくなっていく彦之助の姿に目を凝らしている。さとの背から溢れる切なさに堪えきれず、きよは板場に戻った。

それからしばらくは、洗い場と板場を行き来するたびに通路のへっついが目についた。使う人がいなくなったへっついが、なんだか寂しがっているように見える。だが、それは、へっついではなくきよ自身の気持ちなのかもしれない。

これまでは、毎日のように通路のへっついに向かっている彦之助を見ていた。額を伝う汗をものともせず、真剣な面持ちで煮炊きする姿が目に入るたびに、負けてはいられないと思えた。彦之助がいなくなれば、そんな機会も失われるだろう。

心のどこかに隙間ができて、そこから冷たい風が吹き込んでいるような気がする。けれど、落ち着いて考えてみれば、競い相手は彦之助だけではない。伊蔵はもちろん、おこがましいのを承知で言えば、弥一郎とだって競い合えるようになりたい。彦之助がいなくなったからといって、くよくよしている場合ではないのだ。

彦之助はもういない。日々の様子もわからない。それだけに、次に会ったときに水をあけられたと思わずにすむようしっかり修業しなければ、ときよは己を奮い立たせた。

源太郎の悩み

葉月に入って三日ほど経ったころ、朝から源太郎が大きなため息をついた。

このところずっと客の入りは申し分ないし、それぞれが注文する品数もいつもどおり。むしろ、一品か二品多い客も多くて『千川』の儲けは十分に思われた。

にもかかわらずこの大きなため息はどうしたことだ、と思っていると、弥一郎が見かねたように言った。

「親父、ため息ばっかりついていたって問題が解決するわけじゃねえ。こっちまで気が滅入ってくるから、口入れ屋にでも行ってくるがいい」

「口入れ屋？　奉公人を増やすんですか？」

きよが驚いて訊ねると、弥一郎は軽く頷いて答えた。

「ああ。とはいっても、うちの話じゃねえ。それにたとえ人を増やすにしても、口入れ屋の世話にはならない。口入れ屋ほど当たり外れが大きいところはないからな」

働きたい者と雇いたい者の間を繋ぐのが口入れ屋の仕事だ。けれど、口入れ屋が紹介してくる者には人別帳に載っていない、いわゆる無宿者も入っている。親に勘当されて国元から出てきたとか、罪を犯して逃げてきたという者もいるようだ。うっかり店に入れて、ろくに使えないだけならまだしも金品を盗まれたら目も当てられない、と弥一郎は顔をしかめる。

弥一路の顔を見て、源太郎が苦笑いで返す。

「おまえがそう言うなら、彦之助だって同じだろうに」

「あいつはそんなこと言ってる場合じゃねえ。配達だけでも誰かに任せないとどうにもならねえって、ゆうべ親父自身が言ってたじゃねえか」

「配達だけって言うけどな、彦之助のところの配達はただ届けるだけじゃねえ。金だって受け取らなきゃならねえんだ。信用のおけない人間に任せるわけにはいかねえよ」

「だったらどうしろってんだよ。前に雇ったやつがいなくなっちまったんだから、誰か入れるしかねえのに……」

「いなくなったんですか⁉」

思わず大きな声が出た。聞き耳を立てながら葱を刻んでいた伊蔵も、びっくりして手を止める。

「彦さんが店を開けたのは先月の頭。それに合わせて雇い入れたんだから、まだ一月ちょっとしか経ってねえ……いったいなにがあったんですか？」

源太郎はますます深いため息をつきながら言う。

「彦之助と合わなかったんだろう」

「彦之助の注文が多すぎるんだ。入ったばっかりで勝手のわからねえ料理人に無理難題を押しつけたに違いない」

「まあなあ……俺が聞いただけでも、さすがにそれは……ってのが多かったから」

「聞いたって誰から？　彦さん、こっちに来たんですか？」

伊蔵の問いに答えたのは弥一郎だった。しかも、さも気に入らないと言わんばかりの顔だ。

「来てねえよ。ただ、おっかさんが……」

「ああ、おかみさんか……そういや、一昨日あたり出かけてましたね。どこに行ったのかと思ってたら、彦さんの様子を見に行ったんですね」

「日頃からろくに出歩かねえくせに、神田までお出かけときたもんだ。夏の名残でひでえ暑さだったってのに……」

「まあそう言うな。おっかさんだって心配だったんだよ。俺は何度もあいつの店に行ってるから様子もわかってるが、おさとは一度も見てねえ」

行って行けない距離ではないだけに、確かめずにいられなかったのだろう。親心というやつだ、と源太郎はさとを庇う。

きよたちの父親ですら、はるばる逢坂から姉弟の様子を見に来るぐらいだから、さとが様子を見に行きたがるのも無理はない。

だが弥一郎は、さらに苦虫を噛み潰したような顔になって言う。

「ただ見てくるならいいんだよ。ぱーっと見て、元気でやってるのを確かめて帰ってくるならな。問題はそのあとだ。いるはずの奉公人がいねえってんで、彦之助に詰め寄って事情を聞き出した挙げ句、戻ってくるなり親父に人の手配をしろだなんて……。主の彦之助がなにひとつ言ってこねえってのに」

「おさと曰く、朝からずっとこま鼠みたいに動き回ってた、あれではこっちに知らせる暇すらねえ。早く人の手配をしてやらないと、彦之助が倒れちまう、だとさ」

「前の奉公人だって、おっかさんがそうやって騒ぐから親父が手配してやったんじゃねえか。あっちこっち伝手を辿って苦労して見つけてやったってのに、あっさり逃げられてまたこっちで探すのかよ！」

店を開くのに合わせて雇い入れた男は、源太郎の顔見知りだった。奈良茶飯屋で下働きをしていて身体は丈夫だし、気立てもいい。少しは料理もできるらしいし、彦之助の手伝いをするのにちょうどいいと考えた源太郎は、奈良茶飯屋の主に相談したらしい。

　奉公人を横からかっ攫うなんてもってのほか、もちろん最初は断られたが、いずれは料理人になりたいと思っているという本人の望みを聞いて、奈良茶飯屋の主は泣く泣く譲ってくれたそうだ。

　ところがその奉公人はすでに彦之助の店にいない。さとから話を聞いてどうしたことかと慌てた源太郎が件の奈良茶飯屋に行ってみると、なに食わぬ顔で働いていたそうだ。

「てっきり黙って逃げたのかと思ったら、彦之助が暇を出したんだとさ。まあ、元の奈良茶飯屋まで行って、戻れるかどうか確かめた上でのことらしいから、そこはよくやったと思うが……」

「なに言ってんだ！　本人たちはそれでいいかもしれねえが、奈良茶飯屋にしてみりゃいい迷惑だ。よく戻れたもんだよ」

　いずれ料理人になりたいという望みを聞いて、彦之助のもとに寄越しただけに留まらず、暇を出されたらまた雇い入れるなんて、主はよほどの人格者に違いない、と弥一郎は言う。それはきよも同感だが、これでは源太郎は形無しだ。彦之助ももう少し堪えるか、男を奈良茶飯屋に戻すにしても、一言源太郎に告げて、ふたりで話しに行くべきだったのではないか。ましてや、さとにやいのやいの言われてすぐに次の奉公人を探さねばならないなんて、気の毒すぎる。ため息が止まらなくなるのも当然だった。

「でも旦那さん……そんな経緯では次の奉公人を探すのは大変なんじゃないですか？」

きよの問いに、源太郎は遠くを見るような目で答えた。

「そうなんだよ。よそで働いてるやつを横取りしておいて一月で戻す。そんな男の下で働きたいと思うやつはいねえ……」

「だから口入れ屋に行くしかねえって言ってるんだ。そもそもてめえの店の奉公人ぐらいてめえで探せって話だ！」

弥一郎の声により一層苛立ちがまじる。とはいえ、その苛立ちの中には彦之助を心配する気持ちが入っていることぐらい源太郎もわかっているのだろう。きよをはじめ奉公人になにが言えるわけでもなく、店を出ていく源太郎を黙って見送る。

肩を落としているばかりか、心なしか腰も曲がって見える。気力が失せると背筋を伸ばすことすらできなくなってしまうのだろう。普段はしゃきしゃきと客を捌いている主の小さくなった背中に、彦之助への怒りが募る。

――彦之助さん、どうしてもうちょっと堪えられないのよ！　なんでもかんでもひとりでやれると思ったら大間違い。だからこそ旦那さんが人の手配までしてくれたってのに、たった一月でお払い箱、挙げ句の果てにおかみさんを心配させるなんて……

もしかしたら見かねたさとが源太郎に泣きついて、新しい奉公人を探させることを期待したのかも、などと考えてしまう。彦之助がそんな画策をするとは思いたくないが、実際に源太郎は人を探し始めている。意図していてもいなくても、結果は同じだった。

かくなる上は、一日も早く奉公人が見つかることを祈るしかない。けれど、彦之助は短気なところがありそうだし、奉公人の扱いも知らない。新しい奉公人を連れていったところで、源太郎や弥一郎のように失敗を許して育てるなんてできるのだろうか……

そこできよはぎくりとした。

これは彦之助に限った話ではない。店を持ちたいと思うなら、いつか自分の身にも降りかかる問題だ。たとえ店を開いたところで、奉公人を抱えるほど大きな店になるとは限らないが、ひとりぐらい助っ人がほしいと思うことはあるだろう。人の使い方は覚えておくべきだ。

『千川』は一年、あるいは半年ごとに奉公人に給金を払って働かせているが、よその店に移る――出替わりの奉公人が極めて少ない。

給金は前払いされるから、よその店では一年なり半年なりの給金を丸ごともらったにもかかわらず、途中でいなくなる奉公人もいると聞く。

ところが、『千川』に限ってそんな不届き者はいない。みんながきちんと勤め上げ、また源太郎と新しく約束を交わして働き続ける。きよが入ってから四年近くになるが、いなくなったのは欣治ひとりだった。

これはあとから聞いた話だが、もともと欣治は半年ごとに約束を交わすことになっていたそうだ。雇い入れるにあたって、源太郎はほかの奉公人同様一年の約束にするつもりだったが、欣治がまとめて一年分の給金をもらったら一年経たないうちに使い切りかねないから半年にしてくれ、と言ったらしい。真面目なのかそうでないのか判断に困ったと源太郎は言っていたが、その欣治が辞めたのは長月の末。半年ごとの約束の奉公人が主と約束をし直す長月五日に暇乞いをしたあと、源太郎に頼まれ結局月末まで勤め上げた。

『千川』の料理の作り方を土産によその店に移るなんて不義理でしかないけれど、少なくとも給金の持ち逃げはしていない。あくまでも恨みの相手はきよで、漏らした料理もきよが考えたものばかり、源太郎や弥一郎を悪く思ってはいなかった。それどころか、長月五日から月末までの給金を支払うと源太郎が言ったのに、それすら受け取らなかったという。『千川』の味を漏らすことの後ろめたさはあったのだろうが、きよにはやはり源太郎親子がいい主、いい上司だった証のように思えてならない。

――これからは、料理や食材の仕入れ、採算の取り方だけではなく、旦那さんや板長さんの奉公人との接し方もしっかり見ていこう。清五郎に言わせると、私はあまり不平不満を持たない質(たち)らしいけど、ほかの人たちがいつどんなことに不満を持つのかもちゃんと覚えておこう。いつか自分が主(あるじ)の立場になったときのために……

遠い上に、必ず来るとは限らない未来。それでもなにごとも備えておくのが肝心と、きよは心に刻んだ。

葉月(はづき)も半ばが近づき、残暑がようやく和らいできた。これから先は七輪のそばにいるのも楽になる一方、と安堵しつつきよが朝ご飯の支度をしていると棒手振(ぼてふり)の声が聞こえてくる。

呼び声を聞く限り、商(あきな)っているのは寿司のようだ。こんなに朝早くから商いをするなんてさぞや働き者なのだろうとは思うけれど、蜆(しじみ)や納豆ならまだしも、朝から寿司が売れるのだろうか。

寿司は外仕事の職人の腹の虫押さえ、あるいは晩ご飯を食べたものの寝るまでに腹が減ってしまってひとつふたつ買う、というのがもっぱらだから、朝っぱらから買う人は少ないはずだ。

声に耳を澄ませながらお菜を拵えていたが、案の定、棒手振の声は止まることなく近づいてくる。やがて、誰からも呼び止められないまま孫兵衛長屋に入ってきた棒手振は、井戸端にいるきよに声をかけてきた。

「おかみさん、朝飯に寿司はどうだい？」

おかみさん、という言葉にぎょっとしたが、きよの年ならほとんどが嫁に行っている。おかみさんという言葉を使われるのも無理はない。

たまたまそこにいたから声をかけてみた、という様子だし、七輪に向かっているのもわかっているはずだ。売れるとは思っていないだろうと判断し、きよはあっさり答えた。

「ごめんなさい。朝ご飯なら支度中よ」

「だよな……」

棒手振は彦之助より少し若い、二十六、七といったところだろう。天秤棒で担いでいる半台には蓋が被せてあって見えないが、「鯛の寿司ー、青柳の寿司ー」と呼びながら来たから寿司が入っているはず。しかも重そうに担いでいるからそれほど売れていないようだ。諦め切った様子の棒手振に、きよはつい訊ねてしまった。

「このあたりでは見かけない顔だけど、どこから来たの？」

「日本橋」

「日本橋っていうと魚河岸（うおがし）があるあたり？」

「ああ。前の日に売れ残った魚を酢で締めておいて、朝一番で寿司にして売ったら儲（もう）かるんじゃねえかと思ったんだが、ちっとも売れねえ。夜明けのうんと前から起き出して拵（こしら）えたってのに……」

棒手振（ぼてふり）はしょんぼりと肩を落としているが、きよは考え違いもいいところだと思う。なにせこんな朝早くから外に出ているのは朝ご飯の支度をする女だけだ。飯は炊いているし、振売（ふりうり）や棒手振から買うとしても青物や魚といった材料か、佃煮（つくだに）や納豆ぐらいのもので、寿司は買わないだろう。

それを伝えると、棒手振は残念そうながらも、きっぱり言い返した。

「そうとは限らねえと思ったんだよ。家に女がいりゃ朝飯の支度はしてくれるだろうけど、江戸にはかみさんがいない男も多い。てめえで飯を拵えるのが面倒で昼飯や晩飯に寿司を買うやつはたくさんいるだろ？」

「それはお昼や夜の話でしょ。さすがに朝は……」

「いやいや、朝一番で売りに行けば、てめえで作らずに済むって買ってくれるんじゃねえかと」

「なるほど……で、売れたの？」

「それが全然。いい思いつきだと思ったんだがなあ……」

俺の寿司、旨いのに……と棒手振は無念そうに言う。それほど自信があるなんて、いったいどんな寿司なのだろう、と半台に目を向けると、棒手振が蓋を取って見せてくれた。

「わあ……本当に美味しそう！　鯛の桃色がとっても華やかだし、鰯も凄く脂がのってるみたい」

「だろ？　嘘は言わねえ、こいつは紛れもなく旨い寿司だ。一度でいいから買ってみてくれねえか」

「……わかった。じゃあ、鯛と鰯をいただくわ。ご飯支度はしているけど、弟の胃袋は底なしだから、きっと食べられるでしょう。今、お皿を持ってくるから待ってて」

「亭主じゃなくて弟？　もしや嫁入り前だったか……」

おかみさんなんて言って悪かった、と棒手振は謝る。そればかりか、大急ぎできよが持ってきた皿に寿司を四つのせる。ふたりだからそれぞれふたつずつと思ったのかもしれない。

「あ、鯛と鰯をひとつずつでいいわ！」

「お代はふたつ分でかまわねえ。残りのふたつはお詫び代わりだ」

「お詫びなんていらないって。年格好からしたら『おかみさん』になってないほうがおかしいぐらいだもの」

「とはいってもな。ま、どっちにしても、この半台いっぱいの寿司が売り切れるとは思えねえ。味見がてら食ってみてくれ」

「いいの？」

断るべきだとは思ったけれど、寿司はあまりにも美味しそうだし、四つ分の代を払うと言っても受け取らないだろう。自分たちで食べきれないようなら隣のよねに分ければいい。気に入って贔屓になれば、棒手振も喜んでくれるはずだ。

「じゃあ、ありがたくいただくわ。お代は？」

「ふたつで十文」

屋台の寿司の値段はひとつ四文から八文。ふたつで十文という値段は相場だが、この見事な鯛の仕上がりを考えれば値打ちに思えた。

きよから銭を受け取った棒手振は、ぺこりと頭を下げて言った。

「ありがとよ。明日また来るから、旨かったかどうか知らせてくれるかい？」

「もちろん。私はたいてい明け方にはここにいるから」

「合点だ。じゃ、またな！」

来たときよりも少し軽い足取りになって、棒手振は孫兵衛長屋がある通りから去っていった。これからまたよそに回るのだろう。ひとつでも売れるといいな、と思いながら、きよは男を見送った。

作りかけだったお菜を仕上げて家に戻る。きよが手にしている皿を見て、清五郎が歓声を上げた。

「いきなり皿を持ってったから何事かと思ったら、寿司じゃねえか！」

てっきり佃煮（つくだに）売りでも来たのかと思っていた、朝から寿司を売りに来るなんて珍しい、と驚く弟に子細を話す。清五郎は、なるほどな……と頷きながら皿の上の寿司をじっくり眺めた。

「滅法（めっぽう）きれいな寿司だな」

「でしょ！　おまけしてくれたから私も食べられるわ」

「だな。でも、ひとつを半分に切ってふたりで食おうよ。そしたらおよねさんにも分けられる」

「あら、あんたはふたつ食べたいかと思ったけど」

「朝飯は作ったんだから、味見ができりゃいいよ」

そう言うなり清五郎は包丁を持ってきて、寿司をふたつに切る。早速片方を口に放り込み、もぐもぐやったあと目を見張った。

「すげえ……こんなに旨い寿司は食ったことがねえぜ」

姉ちゃんも食ってみろとせっつかれ、立ったまま口に入れる。

鯛は小さいと淡泊になりがちな魚だが、しっかり脂がのっている。おそらくかなり大きな鯛、なおかつ獲ってからしばらく寝かして旨みを引き出してあるのだろう。うっすら昆布の風味を感じるから、昆布締めにしてあったのかもしれない。

それ以上に素晴らしいのは、生姜の工夫だった。よく見ると鯛と飯の間に千切りにした生姜の酢漬けが挟み込まれている。しゃきっとした歯触りとほのかな香りが、寿司の味を一枚も二枚も上げていた。

清五郎が眉根を寄せて言う。

「鯛も鰯も滅法旨い。これは困った」

「なんで困るのよ。美味しいのはいいことでしょ？」

「一度食ったら忘れられねえ。明日も明後日もその次も食いたくなる。そんなの、銭が続かないじゃねえか」

「そこまで？」

困った困ったと繰り返す弟に、きよは笑ってしまった。毎日買うことはできないし、三日も四日も続けたらさすがに飽きる。それでも、ここまで美味しい寿司に巡り会えたことが嬉しい。生姜は冬の料理に使うことが多いが、酢漬けならさっぱりして夏にもよさそうだ。なにより、鯛と飯の間に挟むなんて、思いつきもしなかった。

食べ終わった清五郎は、残ったふたつを未練たらたらの様子で見ている。いっそ食べてしまっても……と言うきよに、弟はきっぱり首を横に振った。

「いや、やっぱりおよねさんに分けよう。棒手振だってひとりでも多くの人に味を知ってもらえたほうが喜ぶだろ」

「そのとおりね。じゃ、さっそくおよねさんに届けてくるわ」

「井戸端で会わなかったのかい？」

「会ってないの。もしかしたら少し寝坊したのかもね。とりあえず七輪はそのままにしてきたけど、あんまり起きないようなら火を落としに行かないと……」

そう答えたとたん、隣から人が動く気配が伝わってきた。かなりばたばたしているから、寝坊して慌てているらしい。

きよが外に出ると同時に、よねが引き戸を開けた。

「おはようございます、およねさん」

「おはよう、おきよちゃん。もうおまんまの支度は終わったかい？」

「ええ。七輪ならすぐに使えますよ。でも、もしよければこれを朝ご飯にしてはどうです？」

そこできよは寿司を差し出す。小皿に移されたふたつの寿司を見て、よねは怪訝そうに訊ねた。

「どうしたんだい、これ？」

「さっき棒手振が来たんです。おまけしてくれたからおよねさんにも、と思って」

「もらっちまっていいのかい？」

「ええ。明日も来るそうですから、食べてみてお口に合うようなら買ってやってください」

口に合えばいいが、合わなかったら面倒だ、とよねは眉をひそめている。けれど、きよには妙な自信があった。見てくれがよすぎる食べ物は旨くないこともあるが、寿司に限っては大丈夫。魚の始末はきれいだし、飯もしっかり握られている。なにより、半台の中の寿司はひとつひとつは言うまでもなく、並べ方も見事だった。日本橋から深川まで半台の中で転ばさずに運んでくるには気配りが必要だったはずだ。

しかも最初に渡された寿司の皿には葉蘭まで敷かれていた。半台の中ならまだしも、客に渡す皿の盛り付けまで気にするのは珍しい。これほどの気配りができる男が作った寿司なら今日に限らず、明日も明後日も旨いに違いない。

「ご飯に混ぜる酢の甘い塩っぱいの好みは人それぞれですけど、きっと魚とよく合う味に仕上がってるはず」

「料理人のおきよちゃんがそう言うなら間違いないだろう。実は昨日の晩、うっかり米を洗わずに寝ちまった上に寝坊しちまって、どうしようかと思ってたんだ」

これで朝ご飯を済ませられる、とよねは嬉しそうに皿を受け取る。ただ、きよにしてみれば、それはそれで心配だ。江戸の人たちはたいてい朝に一日分の飯を炊くから、朝飯の支度をしなければ昼や夜のご飯にも困る。朝飯のあと改めて飯の支度をするのだろうか……と思って訊ねると、よねは嬉しそうに答えた。

「今日はおはなのところに行くんだよ。少し前に右馬三郎さんのところに行ったら、みんなで月見をしようって誘ってくれてね」

右馬三郎というのは、よねが三味線（しゃみせん）の手入れを任せている琴三味線師で、弟子の孫四郎はよねの娘の嫁入り先でもある。右馬三郎は孫四郎の親代わりでもあるので、はなが嫁に行ってからはそれまで以上に付き合いが深くなったようで、やれ花見だ、花火見物だ、と四人で過ごすことが増えているらしい。中秋でもあるし、揃って月見をしようということになったのだろう。

「そういえば、今日は十五夜ですものね。いいですね、お月見」

「だろ？　で、せっかくだから団子を拵（こしら）えようってことになって、昼前から出かけるんだ」

よねの話に、きよはにんまり微笑む。

粉を練って茹でるだけの団子にそれほど暇はかからない。たとえ作り慣れていなかったとしても昼八つ（午後二時）に出れば間に合うはずだ。いや、月見だって、どうせ右馬三郎と孫四郎が勤めを終えてからになるに違いないから夕七つ（午後四時）でも十分だ。団子を作るために昼前から出かけるというのは、いくらなんでも早すぎる。おそらくよねは少しでも長く娘と過ごしたくて、早々と出かけていくのだろう。

にやにやしているきよに気付いたのか、よねが慌てたように言う。

「早すぎると思ってるんだろ？　でも違うんだ。実は、団子だけじゃなくて晩ご飯もしっかり拵（こしら）えようってことになってね。あたしもはなも煮炊きはさほど得意じゃないが、ふたりがかりならそれなりに調（ととの）えられるんじゃないかってさ。あ、そうだ！　おきよちゃんなら呑兵衛（のんべえ）の好きそうな料理をよく知ってるだろ？　なにか教えてくれないかい？」

『呑兵衛』という言葉に、きよはまた笑みを浮かべる。

よねは酒が嫌いではないが、呑兵衛と言うほどではない。はなは下戸（げこ）だし、亭主の孫四郎も嗜（たしな）む程度だが、右馬三郎は相当な『呑兵衛』だそうだ。あえて『呑兵衛が好きそうな料理』と言うからには、右馬三郎の好みに合わせたいと考えているのだろう。

右馬三郎は男やもめ、よねも亭主と死に別れてから長い。こうやって頻繁に一緒に過ごそうとするのなら、右馬三郎だってよねを悪く思っていないはずだ。ふたりが夫婦になるならないは別にしても、気が合って楽しく過ごせる相手がいるのはいいことだろう。

「そうですね。『千川』はお酒を出す店ですから、うちの品書きに入っている料理ならたいていお酒には合いますよ」

「あたしたちの手に負えそうな料理はあるかい？　できればちょいと目先が変わったのがいいんだけど」

はなが嫁入りしてから何度か四人で過ごした。そのたびに料理を作っているけれど、所詮素人だからそれほどいろいろ作れるわけでもない。同じ料理の繰り返しになっているから、目新しいものが作りたい、とよねに頼まれ、きよは考え込んだ。

――お月見といえばお芋よね。でも、煮っ転がしや味噌汁はありきたりだし……。そうだ、芋は芋でも山芋を使った料理なら目新しいかも……

「およねさん、せたやき芋はどうですか？」

「せたやき……なんだいそれは？」

「あ、ご存じないんですね。それならなおいいです」

「なんだか難しそうだけど……」

「ちっとも難しくなんてありません。山芋を摺って葛粉をまぜて揚げたあと、たれを塗るだけです」

「揚げる⁉　そりゃ油がたくさんいる……」

「じゃあ、ごま油を多めに入れて焼いちゃってください。それでもなんとかなるはずです」

「なるほど。でも摺った山芋なんてどろどろして扱いにくそうだね。あたしにできるだろうか？」

「葛粉をまぜればかなり固まりますけど、小さく切った海苔の上に広げて焼いてもいいですよ。うまく形を整えれば鰻の蒲焼きみたいに見えますから、右馬三郎さんたちは驚かれるかも」

「鰻だと思ったら山芋だった、ってか。それは面白そうだね！　で、山芋と葛粉はいいとして、たれってのは？」

「醤油と味醂とお酒を煮詰めて作ります。味醂を多めにすれば甘塩っぱくなってお酒にもぴったりです」

「醤油と味醂と酒。味醂は多め、だね？　よし、やってみることにするよ。おはなは手先が器用だから、うまいこと鰻の形でできるだろう。ありがとよ、おきよちゃん」

「どういたしまして。あ、お寿司のことだけ……」

「わかってるよ。食べてみて旨かったら、時々買うことにするよ。なんなら右馬三郎さんたちにも広めておくから、あのあたりも回ればいい。職人が多いからけっこう売れるだろう」

「それはいいですね。じゃ、よろしくお願いします」

「あいよ。じゃあ、あたしはこれで……おっと、七輪を片付けなきゃ」

「それは私が。およねさんは今日はもう使わないんだし、そのまま預からせてください」

「そうか……夜にまた取りに来るより、あんたが持ってたほうがいいね」

「私が持っていれば、およねさんもゆっくりお月見が楽しめますし、なんならおはなちゃんのところに泊めてもらってもいいし」

「それもいいね！　じゃ、今度こそあたしはこれで」

よねはそれまで以上に嬉しそうに言ったあと、家に引っ込んだ。

寿司を食べたあと青物屋に寄り、山芋を買ってからはなのところに行く。さぞや楽しい一日になることだろう。よかった、よかったと思いながら、きよは七輪の始末に向かった。

翌朝、きよが井戸端で待ち構えていると昨日の棒手振(ぼてふり)がやってきた。

だが、彼の肩に天秤棒（てんびんぼう）はなく、小さな風呂敷包みをひとつ持っているだけで、見るからにしょんぼりしている。昨日声をかけてきたときも元気いっぱいという様子ではなかったが、寿司を買ってやったあとは足取り軽く去っていった。にもかかわらず今は意気消沈そのもの、こんなに気勢の上がらない棒手振（ぼてふり）は見たことがないという感じだった。

それでも棒手振は、井戸端にいるきよを見つけたせいか、少しだけ明るい顔になって声をかけてきた。

「おはよう」

「おはよう。昨日はありがとう。お寿司、とっても美味しくて、弟が大喜びしてた。お隣さんにもお裾分けしたんだけど、その人もすごく褒めてたわよ」

昨日の朝、きよと清五郎が『千川』に行こうと外に出たところ、よねが家から出てきて「こんなに旨い寿司は食べたことがない。次に売りに来たらあたしも買うから、声をかけておくれ」と頼んできた。必ずだよ、と何度も念を押していたから、相当気に入ったのだろう。

ところが、そんなきよの話を聞いていても棒手振の顔つきは相変わらず、いや、むしろ前よりもっと落ち込んだ様子だった。

「どうしたの？　ずいぶんしょぼくれてるけど、なにかあったの？」

「……実は、魚が買えなくなっちまって……」

「買えない？　魚屋さんといざこざでも起こしたの？」

「いざこざっていうか、いきなり『もうおまえに魚は売れねえ』って言ってきて、俺がなにを言っても聞いてくれねえ」

「なにか怒らせるようなことをしたとか……」

「覚えがねえ。俺が仕入れてた魚屋はそんなに手広くやってるやつじゃねえし、売れ残りを引き取ってくれるって喜んでたぐらいなんだ。それが昨日はいきなりそんなことを言い出して、俺にはなにがなんだか……」

「それは困ったわね。お魚が買えなければお寿司は作れないし……」

「まったくだ。昨日はおかみさん……いや、姐さんが買ってくれたあとずいぶん調子が上がって、半台が空になるほど売れた。こいつはいい、明日も頑張ろうって魚売りのところに行ったらその始末だ……」

　棒手振は、寿司は作れなかったけれど子細だけでも話しに来なくては……とわざわざ来てくれたらしい。なんとも真面目な男だった。

「思い当たることは本当になにもないの？　もしかしたら誰かの恨みを買って、その人が悪い噂を広めて魚屋さんの耳に入ったとか……」

「悪い噂……あっ！」

　そこで棒手振は息を呑んだ。どうやら思い当たることがあったらしく、勢い込んで話し始める。

「俺、ちょっと前まで料理茶屋に奉公してたんだ。でもお払い箱になって、いろんな料理茶屋や奈良茶飯屋、煮売り屋にまで頼んでみたけど雇ってくれるところがなくて、やむなく棒手振を始めた。そのお払い箱の原因ってのが、出入りの青物売りと喧嘩したことで、もしかしたらそいつが俺を恨んで悪い噂をまいたのかも……」

　喧嘩をした青物売りは日本橋界隈で商いをしている。魚屋も同様なので、青物売りが悪い噂をまけば、耳に入るのは想像に難くないと男は言う。

「絶対あいつだ！　なにせあいつは弁が立つから……」

　悔しそうに俯く棒手振に、きよは子細を訊かずにいられなかった。

「いったいどういう成り行きで……よければ、詳しく話してみてくれない？」

「聞いてくれるかい？」

　そのあと語られたのは実にありそうな、そして、なんとも気の毒な話だった。

　棒手振の名は利八、上州の農家に生まれたものの八男で跡を取ることもできず、江戸に働きに来て十年になるという。三年ほど京橋の炭屋で丁稚奉公し、毎日真っ黒になって働くのが嫌になっていたところに、日本橋の料理茶屋の主に声をかけられたのを機に店を移って料理修業を始めたそうだ。

丁稚がよその店から誘われるのは珍しいが、それほど真面目に働いていたのだろう。その後、修業すること七年、ようやく主から一人前の料理人と認められ、暖簾分けの話が出るところまで来ていた。その矢先、青物売りと喧嘩をしてしまった。

なんでも、ある日青物売りが持ってきた大根に鬆が入っていて使い物にならなかった。一日だけならそんなこともあるかと思うところだが、次の日もその次の日も鬆が入っていた。それどころか、人参は見るからに芯が太くて切ってみたら真ん中に隙間ができている。青菜はしおれて根元にぬめりが出ている始末……

一度ならず文句を言ったが、届く青物は質の悪いものばかりで、どうにもならないと主に告げた結果、主は別の青物売りから仕入れることを決めた。

新しく取引を始めた青物売りはまっとうな商いをする男で、いいものを値打ちに納めてくれた。前とは比べものにならない、変えてよかったと喜んでいたある日、利八は主に呼ばれ、いきなりお払い箱にされたそうだ。

「俺が奉公していた料理茶屋は、旦那さんが修業した店から暖簾分けしてもらって作った店で、付き合いをやめた青物売りは、近頃旦那さんの修業していた店にも青物を納めるようになっていたらしいんだ」

利八は心底悔しそうに話を続ける。

「青物売りは、そっちのほうが買ってくれる量が多いってんで、いいものを全部その店に回してうちにはくずみたいなのを納めてた。そんなの付き合いを切られて当然じゃねえか。それなのに逆恨みして、大店に泣きついてうち旦那さんに文句を言わせたんだ」

「ひどい青物売りね……。まさか、利八さんのところの旦那さんは鵜呑みにしたわけじゃないでしょうね？」

「それが……」

利八は大きなため息を漏らしたあと、遠い目をして言った。

「うちの旦那はちゃんとわかってたはず。でも、暖簾分けしてくれた店の主に楯突けるわけがねえ……」

大店は青物売りがそんな阿漕なことをしているなんて知らないから、あんなにいい青物売りを困らせるなんてとんでもない、すぐに出入禁止を解けとごり押しした上で、付き合いをやめると言い出した男を首にしろと言ってきたらしい。

「首⁉　七年も奉公して暖簾分け寸前までいっていたのに？」

「俺もまさかそんなことになるなんて思ってもみなかった。でも、起こったことは起こったこと、これも授かりだって諦めた。で、出直そうってんで新しい奉公先を見つけようとしたんだがどこも雇ってくれねえ。それならいっそ棒手振をやろうって……」

「それなのに、今度は魚売りにまで……」

「おそらく俺が棒手振を始めたのを知って、あることないこと言いふらしやがったに違いねえ。魚売りが信じたかどうかはわからねえが、悪い噂があるやつと付き合ってたら巻き込まれかねないとでも思ったんだろう。魚売りに罪はねえ……」

「なんてひどい話なの……」

七年も料理茶屋に奉公していたのだから、魚の始末がきれいなのも、寿司が上手に握れるのも納得だ。こんなにいい腕を持っていながら料理人として奉公できない。その上、せっかく始めた棒手振も続けられないなんて、気の毒という言葉では語り尽くせなかった。

「鬆入りの大根や、溶けかけた菜っ葉を売りつけるやつと付き合いたくねえなんて当たり前の話なのに、ここまで恨まれるとはな」

やるせない目で利八は語る。

きっと、この先どうして生きていこうかと思っているのだろう。料理人として働くのは難しい。棒手振すらだめとなったら、途方に暮れるのも無理はない。

せっかくこんなにいい腕を持っているのに……と思ったとき、きよの頭に弱り果てた源太郎の顔が浮かんだ。

彦之助の店の奉公人はまだ見つかっていない。一度は探し始めたものの相応しい人が見つからない。さとは毎日せっついているようだが、源太郎とて奉公人探しにかかり切りになるわけにいかず、今なお彦之助はひとりでてんてこ舞いをしているそうだ。

もし利八が彦之助の店で働くことができれば、さとは安心するし、源太郎は人探しをしなくて済む。彦之助も楽になって、万事うまく収まるのではないか。これほどの寿司を作れる腕があるなら、彦之助だって気に入るに違いない。

これはいいことを思いついた、ときよは大喜びで利八に訊ねた。

「利八さん、私、奉公人を探している店を知っているの。一度その店に訊いてみない?」

「奉公人を探してる? そいつはどんな……?」

「お弁当屋さんよ」

「弁当屋って、弁当だけを売る店かい?」

「そうよ。文月(ふみづき)の頭に開いたばかりのお店なんだけど……」

「もしかして神田の店か?」

「あら、知ってるの?」

まさか利八が知っているとは思わなかった。驚くきよに、利八が勢い込んで答えた。

「知ってる知ってる。深川の『千川』の息子がやってる店だろ？ 八丁堀界隈の注文が多いが、町人からの注文も受けるし、手が空いてるときは作り置きを売ることもある。味はいいし、手が込んでるのに町人には安い値段で売ってくれるって、噂は日本橋まで届いてる」

「そうなんだ！ じゃあ話は早いわね。そのお弁当屋さんが人が足りなくて困ってるの。実際に探してるのは『千川』の旦那さんでこのすぐ近く。ぬか喜びになるかもしれないけど、訊くだけでも訊いてみたらどうかしら？」

「ぬか喜びでも無駄足でもかまわねえ。『千川』は深川にこの店ありってぐらいの料理茶屋だ。そこの息子の店に奉公できるなら御の字。なにより、今の俺は藁にでも縋りたい気持ちなんだ。すぐにでも行って……って、さすがにまだ開いてねえか」

「そうね。それに利八さんがひとりでいきなり行っても何事かと思われるだけよ。私が一緒に行くから、少し待ってて……あらやだ！」

そこできよははっとした。

利八から寿司を買うつもりでいたから、朝ご飯の支度をしていない。晩ご飯用の飯だけは清五郎が炊いてくれているから、味噌汁すらないけれど漬け物はあるからそれで済ませよう、と思っていると、利八が風呂敷包みを差し出した。

「朝飯はまだなんだろ？　それならこいつを食ってくれ」

「え……でも、お魚が買えなかったって」

「ああ。だが、油揚げと干瓢ならあった。せっかく待っててくれてるのに手ぶらじゃ申し訳ねえと思って、稲荷と干瓢巻きを作ってきたんだ」

嫌いじゃねえといいんだが、と利八は言う。だが、きよも清五郎も稲荷は大好物だし、干瓢巻きに至っては、なんでも弟に譲る癖がついているきよですら、最後のひとつを取り合って喧嘩になるほどだった。

「心配ご無用。どっちも大好物よ」

そう言いながら受け取った風呂敷包みはずしりと重い。これなら、またよねに裾分けすることもできるだろう。

「ありがとう。あ、お代を払わなきゃ……」

「とんでもねえ。そいつはそうだな……わざわざ俺と一緒に出向いてもらう礼だよ」

「わざわざって言われると気が引けるわ」

くすりと笑うきよに、利八は怪訝な顔になる。無理もない。きよが『千川』で働いてるなんて言っていないのだから……

「実は私、『千川』で奉公してるの。旦那さんはよく知ってるし、わざわざなんかじゃなくて毎日通ってるんだもの」

「そうだったのか。ならよかった。じゃ、俺はここで待ってるよ」

片手を上げて挨拶をしたあと、利八は井戸に寄りかかる。気にせず飯を済ませてこい、ということだろう。

風呂敷包みを持っていったん家に戻り、よねの分を皿に分けて届けに行く。魚の寿司じゃなくてがっかりするかと思ったが、よねも大喜び。どうやらよねも稲荷と干瓢巻きに目がないらしい。

きよから経緯をざっと聞かされたあと、よねは残念そうに言った。

「干瓢が切り口の真ん中にきれいに収まってる。海苔の合わせ目も重なりすぎず、かといって飯がはみ出しそうってこともない。本当にいい腕だ。贔屓(ひいき)にしてやろうと思ってたのに……」

「またどこかの料理屋に勤めることがあるかもしれません。そのときにはどうぞご贔屓に」

「わかったよ。井戸のとこにいるんだね？　礼ぐらい言ってくるかね」

そう言うとよねは井戸に向かった。

ただ待たせるのは気兼ねするから、よねが相手をしてくれるのはありがたい。それでものんびりしている暇はない。井戸端で話し込んでいたせいで、ずいぶん時が過ぎてしまった。大急ぎで支度をしなければ、勤めに遅れてしまう、ときよは自分の部屋に駆け戻る。正直に言えば、遅れることより、干瓢(かんぴょう)巻きを清五郎に食べ尽くされることのほうが心配だった。

大急ぎで支度を済ませたあと、姉弟は利八を伴って『千川』に向かった。

源太郎にどう説明すればいいだろう、と考えていると、隣を歩く清五郎が声をかけてきた。

「姉ちゃん、旦那さんには俺から話そうか？」

「ありがたいけど……どうして？」

「こういうの、姉ちゃんはあんまり得意じゃないだろ？　俺のほうが弁が立つから引き受けてやろうかな、って」

聞けば気の毒な話だ。奉公先で理不尽な目にあうのはよくあることかもしれないが、あとを引いて新しく始めた商(あきな)いまで邪魔されるなんてありえない。なんとか身の立つようにしてやりたい、という気持ちは自分も同じだと清五郎は言う。

「それに、姉ちゃんが見たこともない男を連れてきて、ああだこうだ言ったら板長さんが気を悪く……」

「板長さん？」

弥一郎が咎めるというのだろうか。女の分際で出しゃばるな、とか……。だが、女のきよを料理人に仕立てようとした弥一郎が、そんなことを言うとは思えない。首を傾げるきよを見て、清五郎は慌てて言葉を切った。

「あ、いや、なんでもねえ。とにかく、俺が話してみるよ。味見用の寿司も持ってきたし」

そう言うと清五郎は、懐を軽く叩いてにやりと笑った。

どうやら寿司をいくつか竹の皮に包んで持ってきたらしい。確かに、料理の腕を知るには作ったものを食べさせるのが一番だ。全部食べきったと思っていたのに、わざわざとりわけておいたなんてずいぶん知恵が回る、ときよは感心してしまった。

「そんなことまで……。いや、すまねえ。こんなことならもっと作ってくればよかった」

利八が申し訳なさそうに言う。

「いやいや、そもそも利八さんは、こんなことになるなんて思ってもみなかったんだから当然さ」

「そうよ。これは私がいきなり言い出したこと。なんの用意もなく連れていくのはむしろ気の毒かも」

「そんなことはねえ。心底ありがてえと思ってるよ。見ず知らずの俺のためにここまでしてくれるなんて、あんたら本当にいい人だ」

「うちの姉ちゃんはお人好しだからな。なにより同じ料理人が難儀してるのを見てらんねえんだよ」

「料理人⁉」

そこで利八は、いきなり立ち止まってきよを見た。

頭のてっぺんから爪の先まで確かめたあと、視線を斜め上にやって考え込む。

「そういや、井戸端で待ってたときに寿司の礼を言いに来てくれたおかみさんが、あんたのことを『おきよちゃん』って言ってたっけ……」

そこで利八はきよに目を戻し、まじまじと見つめたあと訊ねてきた。

「もしや『千川のおきよ』ってのは、あんたのことかい？」

「『千川のおきよ』？　うちの店できよって名は私ひとりだけど……」

「なんてこった……藁にも縋る思いで頼った相手がよりにもよって『千川のおきよ』とは！」

「えっと……なにか支障でも？」

日本橋界隈にまで自分の名前が伝わっているとは予想もしなかったが、こういう言い方をされるからにはあまりいい評価ではない気がする。『女だてらに』とか、『ろくな料理も作れねえくせに』とか言われているのだろうか。もしかしたら『千川』の名まで貶めているのかも、ときよは不安になる。だが、利八はいきなり嬉しそうな顔になり、両手できよの手を取ってぶんぶん振った。

「あんた、そこらの料理人には思いも寄らねえ工夫で新しい料理を生みまくってるんだってな！　噂を聞いた連中がそこら中から詰めかけて、売上げは鰻登りだそうじゃねえか。『千川』の懐刀のあんたの口添えなら、俺の奉公もきっと叶う。なんてありがてえ！」

　ようやく運が向いてきた、と利八は大喜びしている。懐刀なんて褒めすぎもいいところだ。今の自分は、なまくら包丁をせっせと研いでなんとか切れるようにしているだけのこと、いざとなってもろくに役に立ちそうにない。

　弱り果てるきよを見て、清五郎が笑いながら言った。

「また、そんな湿気た面になる。日本橋まで名が轟いてるってわかったんだから、もっと胸を張れよ。旦那さんや板長さんが姉ちゃんに一目置いてることに間違いはねえんだし、その姉ちゃんのすすめなら、利八さんのこともちゃんと考えてくれる。少なくとも門前払いにはされねえと思うぜ」

「でも清五郎、話はあんたがしてくれるって……」

「もちろん。一通り話した上で、最後に姉ちゃんもちゃんと食ったって言うよ。姉ちゃんのお墨付きってことで」

「よかった。じゃあ、お願いね」

「まかしとけって。じゃ、急ごう」

そして三人はまた歩き出し、ほどなく『千川』に到着した。

「旦那さん、おはようございます」

折良く裏の家から歩いてきた源太郎に、清五郎が声をかけた。弥一郎はすでに板場に入っているに違いないが、彦之助の店のことなので源太郎だけいればすむ話だろう。

「はい、おはよう。おや……そちらは？」

きよと清五郎の後ろにいる利八に気付いて、源太郎が訊ねてくる。これ幸いと、清五郎が経緯を語り始めた。

「なるほど料理人、しかも日本橋で七年修業して暖簾分け間近だったと……」

話を聞き、清五郎が出した寿司も食べ終えた源太郎は、少しの間なにかを考えていたあと利八に話しかけた。

「あんた、この足で神田に行けるかい？　俺が行ってやればいいんだが、あいにく今日はちょいと寄り合いがあってな」

「行くのはいいんですが、それで大丈夫なものですかい？　彦之助さんはなにがなんだかわからねえんじゃ……」

「俺が文を書くから、そいつをもっていけばいい」

「わかりました。でも、彦之助さんって人も仕事の最中で忙しいでしょうし、昼八つ（午後二時）過ぎか、いっそ夜に入ってからのほうが……。俺ならいくらでも出直しますし」

「ほう……気配りもある、と。これなら彦之助ともうまくやれるかもしれねえな」

嬉しそうに頷きつつ、源太郎はなおも言う。

「弁当作りも届けに行くのもひとりでこなさなきゃならないせいで、てんてこ舞いだ。あんた江戸に来て十年なら道にも詳しいだろ？」

「それはまあ……」

「いきなりですまねえが、弁当配りを助けてやってくれねえか。万が一、彦之助と気が合わなくて駄目だとなっても、今日の分の給金はちゃんと払う」

「そんなこと……って言いてえところですが、正直助かります」

「正直でもある。なおいい。じゃ、文を書くからちょいと待っててくれ」

「合点です」

「利八さん、今日は朝から待たされっぱなしだな」

清五郎に言われても利八は平気の平左、むしろ嬉しそうに返す。

「待てば海路の日和あり、って言うじゃねえか。しかも当てどころなく待つわけじゃねえ。文を書く間ぐらいへっちゃらさ」

「ですね。利八さん、道中気をつけて」

「ありがとよ、おきよさん、清五郎さん。いやあ、こんな運びになるとは思わなかった。あんたたちのおかげだ」

「旨い寿司の礼だよ。じゃ、俺たちは勤めに入るから」

そこできよと清五郎は店の中に入る。

あとは、彦之助と馬が合うのを祈るばかりだが、利八は腕がよくて気配りに富む。源太郎も、これなら大丈夫と思って神田に行かせるのだろうし、うまくいくに違いない。

腕のいい料理人、いやどんな料理人だって仕事にあぶれる姿なんて見たくない。知っていようがいまいが、同じ道を行く者として見過ごせない。

競争相手を敵と捉え、いないに越したことがないとする人もいるだろう。だが、競争相手がいてこそ己の技を磨ける。高め合って進む仲間はひとりでも多いほうがいい。それがきよの考え方だった。

利八が彦之助の店に行ってから半月近くが過ぎた。

一度だけ源太郎が様子を見に行ったが、そのときはふたりともてきぱきと働いていたという。裏店（うらだな）なのでそう広くもない店の中で手分けして仕事を進める姿に、源太郎もこれなら大丈夫と安堵したそうだ。どうやら、前の奉公人のときは、大声で叱ることこそなかったけれど、彦之助は終始仏頂面（ぶっちょうづら）で不満を抱えていることが一目瞭然だったらしい。

これは長く続かないかもしれない、と心配していた矢先に奉公人をお払い箱にしたと聞いて、源太郎はさもありなんと思ったに違いない。

その点、利八とは仲良くやれているようだし、利八なら弁当を届けに行くのに道順を詳しく教える必要もない。あの通りの辻から何軒目、と言うだけできちんと届けられるそうだ。何度も教えて、時には地図まで書いてやっても刻限までに届けられなかった前の奉公人とは雲泥（うんでい）の差、文句が出るわけがなかった。

彦之助はもう大丈夫、利八とふたりで店を守り立て、徐々に商（あきな）いを大きくしていけるに違いない。『千川』の面々、そしてさともそう信じて疑わなかった。

ところが、それから数日後のある夜、『千川』に彦之助がやってきた。

急に雨が降り出したため、それまでいた客は大急ぎで帰り、新たに入ってくる者もいない。店は閑古鳥が鳴く有様で、そこに水無月の末以来見ていなかった顔が現れたせいで、みんなが歓声を上げた。

とりわけ嬉しそうだったのは伊蔵だ。伊蔵は、京に修業に出る前から彦之助を知っている。年も近いし、親しく話したこともあったらしい。その彦之助が店を開いたのだ。源太郎や弥一郎から様子は聞いていたにしても、本人の口からも話を聞きたいと思っていたのだろう。

「彦さん！　足下が悪いのによく来たな！」

わざわざ板場から出ていって迎えた伊蔵に、彦之助は軽い会釈で応えた。

「久しぶりだな、伊蔵。あっちを出たときはまだ雨じゃなかったんだ。雲行きは怪しかったが、急げば半刻（一時間）ちょっとで着ける。なんとか間に合うかと思ってたんだが、永代橋を渡ったあたりでざーっと降ってきやがった」

「あらあら大変。とりあえず、これで拭ってくださいな」

とらが懐から手ぬぐいを出して渡した。礼を言って受け取り、肩や胸に付いた滴を拭き取ったあと、彦之助は店内を見渡して訊ねた。

「兄貴、おとっつぁんは？」

「親父はさっき家に戻った。それよりおまえ、店はどうした？」

「今日の分は終わったし、仕込みも済ませてきた。明日は暮れ近くに届けてくれって注文ばかりだから、朝一番で戻れば大丈夫だ」

「そうか」

「親父はすぐにこっちに戻ってくるのか？」

「どうだろ。見たとおり客はいねえし、帳面でも付けてるんじゃねえかな？」

「帳面付けならしばらくかかるか。じゃあ、そっちに行くか……」

「なんか特別な用向きでもあるのか？」

「ちょいと頼み事があって……」

「もう少ししたら戻ってくるとは思うが、急ぐなら家に行ったほうがいい」

「わかった」

そこで彦之助はちらりときよを見た。だが、なにも言わないままに店を出ていく。声ぐらいかけてくれてもいいのに……とは思ったが、彦之助は普段から愛嬌を振りまくような男ではない。なにより、頼み事が気になってそれどころではなかったのだろう。

どうやら彦之助は、今夜は泊まっていくつもりらしい。朝一番で神田に戻るにしても、少しぐらい話はできるはずだ。心なしか痩せたような気がするが、自分の店を持ったばかりなのだから当たり前と言えば当たり前、姿が見られてよかったと思いながら、きよも家に帰った。

翌朝、『千川』に着いたきよの耳に飛び込んできたのは、弥一郎と源太郎が言い合う声だった。おまけに、話したいと思って少し早めに来たのに彦之助の姿はどこにもない。表の掃除をしていたとらに聞くと、朝ご飯も食べずに神田に帰ったという。

清五郎が首を傾げた。

「飯も食わずにって……そこまで急ぐような話はしてなかったのに」

「頼み事がうまくいかなかったのかしら……」

「そうとしか思えねえ。十中八九、この喧嘩も彦之助さんがらみだな」

親子の声が次第に大きくなっていく。さっきまでは『言い合う』程度だったのが、今ではもうすっかり喧嘩だ。声は外まで響き渡り、話の中身がはっきり聞き取れるほどだった。

「親父もお袋も甘すぎる！　彦之助が欲しがるものなら、なんでもかんでもやってるようじゃ、あいつはろくな者にならねえぞ！」

「なんでもかんでもじゃねえよ。奉公人に限っての話だ。たったひとりの奉公人と気が合わねえって言われたら、なんとかするしかねえ。おまけに前と違って今度の奉公人は、あいつと会わせもせずに文だけ持たせて送り込んだんだからな」

「そうかもしれねえが、あいつが探す暇がねえようだからこっちで探してやったんだろ？　それに、あの男のどこに不満がある？　腕はいいし、気配りもある。おまけに土地勘もある。彦之助の店には、これ以上ない奉公人じゃねえか」

きよと清五郎は、思わず顔を見合わせてしまった。

「姉ちゃん、これって利八さんの話だよな？」

「間違いないわ。彦之助さん、利八さんも気に入らなかったのね……まさかもうお払い箱にしちゃったわけじゃないでしょうね？」

「まさか。さすがにそんな成り行きでは『千川』に顔なんて出せねえ。わざわざここまで来たのは、まだ奉公はさせてるけど近々なんとかしてえって話だろ。もしくは、どうやったら穏便にお払い箱にできるか、とか……」

前の奉公人のように、元いた店に戻すわけにはいかない。彦之助としても、行き先がない男を首にできずに源太郎に相談に来た。そう考えるのが筋だろう。

「困ったわ。私が利八さんをすすめたせいでこんなことになっちゃうなんて……」

「姉ちゃんのせいじゃないよ。旦那さんだって、利八さんだって喜んでたじゃないか」

「でも、当の彦之助さんが喜んでないんだから……」

「我が儘（わがまま）なんだよ！」

その声は、清五郎ではなく弥一郎のものだった。清五郎がぎょっとしたように店の中に目をやった。まさに今、自分が言わんとしていた言葉だったようだ。

弥一郎の声はなおも続く。

「自分と気が合わねえからって、片っ端から首にしてるようじゃ、この先やってけるはずがない。神田の店なんざ、畳ませちまえ！」

「そうはいっても、それじゃあ彦之助も利八も働き口がなくなっちまう。彦之助はともかく、さすがに利八は……」

「もともと仕事がない男を一時でも拾ってやったんだ。そこまで気にすることはねえ」

「おまえは人でなしかよ！」

源太郎の言葉に姉弟はもちろん、一緒に様子を窺っていたとらまでうんうんと頷く。それにしても解せない。いつも奉公人のことを思いやってくれる弥一郎が、こんな冷たいことを言うなんて……

だが、すぐにきよの疑問に答えるような言葉が聞こえてきた。

「人でなしにもなるさ！　あいつは、うちの料理人を横からかっ攫おうとしてるんだぜ？　気に入らねえからって、うちの奉公人と入れ替えてくれなんてとんでもねえ話だ！　ましてやおきよは、もともと光るものはあったにしても、ちゃんとした料理の技なんて持ってなかったのをようやくここまでにしたんだ。そのおきよを利八と入れ替えろなんて、了見できるわけがねえ！」

「えーっ⁉」

きよが驚きの声を上げたとたん、引き戸が開いて源太郎が顔を出した。

「おきよか。ちょうどよかった。ちょいと聞いてくれ」

「聞く必要はねえ！　おきよはどこにもやらねえからな！」

「黙れ弥一郎！『千川』の主は俺だ！」

「料理人については、板場を預かってる俺に権限がある！」

「板長さん、旦那さんもどうか落ち着いてください。外まで話が筒抜けですし、耳が痛くなりそうです」

きよの声で、ふたりはようやく黙る。だが、迂闊なことを言えばすぐにまた喧嘩が始まりそうだった。

突っ立っているわけにもいかず、きよと清五郎、さらにとらも店の中に入る。中には伊蔵もいて、弱りきったような顔をしていた。すかさず清五郎が、源太郎に訊ねた。

「で、彦之助さんは利八さんのどこが不満なんです？」

「不満はねえ。ただ合わねえって言ってるだけだ」

「てことは、仕事に支障はないってことですよね？　だったら放っておいたらどうです？」

「そうしたいのは山々だが、彦之助はあの性分だ。このままにしておいたら、利八の奉公先を見つけてでも追い出しかねない」

「まさか！　自分だって手が足りなくて難儀してるのに、そこまでするわけがねえ」

「どうだか……」

源太郎はことさら深いため息をつく。そこに弥一郎が苦虫を噛み潰したような顔で言った。

「二度も奉公人を探してあてがってやったのに、また追い出すようなら今度こそ見限ればいい。店が回らなくなろうが、商い(あきな)が小さくなろうが、知ったことか」

「まだやってるの……？」

そこに入ってきたのはさとだ。さとが店に顔を出すことは滅多にないが、やはり弥一郎と源太郎の様子が気になって見に来たのだろう。

そんな言葉が出るからには朝からずっと、もしかしたら昨日の夜からこんな様子だったのかもしれない。さとは、呆れ果てたように言う。

「彦之助はあなたの弟、それなのにどうしてそこまで冷たいことが言えるの？」

「それとこれとは話が別だ。俺はあいつの兄貴には違いねえが、『千川』の板長でもあるんだ。我が儘勝手な弟より、店の成り行きのほうがずっと気になる」

相手が母親だけに、弥一郎も大きな声は出さない。だが、得心とは遠い状況にあることは間違いなかった。

弥一郎は、噛んで含めるように言う。

「彦之助は甘えてるんだよ。利八は上州育ちだから江戸あたりの味しか知らねえ。一方おきよは、上方の味を心得てる。いくら彦之助が上方で修業してきたとは言ってもたかが三年、まだ身体に染みつくほどじゃねえ。迷ったときにそばにおきよがいれば助けてもらえる。そんな考えでいるのさ」

きよが思うに、彦之助はそれほど情けない男ではないし、そこまで頼りにしてくれているのなら、一声ぐらいかけてくれるはずだ。それなのに、昨日の彦之助はきよと目すら合わせなかった。奉公人をお払い箱にする理由が、自分にあるとは思えない。

だが、さとはあっさり頷いた上に、鬼の首を取ったように言う。

「そうかもしれないわ。だとしたら、余計におきよを彦之助のところにやらないと……」

「なんでそうなるんだよ！」

堪えきれなくなったのか、弥一郎がまた声を荒らげた。そんな息子を正面から見据え、さとは言い放つ。

「彦之助はおきよに来てほしいの。おきよ以外の誰が行ってもだめなら、おきよをやるしかないじゃない」

「だったらうちはどうなるんだよ！」

「利八さんとやらに来てもらえばいいじゃない。あの口うるさい彦之助が、文句ひとつつけられないんだから、相当腕が立つんでしょう？　料理の基本はしっかり身についているでしょうし、うちの味だってすぐに覚えてくれるに違いありません」

「いや、でも……」

「それにね、弥一郎。あんたは彦之助みたいに、ついこの間店を持ったばかりってわけじゃない。板長になってから長いし、いずれはこの『千川』の跡を取る身、どんな奉公人でもちゃんと使えなきゃ困ります。ね、おまえさん？」

そこでさとは、源太郎にも問いかける。こんな訊ね方をされたら、否定できるわけがない。もとより源太郎だって、きよと利八を入れ替えたがっていたのだから……

案の定、源太郎は百万の味方を得たように頷く。

「そりゃそうだ。なんと言っても彦之助は未熟、だったらこっちでなんとかしてやるしかねえ」

「そんな……」

弥一郎がいかにも辛そうに俯いた。

親がふたりとも弟の味方をする。これではあまりにも弥一郎が気の毒すぎる。なにより、これはきよ自身の話だ。自分の考えを伝えておかないと、このままなし崩しに彦之助の店に行かされてしまう。行く行かない以前に、こんなふうに将棋の駒みたいに動かされるのは納得がいかない。きよは思い切って口を開いた。

「旦那さん、それにおかみさんも……」

「あら……」

きよの声で、さとが軽く目を見張った。まるできよの考えなど関係ないとでも思っていそうな様子に、腹が立つ。

「奉公人が口出しすべきことじゃありませんけど、私自身のことみたいですから、ひとつ言わせてください」

「そりゃそうだ。おきよはどうしたい？　正直なところを言ってみろ」

源太郎がこちらを見て促す。

「私は『千川』に……」

「おきよだって神田に行きたいわよね？」

そこで割り込んできたのはさとだ。おそらくきよが『残りたい』と続けたがっているのを察したのだろう。さとは、きよを見据えて続ける。

「彦之助があれほど言うのだから、おきよは彦之助と相当馬が合ってるのよね？　それに、神田の店も忙しいのは忙しいかもしれないけど、少なくとも身体を壊すほどじゃないはず」

源太郎も記憶を探るように言う。

「そういや、おきよは無理をしすぎて寝込んだことがあったな……」

「でしょう？　なによりおきよは、もともと人前に出るのを嫌がってたじゃない。彦之助の店なら、人目にさらされることなく好きな料理に打ち込めるわ」

きよにとってはいいことづくしだ、と源太郎夫婦は嬉しそうにしている。おそらくふたりは、なにがなんでもきよに断らせたくないのだろう。

そこできよは、伊蔵の顔に目をやった。伊蔵はずっと黙ったまま、きよを見ている。伊蔵がここに居続けるのは当然として、彼は隣のへっついに、きよと利八のどちらにいてほしいのだろう。

本音を言えば、きよは『千川』で働きたい。ようやく慣れてきたところだし、いくら馬が合うといっても、彦之助と弥一郎では料理の腕に差がありすぎる。ひとつふたつしくじったところで、弥一郎がいればなんとかしてくれるはずだ。それを『甘え』と言われれば返す言葉がないが、きよはまだ料理人の修業を始めたばかりなのだから、優れた師匠につきたいと考えるのは当たり前だ。きよを『姉弟子』と称する彦之助とふたりきりでは、切磋琢磨はできても正しく磨けているか確かめる術がない。

ただ、そんな気持ちは、伊蔵だって同じ、珍しいだけの女料理人よりも、暖簾分け間近だったほど腕の立つ料理人が隣にいたほうがいいと思っているかもしれない。

だとすると、きよに『千川』にいてほしい人間は弥一郎だけになる。それでもなお、ここにいられるのか、いていいのか。伊蔵のためにも、自分は彦之助の店に行くべきなのかもしれない。それに、主夫婦の意向に沿わないのは難しい。

半ば諦めの気持ちになったとき、清五郎の声がした。

「あの……もしも姉ちゃんが彦さんの店に行くとしたら、住まいはどうなるんですか？」

「住まい？」

源太郎がきょとんとする一方で、弥一郎が目を輝かせた。

「そうだよな！　ここから神田なんて通えっこない。おきよが彦之助の店に移るとしたら当然引っ越すことになって、清五郎と分かれて暮らすことになっちまう。それじゃあ、『菱屋』さんはさぞ心配なさることだろう」

ひとりでは心配だからとわざわざ姉と一緒に江戸に出したぐらいだ。清五郎だって、姉と離れたくないはずだ、と弥一郎は言い募った。

「いや、でも……清五郎だって昨日今日出てきたばっかりじゃないわよね。江戸にも慣れただろうし、そろそろひとりで暮らしてみてもいいんじゃない？　いつまでもお姉ちゃんに頼りっ放しっていうのも……」

「それ、彦之助さんも同じですよね？　なんのかんの言って、あの人だって姉ちゃんをあてにしてる。たぶん、上方の味だけじゃなくて、いずれ新しい料理も一緒に考えてほしいって魂胆じゃないんですか？」

「で、でも清五郎。それは弥一郎だって同じだぞ？　おきよをここに置きたいのは、おきよの工夫を手放したくないから……」

「たぶん、旦那さんのおっしゃるとおりです。どっちも同じことを考えてるなら、あとは本人次第でしょう？　勝手に決めつけず、姉ちゃんの気持ちをちゃんと聞いてやってください」

きよは、頼もしい弟の言葉に感極まる。大きく息を吐いて、源太郎がきよを見た。

「で、おきよはどう思ってるんだい？」

正直なところを聞かせてくれ、と源太郎に言われ、きよはまっすぐに主の顔を見て答えた。

「私はここに置いていただきたいです。板長さんばかりか、伊蔵さんの足も引っ張ってばかりですけど、できる限り頑張りますから、もうしばらく『千川』で……」

修業させてください、と続ける前に、伊蔵が声を上げた。

「足なんて引っ張ってねえよ！」

「伊蔵、あんたは黙って……」

「いいや、おかみさん。俺にも言わせてくだせえ。少なくとも俺は、おきよがいると励みになる。うかうかしてらんねえって気になる。でも、おかみさんの言うとおり『千川』は忙しい店だ。女の身でそこまで無理するのは、って心配に……」

「ちょっと待ってください！」

いきなり上げた声の大きさに驚いたのか、伊蔵が話をやめた。みんなが自分に注目しているのを確かめ、きよは大きく息を吸う。今こそ、自分の考えを話すときだった。

「私が具合が悪くなったのは確かです。でも、あれはきっと食べてるものが悪かったからだし、あれからあとはご飯も白米ばっかりじゃなくて、ときどき玄米にしたり麦や粟をまぜるようにしてるし、糠漬けも食べてます」

「へ、糠漬け？」

伊蔵の先ほどとは打って変わった気の抜けた声に少し笑いながら、きよは説明を加える。

「お隣さんが糠漬けを食べると調子がよくなるって教えてくれました。ついでに糠も分けてくださったので糠床を拵えて、毎日食べるようにしてます。もちろん、お菜もしっかり。おかげで今はすごく元気だし、もう倒れたりしません」

「へえ……糠漬けはそんなに身体にいいのか」

「みたいですよ。白米ばっかりじゃ駄目、玄米を食べたほうがいいって言いますけど、糠は玄米を白米にするときに出るものですから、身体にいいものがたくさん入ってるのかもしれません」

「白米ばっかりでも、糠漬けさえ食っておけば、玄米と同じようなものってことか」

「まったく同じとはいかないでしょうけどね。とにかく、私は大丈夫です。だから身体がどうこうとは言わないでください」

「そうか……でも……」

源太郎が、依然として納得がいかない様子で言う。やはり、きよを彦之助のところにやりたい気持ちが大きいのだろう。なんとか説き伏せねば、ときよはまた話し始めた。

「旦那さんやおかみさんが私を気遣ってくださるのはよくわかってます。私は板長さんに叱られることも多いですし……」

「あら、まだ叱られてるの？　じゃあ、やっぱり彦之助の店のほうがいいわ。あの子ならおきよを頼りにすることはあっても、叱ったりしないはずよ」

満足そうに言うさとに、きよは首を左右に振った。

「弟子は叱られなくなったらおしまいです。ちゃんと叱れるのは細かく目を配ってくれているからこそ。間違ったことをしてるのに叱ってもらえなかったら、修業になりません。私は腕の立つ料理人になりたいんです。板長さんみたいになれるまでは、何度だって叱ってほしいです」

「だとさ」

源太郎が、弥一郎の顔を見て笑った。冷やかすような口調に苦笑いしつつ、弥一郎が言う。

「大した心構えだ。おきよは俺に叱られ放題になりたいってことだな」

「叱られ放題はちょっと……」

怖じ気づくきよに、周りから笑い声が上がる。

「じゃあ、おきよはここに残りたい。伊蔵も異存ないってことでいいんだな？」

弥一郎に念を押された伊蔵は、大きく頷いて話し始めた。

「異存なんてあるわけねえ。俺は正直、欣治さんがいなくなるって聞いたときは、板場はどうなるんだって不安だった。俺なんてろくに助けにならねえし、板長さんはそれまでだって大車輪だったんだから、あれ以上働けってのは酷だ。でもおきよが入って、背筋がしゃきっとした。こう言っちゃなんだが、ろくに技術もねえ、知らねえことだっていっぱいあるおきよがあんなに気張ってる。不安がってる場合じゃねえ、やるしかねえんだって気になれたんだ。だから俺は、おきよにずっといてほしい。旦那さんの心配もおかみさんが彦さんの肩を持ちてえ気持ちもわかるけど、おきよが『千川』にいたいって言うならいさせてやってくだせえ」

言い終えて、安堵したように息を吐いたあと、伊蔵は深々と頭を下げた。弥一郎が満足そうに頷いて言う。

「伊蔵、よく言った。俺だって、足を引っ張られたなんて思ったことはねえ。そりゃあおきよは、ちゃんと修業してきたやつよりも教えなきゃならないことは多い。しょっちゅう叱りつけもする。だが、逢坂にいたときさんざん料理してたせいか、危なくて包丁も持たせられねえってわけじゃなかった」

「うへえ……包丁も持たせられねえ、って俺のことじゃねえか！」

「そういやそうだったな。三日、いや二日に一度は指を切ってぴーぴー泣いてた。あのころの伊蔵に比べりゃ……」

「勘弁してくだせえ……」

ついさっき、自分の考えをとうとうと述べたときとは大違い、伊蔵はしょんぼり俯いてしまった。だが、そんな伊蔵を力づけるように源太郎が言う。

「そんな伊蔵も今では立派な料理人。大根だって細い牛蒡だってきれいな千切りにできる。剥いたり刻んだりの速さだけなら弥一郎とどっこいどっこいかもしれねえ」

「速けりゃいいってもんじゃねえっすよ」

「いやいや、仕上がりだってかなりなものだ。この俺が安心して任せられるほどな」

みるみる伊蔵の鼻の穴が大きくなった。源太郎ばかりか弥一郎にまで褒められ、嬉しくて堪らないのだろう。

嬉しくて堪らないのはきよも同じだ。清五郎はさておき、弥一郎以外はみんなきよを彦之助のところにやりたがっていると思っていたが、伊蔵がこう言ってくれるなら安心して『千川』の板場に留まれる。

源太郎だって、普段は自分の考えを長々と話したりしない伊蔵がこれほど懸命に言葉を連ねたのだから、どれほどきよを神田の店にやりたくないかぐらいわかってくれたはずだ。

案の定、源太郎がひどく優しい眼差しで言う。

「おきよがここにいたいって言うなら、この話は終わりだ」

「なんでそうなるんです？　おきよは奉公人なんだから、どこでどんなふうに働かせるかはうちの裁量ってもんじゃないですか」

「おっかさん、通路のへっついで弁当を作ってたころならまだしも、彦之助の店は『千川』とはかかわりがねえんだぜ？　まるっきりの別店、『どこでどんなふうに』の中にあいつの店は入らねえ」

「家族がやってるんだから、あの子の店だって『千川』の一部みたいなものじゃない」

「なに言ってんだ、おっかさん。そんな扱いをされて一番黙ってられねえのは彦之助だ。あの店は『千川』じゃねえ。『ひこべん』っていう与力様が付けてくれた立派な名前もある。『千川』の離れみたいに思われたらたまったもんじゃねえ」

「弥一郎、あんたはいつだってそんな理屈を言う！」

まったく頭が固いんだから、とさとは忌々しそうに言ったあと、源太郎に助けを求めた。

「ねえ、おまえさん。なんとか言ってやっておくれよ。『千川』の主としてさ」

妻と息子の真ん中に立たされた源太郎は、少しの間考えていたあと、さとに向かって言った。

「『千川』の主として、か……。確かに主は俺だ」

「だろ？　奉公人をどうするかもあんた次第。弥一郎に口なんぞ挟ませることないよ。ここはひとつ、びしっと！」

「なら言おう。俺は間違ってた。彦之助でもおきよとならうまくやれると思ったし、そのほうがおきよだって楽に違いねえと思い込んでた。だが、おきよがもっともっと腕を上げて一人前の料理人になりてえ、『千川』で修業したいって言うなら話は別。ましてやおきよは、『菱屋』さんからの預かりものだ。料理の道に引き込んだのは俺たちなんだから、大事に育てて一人前にする責任ってものがある。まだまだ修業の道半ばなのに、放り出すなんてできねえ」

　彦之助かわいさに目がくらんでいた、と源太郎はしきりに反省している。

　俄然張り切ったのは弥一郎だ。孤軍奮闘だと思っていたのに、源太郎が味方になったのだから喜びはひとしおだろう。

「さすが親父だ！」

　弥一郎と伊蔵は拍手喝采、清五郎とともに何度も頷いている。周り中が敵となったさとは言葉をなくし、すごすごと家に戻っていった。

「やれやれ、とんだ騒ぎだったな」

弥一郎は芝居がかった仕草で額の汗を拭いた。けれど、そのすぐあとで眉間に皺を寄せる。これで一件落着、とはならないことがわかっているのだろう。

「親父、このあと彦之助はどうするんだろう？」

「それよ。昨夜、あいつはおまえがいないところでこの話を持ち出してきた。たぶん、いい顔をされないのがわかってたんだろうな」

「当たり前だ。あいつから聞いたときはぶん殴ってやろうかと思った」

「あいつって……おまえ、彦之助から話を聞いたのか？　俺はてっきりおさとが話したとばかり」

「朝一番で、得意げに言いに来やがった。腕の立つ料理人を譲ってやるんだからありがたく思えってさ。何事かと思ったら、おきよと利八を入れ替える、って言うじゃねえか。どれだけ理に適わねえことを言ってるか、こんこんと説教してやった」

「それであいつは飯も食わずに帰ったのか」

「ああ。さぞや悔しかったんだろう。あの野郎、俺に道理を説かれて言い返せなくなったのか、しっぽを巻いて逃げやがった。で、捨て台詞に『これは決まった話だ。親父も了見してるんだからな！』とかほざくから、まさかそんな馬鹿な話があるわけがねえって確かめに来たら親父も同じことを言いやがる。さすがに呆れたぜ……」

親と主の気持ちの切り替えが大変なのはわからないでもないが、奉公人の扱いについては主の立場を忘れないでくれ、と弥一郎は厳しい声で言う。

源太郎が、一時でも彦之助の理不尽な願いを受け入れようとしたことが、許せなかったのだろう。源太郎はばつが悪そうに言葉を返す。

「すまねえ。昨夜は彦之助とおさとのふたりがかりで詰め寄られてつい……。やっぱりおまえがいるところで話すべきだった」

「親父がそう思っても、彦之助やおっかさんがそうさせなかったさ。昨夜だって、話を持ち出したのは俺が寝ちまってからだったそうだし」

「それは多分、おさとが大喜びで彦之助にまとわりついたせいでもあるが……。どっちにしてもすまなかった。考えてみたら、おきよのいねえ『千川』なんてお先真っ暗だもんな」

「そこまで言われると、俺たちが形無しだ。な、伊蔵？」

弥一郎が苦笑しつつ、伊蔵に同意を求める。伊蔵は無言で頷きながらも、ほっとした様子だった。

「おっと、こうしちゃいられねえ！」

弥一郎の声で、みんなが一斉に仕事にかかった。話し込んでいるうちに店を開ける時刻が迫っている。空には雲ひとつない。暑くも寒くもなく富岡八幡宮にお参りする人が増えそうな陽気だから、きっと大忙しになることだろう。

　急げ急げと支度をし、なんとかいつもどおりの時刻に店を開けたものの、次から次へと客が訪れててんてこ舞い、日が暮れたあとですら客足は落ちない。いつもなら途中で抜けるきよ姉弟も、さすがに帰るのが憚られ……というか、とにかく抜け出す暇もない状態で店を閉めるまで残ることになってしまった。

　ようやく暖簾をしまったあと、源太郎が上がり框に座り込んで言う。

「ひでえ一日だったな」

「とかなんとか言って、内心では大喜びだろ？」

　かなりの儲けだぜ、と弥一郎に言われ、源太郎はにやりと笑った。

「まあな。だが、儲かったからって草臥れたのが消えるわけじゃ……おや？」

　そこで源太郎が戸口に目をやった。閉めたはずの戸がすっと開き、内側にかけられた暖簾の間から彦之助が顔を出したからだ。

「おまえ、また来たのか？」

　呆れたような弥一郎の声に応えることなく、彦之助は源太郎に話しかけた。

「親父、俺はどうにも諦めがつかねえ」

「利八をうちに移す話か？」

あえて『利八』と言ったのは、本人の前で『きよ』の名は出しづらかったからだろう。その証に、源太郎はそんな話なら家で……と彦之助を引っ張っていこうとする。だが、彦之助はまったく動かず話し続ける。もしかしたら、反対しているのは弥一郎ひとりで、みんなの前でなら弥一郎を説き伏せられると考えているのかもしれない。

「親父はいいって言ってくれたよな？　で、これは決まりだと思って兄貴に話したら頭ごなしに怒鳴られた。こっちも腹が立って飛び出しちまったが、昼過ぎに文が来て『やっぱりおきよは「千川」に置く』って……あんまりじゃねえか」

聞くなり弥一郎が食ってかかった。

「なにがあんまりだよ！　おきよはうちが一から仕込んだ料理人だ。横から攫われて堪るか！」

「仕込んだ？　ほとんどはおきよがもともと持ってた才じゃねえか。おきよが料理の道に入ったのは座禅豆が与力様に気に入られたのがきっかけだって聞いたぞ。その座禅豆は『千川』とは関わりなく、もともとおきよが作ってたものだっていうじゃねえか」

「そりゃそうだ。だが、与力様がおきよの座禅豆に辿り着けたのは、清五郎が『千川』の名を出したからだ。全部そこから始まった。おきよは『千川』にいたからこそ料理の道に入った。それに間違いねえ！」

「でもへったくれもあるか！　とにかく利八とおきよを入れ替えるなんてあり得ねえ」

「……でも！」

「それは兄貴の考えだろ！　親父は……」

「悪いが彦之助、俺も考えを変えた。おきよも清五郎も『菱屋』さんからの大事な預かりものってことに間違いはねえ。だからこそ、目の届くところに置く。ここには俺たち夫婦はもちろん、弥一郎やほかの奉公人もいる。なにかあったらみんなで助けられるし、助ける羽目に陥らねえよう気を配る。それが引き受けた者の責任ってやつだ」

今朝まで味方だったはずの源太郎にきっぱり言われ、彦之助は返す言葉を失っている。奉公人たちも黙って見守っているだけで、彦之助に加勢しようとはしない。その場にいる誰もが自分の味方ではないと悟ったのか、彦之助は無言で出ていった。

力まかせに戸を閉められたせいで、内側にかかっていた暖簾が揺れた。去り際の表情があまりにも悔しそうで、申し訳なさが募る。ただ、だからといって毎日くぐる暖簾を『千川』から『ひこべん』に変えようとは思わない。変えるとしたらそれは『きよ』と書かれた緋色の暖簾であってほしかった。

かくして、きよと利八を入れ替えるという話は立ち消えとなり、『千川』の面々はいつもどおりの日々を取り戻したかのように見えた。

それが思い違いと知ったのは三日ほど経ったある夜、七輪を借りてよねの家から出たきよが見覚えのある姿を見つけたことに始まった。

「利八さん……？」

きよは思わず目を疑った。

源太郎から、利八は日本橋から彦之助の店の二階に引っ越したと聞いた。そう広くはない店だから、当然二階にある部屋も狭く、彦之助も寝泊まりしている。それでもよければ、と彦之助にすすめられ、迷いはしたが日本橋から通ってくるよりは楽だと考えてのことだそうだ。

その神田住まいの男がこんな夜遅くに家の前にいる。きよでなくとも、何事かと思うだろう。しかも利八は、どう見ても元気そうじゃない。身体ではなく、気持ちが挫けているように見えた。

それでも利八は、きよを見てほっとしたように言った。

「ああ、おきよさん。夜更けに済まねえ」

そのとき、引き戸が開いて清五郎が顔を出した。すでに床に入っていたはずなのに、話し声が耳に入って起き出してきたのだろう。

「利八さんじゃねえか！　こんな遅くに木戸を抜けてきたのかい？」

町の各所に設けられた木戸は夜四つ（午後十時）には閉ざされる。時刻はもう夜四つ半（午後十一時）を過ぎている。神田を出てきたときはまだしも、深川に着くころには閉まっている木戸もあっただろう。いちいち木戸番に断って通してもらうのはかなり面倒だ。そこまでして出かけてくるほど大事な用があったのだろうか……

利八は曖昧に頷いてふたりを見ている。きよはやむなく、利八を家の中に誘った。

「こんな遅くに立ち話は近所迷惑よ。とりあえず、中に入ってください」

「済まねえ。ちょっくらお邪魔するよ」

慌てて清五郎が敷いてあった布団をふたつ折りにして座る場所を作る。ずっと歩いてきたに違いない利八のために、きよは水瓶（みずがめ）から水を汲（く）む。湯飲みに注がれた水をごくごく飲んだあと、利八はふうっと息を吐いた。

「生き返ったぜ。もう長月（ながつき）とはいえ、歩きづめはやっぱりこたえる」

「それで、いったいどうしたんだい？　まさか彦之助さんに追い出されたんじゃねえだろうな？」

単刀直入な清五郎の問いに、利八は全力で首を左右に振った。

「そうじゃねえ！　彦之助さんはそんなことをする人じゃねえ」

「ふーん、そんなことをする人じゃねえ、か……。俺も一時はそう思ってたけど、この間こっちに戻ってきたときは、けっこうひどかったぜ？」

「どんなふうだったんだい？」

「姉ちゃんと……」

そこできよは思いっきり清五郎を睨み付けた。利八ときよを入れ替えたいなんて話を本人の目の前でするのは、あまりにも酷だ。きよの眼差しで気付いたのか、清五郎はそこでいったん言葉を切り、ごまかすように続けた。

「な、なんでもねえ。ただまあ、久しぶりに会ったおとっつぁんやおっかさんに甘えまくったって感じかな」

「甘えまくった……それって俺とおきよさんを入れ替えたいって話だよな？」

「知ってたの⁉」

思わず大きな声が出た。清五郎が天井を仰ぐ。言ってから気付いたが、これではあたっていると告げたも同然だ。ごまかそうにもごまかせなくなってしまう。

利八が苦笑いで言う。

「やっぱり……。深川に一晩泊まって昼までには帰るって出かけたんだ。で、うきうきして帰ってきたと思ったら、その日の夜にまた出かけて……」

利八曰く、前日同様朝を待って戻ってくると思ったら、その日のうちに帰ってきた。しかも、それからこっち、彦之助はすっかりしょぼくれてしまったそうだ。

望みが叶わなくなった彦之助が、がっかりしたのは当然だろう。だが、利八がここまで話の中身を知っているのは意外だ。まさか気が合わないから入れ替えると彦之助が話したのだろうか。あまりにも残酷ではないか……と思っていると、清五郎が訊ねた。

「なんでその話を知ってるんだい？　まさか、彦之助さんから聞いたとか……」

「そうじゃねえ。ただ、その日から彦之助さんの寝言がひどくなって、その端々から察したっていうか……」

彦之助は寝言を言う質だったんだ、と思っている間にも、清五郎と利八の話は進む。

「どんな寝言？」

「『ふたりを入れ替えたところで、どこが変わるってんだよ』とか、『利八のほうが年季が入ってて融通も利くじゃねえか』とか、『あいつがまた身体を壊しちまったらどうする気だ！』とか……。おきよさん、前に具合が悪くなったことがあったんだってな」

「ええ……でもあれは働きすぎとかじゃなくて、食べているものの質が悪かったからに違いないわ」

「そうかもしれねえけど、とにかく彦之助さんはおきよさんの具合を気にしてるし、自分のところなら、そこまで無理なんてさせない。俺のことにしても、ただの弁当屋に置いておくのは惜しい腕だって褒めてくれる。料理人になりたくて修業をしたのだから、板場に入りたいに決まってるって……」

「うーん……それはどうなんだろう。なんか彦之助さんが、利八さんの望みを自分に都合よく解釈してるんじゃねえかなあ……」

「……っていうと？」

「確かに利八さんは腕がいいだろうさ。でも、弁当屋に置いておくには惜しい腕っていうのはどうなんだろ？　俺が思うに、あの人はどっちが上とか下とか考えねえ。旨いものを食いたがってる人に旨いものを届ける。侍だろうと町人だろうと関係ない。弁当を励みにいろんなことに頑張れる人が出てくるなら万々歳、とでも思ってそうじゃねえか」

「そうねえ……少なくとも、自分の仕事を下に見るようなことは言わない気がする」

「だろ？　それなのにあえて弁当屋が下みたいに言うのは、そうやって『千川』を持ち上げて利八さんを移らせたい、そのほうが利八さんのこれからに役立つって思わせたいからじゃねえの？」

「だとしても」

そこで利八は、清五郎の目をまっすぐに見て言った。

「彦之助さんが俺を認めてくれてることに違いはねえ。その上で、おきよさんの心配もして、ふたりを入れ替えるのが一番だって思ってる」

「で、それが叶わなくて、寝言に出てくるほど悔しがってる。利八さんはそれを見かねたってことかい？」

「そのとおり。俺から『千川』の旦那さんにお願いしてみよう、でもその前におきよさんの気持ちを聞かなきゃ、って……。おきよさんは正直なところ、どう思ってるんだい？

『千川』の旦那さんや板長さんには言えない本音ってやつを聞かせてくれねえか？」

「本音って言われても……」

「彦之助さんはあんたのことを極上の競い相手だって言ってた。その競い相手と離れちまって張り合いがねえってのが、あの人の本音じゃねえかと俺は思ってる。あんたのほうはどうなんだい？」

「確かに彦之助さんは競い相手です。でも、私の競い相手は彦之助さんだけじゃありませんから……」

伊蔵もいるし、客の扱いという意味ではとらや清五郎だって競い相手かもしれない。競い相手なんて到底言えないが、弥一郎や源太郎から学ぶことは数えられないほどある。

いくら彦之助が好敵手だったとしても『千川』で得られるものとは比べものにならなかった。

きよの答えに、利八はひどく残念そうに言う。

「でも彦之助さんは、毎晩毎晩寝言を言うぐらいあんたに来てほしいんだぜ？　冥利に尽きるじゃねえか」

「利八さん、それを言ったら『千川』だって同じだぜ？　板長さんもほかの奉公人もみんな姉ちゃんにいてほしいって言ってる。おとらさんですら、姉ちゃんが彦之助さんの店に移るなんてとんでもないって言ってた」

「そうなの⁉」

『千川』で源太郎と弥一郎が言い合っていた朝、とらは黙って成り行きを見守っていた。きよに出ていってほしい感じではなかったにしても、自分の考えを口にはしなかった。とらにしてみればどちらでもいいことなのかもしれない、と思っていただけに、清五郎の言葉は意外だった。

「そんな素っ頓狂な声を上げるなよ。おとらさん、あとで俺に言ってたよ。今まで女の奉公人はひとりで、自分が看板娘だったけど、姉ちゃんが来て板場に入るようになってから姉ちゃんの贔屓がどんどん増えてる。面白くないところはあるけど、それでもやっぱり、姉ちゃんにはいてほしい。同じ女の身で頑張ってる仲間が誇らしいんだとさ」

「おとらさんがそんなことを……」

「あとな、どこで聞いたんだか知らねえけど、おとらさんは逢坂のおっかさんのことも言ってた」

「逢坂の?」

「おっかさんが店を餌に逢坂に引き戻そうったってそうはいかない。姉ちゃんに店を出させてやろうって考える人間はいくらでもいる。旦那さんはきっといずれは暖簾分けって思ってるはずだし、与力様だって姉ちゃんが望むならいくらでも金を出すだろうだって」

「まさか。そんなのおとらさんの思い過ごしよ」

「どうだろうな。姉ちゃんの贔屓が増えてるのは間違いないし、最初の贔屓は与力様だから。おりょう様と合わせてけっこう頼りになると思うよ」

「頼りばっかりじゃないけどねえ……」

きよのことを心配してくれているのに間違いはないが、その気持ちが勝ちすぎて面倒なことを思いつきすぎる。母親のりょうはともかく、きよにとって上田はやっかいな問題ばかり持ち込む人という感じだった。

そんなことを考えていると、利八が羨ましそうに言った。

「『千川』でも重宝がられる。彦之助さんからも来てほしがられる。店が出したくなったら後ろ盾になってくれる人もいる。江戸ばかりじゃなくて、逢坂に戻るって手もある。選び放題じゃねえか……」

「選ぶ気がなきゃ同じことです。私はこれからも『千川』にいたいんです」

「もったいねえ。俺ならさっさと店を持つけどな」

「まだまだ力不足です。私に店なんてやれっこありません」

「でも、彦之助さんはやってるんだから、あんただってやれるだろ？　彦之助さんに言わせりゃ、腕だって大差ないらしいし」

「彦之助さんの買いかぶりよ。それに、多少不安があっても思い切ってやれるかどうか、は大切よ。私はもっともっと修業して、これなら大丈夫って自分で思えるまで腕を上げてからじゃないと。なにより私は、店を持つなら後ろ盾になんて頼りたくないわ」

「なんでだい？　俺に言わせりゃ、後ろ盾がつくってのは自分の力の内なんだが……」

なにか魅力がなければ後ろ盾などつかない。親の力がいやというのならわかるが、与力やその母親ならかまわないではないか、と利八は言う。それに大事なのは店を出すことではなく、そのあとだ。誰の力で始めようが、店を守り立ててしっかり営めばいいだけの話だ、と……

もちろんそのとおりには違いない。きよも、初めて彦之助が店を持つ話を聞いたときは心底羨(うらや)ましかったし、自分だって逢坂に戻ればなんとかなるかもしれないとも思った。だが、実際に母から逢坂に戻るなら店を持たせてやるとほのめかされたとき、素直に頷くことができなかった。むしろ、なにがなんでも江戸に残りたくなった。突き詰めて考えると、そのころからきよの中で、店を持つなら自分の力でという思いが強くなっていたに違いない。

時はかかるだろうし、叶うとも限らない。それでも少しずつ支度をしていけば、銭も心構えも調(ととの)っていく気がする。きよには、後ろ盾に頼って一足飛びに店を持ったところでうまくやれっこない、という確信があった。

利八が感心半分、呆れ半分に言う。

「見上げたものだが、ちょいと損をしそうな考えだな。それにしても、この先俺はどうしたものか……」

「どうもこうも、今までどおり彦之助さんのところで働きゃいいじゃねえか」

「そりゃそうだが、彦之助さんはきっとおきよさんに来てほしがってる。それがわかってて俺が居座るのは……」

「居座るなんて……むしろ利八さんがいなかったら回んねえだろうに」

「とはいっても、ほかのやつに来てほしいと思ってる人の下で素知らぬ顔で奉公を続けるのは辛いもんだぜ？　まあ、それは『千川』に入ったところで同じことか。まったく……おきよさんの人気はすげえ。あやかりたいもんだぜ」

「そこまでしょぼくれることはねえよ。あんたは、その姉ちゃんが腕を見込んで『千川』に連れてった人だ。あながち捨てたもんじゃねえだろ。でもまあ、力のあるやつってのは、案外あんたみたいに謙遜する質なのかもな」

　ちょっと姉ちゃんも似たとこがあると清五郎は笑う。利八は苦笑しているが、主がほかの人にいてほしがっていると察して退こうとするようなところは、確かに似ているかもしれない。彦之助がきよを自分の店に移してほしいと願い、弥一郎と源太郎がそれを突っぱねた。自分は間違いなく両方の店に望まれている。それがわかっていても胸を張り切れず、こんなの一時のことに過ぎないと思ってしまう。おそらく利八も同じだろう。

　それだけに、きよは精一杯言葉を探す。利八の不安を取り除きたい一心だった。

「引導を渡されるまでは、知らん顔で奉公してりゃあいいんです。彦之助さんだって、利八さんがいなければ大変だってわかっているからこそなにも言わない。よほど大きなしくじりでもしない限り、今のままでしょう」

「それがいたたまれねえからここまで来たんだけどな……」

利八は、どうしても会いたい人間がいるから、と彦之助に断って出てきたそうだ。しっかり勤めを終え、朝までには必ず戻るからと約束して……

清五郎がため息まじりに言う。

「まあ、嘘じゃないよな。会いたい人間が姉ちゃんだなんて、彦之助さんは予想もしていないだろうけれど」

「このままだと、寝言はひどくなる一方。昼間のうちは抑え込んでる気持ちがそのまんま寝言に出ちまってるんだよ。聞いてるほうが辛（つら）い、いや、切ねえ……」

「それでわざわざここまで来てくれたのね……。でも、本当に申し訳ないけど、私は店を移るつもりはないの。だから利八さんは、彦之助さんのところで奉公を続けてください」

「やっぱり、彦之助さんの片思いかあ……」

「は？」

目を見張るきよに、利八はくすくすと笑いながら答えた。

「いや、彦之助さんの様子を見てると、恋煩（こいわずら）いみたいに思えてきてさ」

そこで、清五郎が両手を打って笑い出す。

「恋煩い！　前々から俺もちらっとそんな気はしてたんだが、確かに姉ちゃんを取り合う彦之助さんと板長さんは恋敵（こいがたき）みたいだ。姉ちゃんが残りたがっている分、板長さんに分（ぶ）があるけどな！」

「うん、『千川』は店だし、店が恋敵ってのも妙な話だから、彦之助さんの兄さんがいいな。にしても、おきよさんが『千川』に残りたがってるのは興ざめだ。彦之助さんのところに来たがってるのに、兄さんが許さねえってほうがいい。女料理人を巡る骨肉の争い。さぞや人気の芝居になるだろうに」

「いやいや、無理とわかってて横恋慕をしかけるってのもなかなかいい筋書き……」

勝手に話を膨らませている弟と利八に、きよはとうとう堪忍袋の緒（お）が切れた。

「ふたりともいい加減にしなさい！　惚れた腫れたなんてこれっぽっちもありゃしないわ。板長さんも彦之助さんも、料理人としての私を認めてくれてるだけじゃない！」

言ったとたん虚（むな）しい気持ちに襲われた。先ごろ嫁入りしたはなの姿が頭の中をちらつく。はなですら母親のよねはもらい手がなくなると心配していた。それより六つも年上のきよなど行き遅れもいいところだ。おそらく自分はこのままひとり身を通すことになるだろう。

　それでも、『奉公人として』ではなく『料理人として』と言い切れた自分を少し褒めたくなる。たとえ嫁に行けなくても、逢坂の実家で引きこもっていたころとは違う。私には料理の道がある。そう思うことで、頭を上げて歩いていける気がした。

そんなきよの気持ちなど知らぬ存ぜぬで清五郎は言う。

「わかった、わかった。そんなに怒るなよ、姉ちゃん。そんなように見えないこともないって話さ」

「そうそう。せっかく深川まで足を延ばしてきたんだから、一笑いさせてくれよ」

「質(たち)が悪すぎます。それに、もうずいぶん夜が更(ふ)けてきましたし……」

「ごもっとも。利八さんはこれから神田に戻るのかい？」

「いや、実はこの近くに連れがいて、ここに来る前に寄って一晩泊めてくれって頼んできた」

「また木戸をいくつも抜けて帰るんじゃないのね？」

「さすがにこんな遅くに木戸番を煩(わずら)わせるのは申し訳ねえし、送り拍子木(ひょうしぎ)が鳴り響いたら町の衆にだって迷惑だ。今日は連れのところで寝て、朝一番で神田に戻るよ」

「なら安心だ。じゃ、俺たちも休むとするか」

「そうしましょう。利八さん、気をつけてね」

「ああ。遅くに済まなかった」

「こっちこそ、助けになれなくてごめんなさい」

そこできよはぺこりと頭を下げた。悪いことをしたわけではないが、無駄足になったことに違いはない。

彦之助が、寝言に出てくるほど自分を呼びたがってくれたのは嬉しい。弥一郎にしても、躍起（やっき）になってきよを『千川』に残そうとしてくれた。源太郎とさとがきよを彦之助の店にやろうとしたのは、利八のほうがきよより腕が立つ料理人だからではなく、兄弟を比べたとき、より彦之助のほうがきよの手助けを必要としていると感じたからに違いない。なによりきよ自身、彦之助の店に行ったほうが気楽に働ける気はする。

それでも……いや、だからこそ彦之助のところに行くべきではない。楽することを覚えたら碌（ろく）なことにならない。絶好の競い仲間と決めたからこそ、離れたところで見えない相手に負けまいと頑張る気持ちを大切にしたかった。

「姉ちゃん、あの人、彦之助さんにこの話をすると思うかい？」

清五郎の問いに、きよはきっぱり答える。

「するわね。本人が嫌がってるのに無理強（むりじ）いはよくねえ、とか言いそう」

「彦之助さんがへこむってわかってるのに？」

「彦之助さんは、私の考えを聞かずに帰っちゃったせいで望みが捨てきれないのよ。それに、彦之助さんならきっと、こんな遅くに深川まで足を運んでくれた利八さんの気持ちもわかってくれる」

彦之助は頭のいい男だ。きよの考えを聞くことで、諦めがついて今自分がすべきことに向かってくれるはずだ。

いずれにしても、ここまで主を気遣える奉公人を持てた彦之助は幸せ者に違いない。

――利八さんは得がたい奉公人よ。ふたりで励めば、きっと店を大きくすることができる。私は『千川』で頑張るから、どうか彦之助さんも頑張って……

これからも仲良く店を守り立てていくことを祈りつつ、きよは去って行く利八を見送った。

大きな背

長月(ながつき)の半ばに近づき、過ごしやすい季節となった。

よねに七輪を借りようと家を出たきよは、空に浮かぶ月にしばし目を留める。

中秋は月見にもってこいの時季だが、十五夜と十三夜のいずれかしか見ない片月見は縁起がよくないと言われている。そういえば明日は十三夜、よねは先月右馬三郎に誘われて娘夫婦と一緒に月見をしたから、明日も月を見るのだろうな……と思いながら声をかける。

「こんばんは、およねさん。七輪を貸してくださいな」

いつもなら「あいよ、持ってお行き」なんて声が返ってくるので、勝手に戸を開けて七輪を借りてくる。だが、今日に限ってよねが戸を開けてくれて、申し訳なさそうに言う。

「悪いね、おきよちゃん。もうちょっとだけ待ってくれるかい」

ふと見ると、借りるはずの七輪に火が入っている。きよは湯屋から戻ったあとなので、もうずいぶん夜も更けている。いつもならとっくに寝支度を済ませ、どうかしたら床に入っているはずのよねが、煮炊きしているのは珍しい。

これはきっと、明日の月見の支度だろう。中秋の名月のときははなとふたりがかりで料理を作ったはずだが、今度はひとりで作るようだ。

月見と言うからには夜に違いない。前の晩から支度することもないのに……と首を傾げたきよは、七輪の脇を見てあっけに取られた。なぜならそこにもうひとつ鍋が置かれており、どう見ても底が焦げ付いていたからだ。

よねがこんな失敗をするなんて珍しい、と思っていると、情けなさそうな声が聞こえた。

「遠慮せずに笑っておくれ。もともと料理はさほど得意じゃなかったけど、まさかこんなしくじりをやらかすとはねえ……」

「今まで、こんなに焦げ付かせることなんてなかったでしょう？　どうしちゃったんですか？」

「それがさ……」

明日は先月同様、右馬三郎と娘夫婦の四人で月を見るつもりだった。ところが、娘夫婦は孫四郎の連れに誘われて、仲間たちと出かけるらしい。それならそれで十三夜の月見はなしにしようとなりかけたとき、右馬三郎が反対したそうだ。

「それじゃあ片月見になっちまって縁起が悪い、って言うんだよ。なにも月見は四人と限った話じゃないんだから、ふたりで見ればいいって誘われてさ」

「あら……それで夜の内から支度ですか？」

「いやね、右馬三郎さんに三味線を聞いてもらいたくてさ。で、三味線だけってのもあれだから、小唄にしようと思ったんだよ」

　右馬三郎は琴三味線師だから、自分が手入れしている三味線がどんな音を出しているかだって気になるはずだ。もちろん、預かったときに鳴らしているだろうが、具合を確かめるための試し弾きと曲を奏でるのはまったく違う。自分の手入れした三味線がどれほどいい音を出すか、聞いてみたいに違いない、とよねは言う。

「それでお稽古を……」

「ああ。三味線そのものは毎日弾いてはいるけど、唄はもっぱら弟子に稽古をつけるだけで自分じゃあんまりやってなかったんだよ。披露するならちゃんと稽古しておかないと、と思ってね」

　どうせ隣の姉弟は遅くまで戻ってこない。反対隣は耳の遠い年寄りだから、多少うるさくしても大丈夫だろう、とよねは考えたそうだ。

「でさ、思いついたのが小豆を火にかけちまったあとでさ。あらかた煮えて熾火にしてあるから平気だろうと思ってたんだけど、すっかり稽古に夢中になっちまってこのざまさ」

焦げ臭い匂いがしてやっと気がついた、とよねは心底情けなさそうな顔で言う。三味線の師匠だけあって、やはり煮炊きよりも唄に夢中になってしまったのだろう。いかにもよねらしい話だが、匂いで気付いてくれてよかった。まさか七輪で火事にはならないだろうけれど、慌てて熱い鍋に触って火傷でもしたらことだ。

「手に火傷はしてませんよね？」

「ああ。さすがに大事な商売道具だからね。ただ、鍋底がすっかり焦げ付いちまった。小唄に夢中になって小豆どころか鍋まで駄目にしちまうなんて……」

「お鍋は塩をかけてしばらく置いておけば大丈夫でしょう。束子で擦り上げればきれいに取れると思いますよ」

「そうかい？　でも、こんなことはなに知られたら叱られちまう」

「叱られるんですか？」

「そうなんだよ。近頃なんだかうるさくてさ。しょっちゅう様子を見に来てくれたり、月見に誘ってくれたりするのはいいんだけど、ひとりにしとくのが心配だからこっちに引っ越してこないか、とか言い出して」

「引っ越し⁉」

思わず大きな声が出た。

母ひとり子ひとりだったのだから、はなの心配はわからないでもない。だが、よねはきよたちが江戸に来たときから、まるで母親のように面倒を見てくれた。そのよねがいなくなったら……と思うだけで、寂しくてどうにかなりそうだった。

「えっと……おはなちゃんが心配するのは当たり前ですけど、でも……やっぱり……」

娘ではなく自分たちのためにここにいてくれ、なんて言えるはずがない。はなに代わって面倒を見ようにも、朝から晩まで留守にしているきよには無理だ。百歩譲ってちゃんと面倒が見られるにしても、他人のきよよりも娘のほうがいいに決まっている。

「おや……おきよちゃんは反対かい？」

よねの言葉に、きよはこくりと頷く。そして、言葉を探し探し言う。

「おはなちゃんは心配も心配なんでしょうけど、なによりおよねさんにそばにいてほしいんだと思います。でも、それは私も清五郎もきっと同じで……」

「こんなあたしでも、いなけりゃ寂しいと思ってくれるのかい？」

「もちろんです。……でも、おはなちゃんを差し置いてここに残ってくれとは言えませんよね。おはなちゃんが、おっかさんに近くにいてほしいと思うのは当たり前の気持ちですもの」

「おはなの住まいは須崎、そう遠くもない。それにおはなはもう嫁にやった子だよ。いつまでも、おっかさん、おっかさんって甘えるようじゃ困るんだよ」

「お嫁に行ったからっておっかさんに甘えたい気持ちがなくなるわけじゃありません。むしろ、所帯を持ったからこそ、より頼りたい気持ちが高まるってもんです」

きよも江戸に来たばかりのころは、わからないことだらけで難儀した。よねや大家の孫兵衛夫婦に頼ることもあったが、いい年をしてそんなことも知らないのかと呆れられそうで訊けないことも多かった。そのたびに、近くに母がいてくれればどんなによかっただろう、母にならなんでも気楽に訊けたのに、と思ったものだ。

よねは「近いもんだ」と言うけれど、須崎から佐賀町にある孫兵衛長屋まで女の足では一刻（いっとき）（二時間）近くかかる。ちょっとしたことを訊ねに来るには遠すぎる。ましてやはなは亭主のいる身。頻繁に家を空けるのは気がひける。月に一度、様子を見に来るのがせいぜいだろう。

「おはなちゃんはおよねさんをすごく頼りにしてますし、心配もしてるに違いありません。すぐに駆けつけられるところにいてほしいんでしょう」

「頼りねえ……。そのわりには顔を合わせても文句しか言わないけどね。おまけに……」

そこでよねは、言葉を切った。普段からよねはなんでもはっきり言う。そのよねが珍しく言葉を探している様子に、きよはきょとんとしてしまった。

「おまけに？」

「うーん……これはあたしの思い違いかもしれないけど、あの子、近頃やけにあたしと右馬三郎さんをくっつけようとしてくるんだ」

「右馬三郎さんと？」

「ああ。花見だって月見だって、若夫婦ふたりでやりゃいいのにいちいちあたしたちまで巻き込む。もしや、あたしと右馬三郎さんが夫婦になれば、全部丸く収まるとでも思ってるんじゃないかと……」

「もしかして、およねさんが右馬三郎さんのところに引っ越せばいいってことですか？」

「たぶんね」

よねにそばにいてもらうためには住まいがいるが、近場に適当な空き家がない。孫四郎が住まいを探したときもなかなか見つからず、伝手を頼りまくってやっとのことで見つけたぐらいだ。

しかも、はな夫婦の家は広いわけではない。おそらく孫兵衛長屋のこの部屋よりも狭いだろう。どうせ日中は孫四郎は仕事だし、寝に帰るだけなら狭くてもかまわない。宿無しになるよりずっといいと選んだ住まいだったという。

ふたりですらやっとなのに、よねまで一緒に住めるわけがないし、孫四郎だって嫌がる。だが、右馬三郎の家なら問題ない。それまで一緒に住んでいた孫四郎が出ていったのだから、ひとり分の空きがある。そこによねが収まれば万事解決――はなが考えそうなことだ、とよねは苦笑いした。

「なるほど……おはなちゃんはなかなかの策士ですね」

「まったくだよ。危うくあの子の考えに乗せられるところだった。ま、本気で右馬三郎さんと夫婦になる気なんてなかったけどね」

よねはそんな愚痴めいた言葉を漏らしつつも、なんだか残念そうにしている。

これはもしかしたら……と思ったきよは、何気ないふりで訊ねた。

「それはそうと、小唄のお稽古はしっかりできたんですか？」

「ああ。自分で言うのもなんだけど、あたしの小唄はなかなかのものでね。馬でも牛でも聞き惚れる。だから、きっと右馬三郎さんも……」

――なるほど、聞き惚れさせたかった、と……。先月のお月見のときにあんなに張り切ってご飯の支度をしたのも、胃袋を掴みたかったからかも。これは策略っていうよりも、おはなちゃんがおよねさんの気持ちを察してのことよね……

きよは右馬三郎という人を知らないが、話を聞く限り、真面目な善人に思える。はなを嫁にやってひとりになったよねと右馬三郎が夫婦になる。はなは言うまでもなく、右馬三郎の息子同然である孫四郎も大喜びに違いない。

とはいえ、それはあくまでもよねの気持ちを重んじてのことで、きよの本音とは異なる。はなが嫁に行ったときも、きよはかなり寂しかった。けれど、はなだってここによねがいる限り様子を見に来るはずだ。近くまで来たから、と『千川』を覗いてくれるかもしれない。

だが、もしもよねが須崎に引っ越すとしたら、はなはわざわざ深川を訪れるだろうか。よねにしても、もともと遠出を嫌うし、稽古をつけるのに忙しくて深川まで来ることはないだろう。家移りしたあと弟子たちはどうするつもりかと心配になるが、よねは人気の師匠のようだから、たとえ通えなくなる弟子がいたとしても、新たな弟子はすぐ見つかる。右馬三郎はしっかり稼いでいるようなので、もう弟子は取らずに呑気に暮らすことだってできるはずだ。

よねのためには喜ぶべきとわかっていても、つい俯（うつむ）いてしまう。そんなきよに気付いたのか、よねが高らかに笑った。

「そんなにしょぼくれて……あたしがいなくなるのは辛（つら）いかい？」

「当たり前です！　私だけじゃなくて清五郎だってすごく寂しがると思います」

「そうかい、そうかい。こりゃまた嬉しいね。でもまあ、安心おし。あたしが右馬三郎さんを憎からず思ってるのは間違いないけど、今更嫁入りしようって気もないよ」

「憎からず……そんなふうに思ってらっしゃるなら、やっぱり……」

「右馬三郎さんは料理も洗い物も巧みだそうだよ」

「え……そうなんですか？」

　いきなり家事の話になって戸惑うきよに、よねはくすくす笑いながら続ける。

「孫四郎に聞いたから間違いない」

　孫四郎曰く、右馬三郎のところに引き取られたとき、てっきり飯の支度も洗い物もやらされると思っていた。それまで家の手伝いなどしたことがなかった孫四郎は、しくじって叱られるに違いないと心配しながら右馬三郎の家に行ったそうだ。

　ところが、一緒に暮らすようになったその日、右馬三郎は手料理を振る舞ってくれた。しかも、ろくに口もきいてくれないから機嫌が悪いのかと思いきや、仏頂面のままへっついに向かい、温かい飯を茶碗に盛り上げてくれたという。

「右馬三郎さんの家に着いたのは夕七つ（午後四時）の鐘が鳴ったあとだったんだってさ。育て親ともども道に迷って遅くなっちまって、初っぱなから叱られるのかとびくびくしてたそうだよ。それなのに、育て親が帰るなり大盤振る舞いときたもんだ」

「さぞや驚かれたでしょうね」

「それがさ、着くまでにさんざん歩き回って腹はペコペコ。そこにほんのり温かい飯が出てきて、一も二もなくむさぼり食ったとさ」

「よく温かいご飯がありましたね」

夕七つ（午後四時）なら、朝炊いたご飯はすっかり冷めている。寒い冬の日ならなおのこと、冷え切って固くなっているのが常だ。にもかかわらず、温かいご飯が出てきたのであれば、わざわざ炊き直したということになる。昼ご飯でも晩ご飯でもなく、孫四郎の到着に合わせて飯を炊くなんて、なかなかできない芸当だった。

「飯だけじゃなくて秋刀魚（さんま）もあったんだってさ。半塩だったっていうから、房総あたりで取れたやつだろうね」

「それって、わざわざ孫四郎さんのために用意してくれたんですか⁉」

「右馬三郎さんは、たまたまあったからって言ってたそうだけど、そんな話は信じられない。きっと自分のために買っておいてくれた、飯も着くころに合わせて炊いてくれたんだって、孫四郎は感じ入ってたよ」

飯も魚も熱々ではなく、人肌ぐらいになっていたのが証だ。道に迷って遅れたせいで、冷めてしまったのだと孫四郎は言ったそうだ。なるほど理が通っている。

「そのあともずっと飯の支度は右馬三郎さんがやってたんだって。会ったこともない人に引き取られることになって心配でたまらなかったけど、こんなに旨いものを腹一杯食わせてくれる人が悪人のわけがない、って安心したそうだよ。その話を聞いたときは、さすがにちょいと泣きそうになっちまったね」

孫四郎は親のない子だったと聞いている。物心ついたときには育て親の家で育てられていて、十二の年に右馬三郎に引き取られた。どうやらいずれは弟子にしたいと思ってのことだったらしい。育て親は性悪ではなかったけれど、貧乏人の子だくさんを絵に描いたような有様で、孫四郎はいつも腹を空かせていた。三味線も琴も触ったことはおろか、ろくに見たこともなかったのに弟子入りを決めたのも、手に職をつければ食うに困らないはず、と考えたからだそうだ。

「三味線だろうが琴だろうが太鼓だろうが、一から始めるなら同じ。飯さえ食えればなんでもよかったって言ってた。片親のはなですらかわいそうだと思ってるのに、二親ともいないなんて気の毒すぎる」

「右馬三郎さんとご縁があって本当によかったですね……」

「身の上を考えたらぐれちまっても仕方ないのに、まっすぐないい男に育ったのは右馬三郎さんのおかげだ」

「子どもの時分は大変だったでしょうけど、あんなにいいお師匠さんといいお嫁さんに巡り会えた。これで帳消しでしょう」

「おきよちゃん、嬉しいこと言ってくれる……って、そんな話をしてるんじゃない。とにかく右馬三郎さんはそれぐらいなんでもひとりでこなせる人なんだ。小唄に夢中になって小豆を焦がしちまうような後添えはいらないよ」

「ああ……」

そういえば、右馬三郎とよねの縁談の話をしていたのだった。よねが、こんなふうに自分を貶めるようなことを言うのは珍しい。後添えになりたい気持ちの裏返しなのかもしれないが、本人がここまできっぱり言う以上、嫁入りはないだろう。

「あたしはずっとここにいる。右馬三郎さんは真面目ないい人だし、琴や三味線の手入れをさせたら右に出るやつはいない。だけど、腕のいい職人ってのはたいてい頑固者なんだ。右馬三郎さんにしても、大した石頭。たまに会って話したり、酒を呑んだりするのはいいけど、一緒に暮らすとなったら大変だろうさ」

「そうかもしれませんね」

腕のいい職人はたいてい頑固者、と聞いたとたん、弥一郎の顔が目に浮かんだ。確かに弥一郎は深川でも指折りの料理人だが、頑固なことこの上なしだ。だが、その頑固さがあるからこそ、『千川』の味が守れる。数滴の味醂やひとつまみの塩を入れるか入れないかで味は大きく変わる。頑固さは、職人だけではなく料理人にとってもなくてはならない気質に違いない。

そこできよはにんまりと笑う。

弟である清五郎を筆頭に、源太郎、弥一郎、彦之助、伊蔵にとら、上田親子に至るまで「きよは頑固だ」と口を揃える。これだけの人に言われるのだから、きよは頑固に違いない。頑固さが腕のいい職人や料理人の証ならば、きよだって望みがある。こだわりを捨てず、真摯に料理と向き合えば、いずれは腕のいい料理人になれることだろう。

「それでおよねさん、その小豆をどうするおつもりだったんですか？」

汁粉にするつもりだったのか、と訊ねるきよに、よねはしょんぼりと答えた。

「そのはずだったんだけどね……」

右馬三郎はもともと甘い物が好きで、酒を呑んだあとですら甘い物を欲しがることがあるらしい。汁粉を持っていったらさぞや喜んでくれるだろう、と考えて作り始めたのにうっかり焦がしてしまったという。

「でも、作り直してる最中なんですよね？」

「ああ。小豆はたっぷりあったから慌てて火にかけたまではよかったけど、甘葛がないんだよ……あ、そうだ！」

そこでよねは、はっとしたようにきよを見た。次の言葉は聞かずともわかっている。案の定、よねの口から出たのは、甘葛の有無を訊ねるものだった。

「ごめんなさい。うちに甘葛はありません。水飴が少しだけありますけど、お汁粉に入れるだけの量は……」

「そうか……そうだよね。あたしもわざわざ汁粉のために甘葛を買ってきたぐらいだ。おまけに、右馬三郎さんはうんと甘いのが好きだろうと思って、ありったけの水飴まで入れちまったんだ」

「焦がしちゃったほうはまったく使えないんですか？」

上澄みをうまく掬えばふたり分、いや右馬三郎の分だけでもなんとかなるのではないかと言ってみたが、よねは残念そうに首を横に振った。

「あたしもそう思ってちょっと様子を見てみたんだよ。でも、汁粉のはずが水気がほとんどなくなって、上澄みなんてありゃしない」

さすがにこれではどうしようもない、とよねは言う。

「水を足してみたらどうですか？」

「この鍋にかい？　焦げ臭くてどうしようもないだろ」

「いいえ、焦げてない部分を掬って……あ、でもそれよりもっといい手立てがあるかも」

そこできよは、よねが脇に寄せた鍋に近づき、中の様子を見てみた。

確かに底と鍋肌の一部はしっかり焦げ付いているものの、真ん中あたりなら無事な部分がありそうだ。よねに断って味見をさせてもらったところ、微かに焦げた風味がしないでもない。だがそれは、子どものころから鋭いと褒められ続けてきたきよの舌だからこそで、そこらの人なら気づかないかもしれない。現に、同じように味見をしたよねは、まったくわからないと答えた。

そのあと、ここは大丈夫、こっちはだめ……と確かめながら鍋から取り出す。結果、茶碗一杯ほどの小豆が選り分けられた。

「これっぽっち……でもまあ、水を足せばなんとかなるかもねえ」

残念そうに呟くよねに、きよはにっこり笑って答えた。

「また水で薄めるなんてもったいないですよ」

「でも……」

「これって餡子みたいだと思いませんか？」

「餡子？」

そこでよねは、まじまじと茶碗の中の小豆を見つめる。菓子屋が作る餡子よりも多少どろどろしてはいるが、餡子に見えなくもない。

菓子屋はしっかり煮詰めてから砂糖を入れるはずだが、甘葛と水飴を使った上に煮詰める前に入れたからといって餡子にならないということもないのだろう。

「小豆を煮て甘みを足したものが餡子なら、これだって立派な餡子です。水気を飛ばす前に甘みを入れちゃおうが、甘葛だろうがかまやしません」

「なんて乱暴な考えだ。でも、悪くない。なるほど、これは餡子だね」

「でしょう？　しかもお菓子屋さんみたいな甘い餡子です。これならきっと右馬三郎さんは大喜びです」

「とはいえ、このまま持ってくってのも……」

いくら右馬三郎が甘い物好きでも、さすがに茶碗から匙で掬って食べたりしないだろう、とよねは言う。もちろん、そんなことをさせるつもりはさらさらなかった。

「月見団子は用意するんですよね？」

「もちろん。いくらあたしが頓馬でも団子ぐらい作れる……あ、そうか！　団子にのっけて食べればいいんだね！」

「それでもいいですけど、ちょっと悪戯しませんか？」

「というと？」

「お団子を少し大きめに作って、中にちょっとだけ餡子を入れるんです。なにも入ってないと思って食べたら……」

「そりゃいい！　さぞや右馬三郎さんも驚くだろう。どうかしたら、小唄より気に入ってくれるかもしれない」

「それはそれでちょっと……」

「いやいや、小唄を披露するのもあたし、団子を作るのもあたしなんだからかまやしないさ。うん、面白い。そうしよう！」

粉はたっぷりあるから、大きめの団子でも大丈夫。先の月見よりも大きな団子でも、はなより手先がぶきっちょなんで、とかなんとか誤魔化せばいい。昼間なら白い団子に黒い餡が透けて見えるかもしれないけれど、暗い夜ならその心配もない。

ところが、これで万事うまくいく、と大喜びしたあと、よねがふいに眉根を寄せた。

「ちょいと待った。じゃあ、これをどうしよう……」

よねの視線の先にあったのは七輪、くつくつと煮えている小豆の鍋だった。

明日は餡子入りの団子を持っていくことになった。甘い汁粉であれば右馬三郎は喜ぶだろうけれど、甘葛も水飴もない。月見は夜だから昼間のうちに買いに行けばいいようなものだが、あいにく明日は立て続けに弟子たちが稽古にやってくるそうだ。

　なるほど、それで夜のうちに作っておこうとしたのか。よねは一日家にいるのだから、朝から作ればいいようなものなのに、と思っていたが、これで合点がいった。

　しょっぱい汁粉を好む人は多いけれど、甘い物好きの右馬三郎にはやはり甘い汁粉を食べてもらいたい。甘くないなら持っていくまでもない、とよねは考えているのだろう。

「まあいい。しょっぱい汁粉にしちまって、あたしが食べることにするよ。なんなら、おはなに分けてもいい」

　はなはしょっぱい汁粉が好物だ。自分じゃ汁粉なんて作らないだろうから、さぞや喜ぶだろうとよねは言う。だが、きよに言わせれば、甘いしょっぱいにかかわらず、汁粉を持っていくという考えがそもそも妙だった。

「汁粉を持ち運ぶのって大変そう……須崎までお鍋を提げていくんですか？」

「……もっともだ」

　なんで気付かなかったのか、とよねはおでこに手のひらをぴしゃりと打ち付けた。

「やっぱりお汁粉を持っていくのは諦めたほうがいいです」

「そうだね。じゃあ、おはなの代わりと言っちゃなんだが、おきよちゃんと清ちゃんが食べておくれよ」

「え、私たちですか？」

「しょっぱい汁粉は嫌いかい？」

「いえ、嫌いじゃないですけど、お汁粉じゃなければ持ち運べると思って」

「まさか、これも煮詰めてしまえとでも？」

「じゃなくて、これはまだ塩を入れてないんでしょう？」

それならほかの料理にできる、と言うきよを、よねは怪訝そのものの顔で見る。小豆を使う料理は、汁粉や餡子のほかに思いつかないのだろう。きよにしても、家にある豆といえば大豆や若い大豆である枝豆、豌豆、ぶどう豆あたりで、小豆は普段のお菜にしないため、使うときだけ買いに行く豆だ。

とはいえ、小豆を使う料理を知らないわけではない。ただ、普段から作るような料理ではないだけだった。

「小豆を使う料理ってどんなものだい？　あたしにも作れそうなお菜だといいけど」

「簡単です。お菜っていうよりご飯ですけど……」

「ご飯……あ、赤飯か！」

「そうです。今から煮汁にお米を浸しておけば、きれいに赤く染まったご飯ができますよ。お月見にお赤飯はちょっと変かもしれませんけど」

「月見で赤飯を食べちゃいけないって決まりはない。それに、今年も無事に月見ができたのはめでたいことだ。赤飯で祝ってもかまわないさ」

よし、そうしよう、とよねは俄然(がぜん)張り切り、水屋箪笥(みずやだんす)をごそごそやる。なにを探しているのかと思いきや、出てきたのは米が入った枡(ます)だった。いつも炊いている米ほど透けていないから、おそらく餅米だろう。

「餅米をお持ちだったんですね。急なことだし、普段のお米でも仕方ないと思ってましたけど」

「おはなの嫁入りのときに使った残りだよ」

米だっていつまでも置いておいたら不味くなる。そろそろ使わなければと思いながらも、面倒で置きっぱなしにしていたという。水屋箪笥に入れておいたのは、そこならうっかり忘れてしまうこともないと思ってのことらしい。

「よかった。これなら美味しいお赤飯が作れます」

「残り物も片付くし、一石二鳥だ」

そうとなったら早めに火から下ろさないと、小豆(あずき)が煮えすぎてしまう。これであたしの夜なべもおしまい、あんたにも七輪を渡せる、とよねは嬉しそうに笑った。

冷めるのを待って七輪を借り受け、ようやくきよは部屋に戻れた。清五郎は壁を向いて横になっているが、すでに眠っているらしい。いつもはきよが戻るまで待っていてくれるのだが、よねと話していたせいで思ったより時がかかったから、待ちかねたのだろう。

やれやれと思いながら行灯を消し、きよも床に入る。穏やかな弟の寝息がまるで子守歌のようだった。


翌日、一日の勤めを終えて家に戻ってみると、上がり框に丼が置かれていた。もしや……と期待しながら布巾を取ってみると、黒胡麻を振りかけた赤飯が出てきた。

孫兵衛長屋の近くの木戸は木戸番がしっかりしていて、空き巣はなかなか入り込めない。そもそも入られたところで、ろくに取られるものもないということもあって、住人の大半は戸締まりをしない。きよにしても、夜は心張り棒を使うが昼間は開けっ放しだから、出がけによねが置いていってくれたのだろう。

湯屋から戻った清五郎が目を輝かせて言う。

「赤飯じゃねえか！　誰がくれたんだい？」

「およねさんよ」

「なんでまた？」

そういえば今朝は、寝るのが遅かったせいか少し寝過ごしてしまった。大急ぎで朝ご飯を掻き込み、小走りで『千川』に向かったため、よねの話をするどころではなかった。清五郎は赤飯も大好物だが、いきなり届いたら首を傾げるのも無理はない。

　そこできよは、はなの思惑まで含めて昨夜の一件を話して聞かせた。

「なるほど、およねさんが最初の汁粉をしくじったせいで、赤飯にありつけたってわけだな。いや、ありがたい」

「人様の失敗をそんなに喜ぶものじゃありません」

「いいじゃねえか。赤飯は旨いから、右馬三郎さんだってきっと気に入ってくれる。甘いものは餡子（あんこ）入りのびっくり団子を持っていくんだろ？　その上、赤飯までとなったら、およねさんの株は上がりっぱなし。災い転じて福となすってのはこのことだ」

「小豆（あずき）を炊き損なったのは災いとまでは言えないけど、福となすはあたりかもね」

「だろ？　今日はきっと、ふたりして盃の酒に月を映してご満悦だったさ。『ちょいと右馬さん、いい月だねえ……』とかなんとかさ」

　清五郎は、しなを作ってよねの真似をする。ところがそのすぐあと、不意に眉間に皺を作って言った。

「でも、およねさん、ずいぶん遅いな……」

「え、まだ帰ってきてなかった？」

「たぶん。いつもなら行灯でうっすら明るいけど、真っ暗だったし、人の気配が全然ない」

「もう休んでるとか？」

きよが帰ってきたとき、赤飯の丼だけではなく、土間に七輪も置かれていた。月見では酒を呑むし、そのあと歩いて帰ってくるのだから疲れるに決まっている。早寝を見越して、先に七輪を置いていってくれたに違いない、ときよは考えていた。ところが、やっぱり気になるからと様子を見に行った清五郎は、すぐに戻ってきて首を左右に振りながら言う。

「やっぱり真っ暗だ。心張り棒すらかかっちゃいねえし、寝てるとは思えねえ」

はなが嫁に行く前から女だけの家だったこともあって、よねは戸締まりには気をつけている。そのよねが、心張り棒も使わないまま寝てしまうとは思えなかった。

「なにかあったのかしら……」

「帰るのが億劫になって、おはなちゃんのところに泊まることにしたとか？」

はな夫婦は連れと月見をすると言っていたようだが、ふたりとも酒はほとんど呑まない。

月見を楽しんだあとはちゃんと家に帰ってくるだろうから、狭い家にしても一晩ぐらい泊めてもらうことはできるはずだ。

「そうかもな。でも、一晩中留守となるとやっぱり物騒だし、とりあえず木戸番に声だけでもかけとくかい？」

「そうね。私が湯屋に行くときに確かめて、それでもいなければ『帰らないかもしれない』って伝えてくるわ」

ただ帰るのが面倒になっただけならいいけど……と心配しながらも、ふたりは晩ご飯を食べることにする。

赤飯は固すぎず、かといってぐちゃぐちゃでもなくちょうどいい蒸し具合だ。微かに土臭くて、それでいてどこか懐かしく思える小豆の香りの中に、時折当たる黒胡麻のしっかりした歯触りが嬉しい。

よねはもともと料理好きではないし、手抜きすることも多いらしい。それでもこの仕上がりを見る限り、今日の赤飯は手順どおりに丁寧に拵えたに違いない。

その上、丼の縁近くに南天が刺してある。赤飯に南天を飾るのは『難を幸運に転じる』という縁起担ぎだけではなく、傷みにくくするためでもあるそうだ。飾ったほうが見た目もきれいでいいことづくしだが、この近所に南天の木はない。おそらく、どこかからもらってきたのだろう。

本当の祝い事ならまだしも、余った米と甘い汁粉にできなかった小豆を始末するために作ったのだからそこまで手をかけることはない。それでも南天を探しに行かずにいられなかった。手を抜くこともあるけれど、人の口に入れるものはちゃんと拵える。よねにはそんな真面目さがある。

――およねさんが一生懸命作ったお赤飯を右馬三郎さんはどう思っただろう。頑固で真面目な質（たち）だと聞いたけれど、まさか『祝い事でもないのに』なんて言われたりしてないよね？　それで落ち込んで帰る気力をなくしちゃったとか……

帰ってこないわけは、楽しすぎてつい酒を過ごした、なんてことに決まっている。それでも、どことなく不安に思う。湯屋に行くついでにもう一度よねの家を確かめたが、相変わらず人の気配はない。

はなが嫁いだあと、隣から声が漏れてくることはなくなった。それでも、物音ぐらいは聞こえてきていたのに、今夜はそれもなく静けさに満ちている。明日には帰ってくるとわかっていても、寂しさが身にしみるような夜だった。

翌朝も確かめたけれど、よねは戻っていなかった。不安を覚えつつ飯を済ませ、『千川』に向かう。

隣を歩く清五郎も心配そうに言う。

「およねさん、大丈夫かな。おはなちゃんのところに泊めてもらったんだよな？　まさか無理に帰ろうとして途中で行き倒れとか……」

「縁起でもないことを言わないでよ！」

「だよな……。でも隣に誰もいないってのはちょっと変な感じだな。なんだか寝付きが悪かったし、変な夢ばっかり見るし」

「あんたでもそんなところがあるのね。もっと図太いと思ってたけど」

清五郎はいつだって横になるなり寝てしまう。本人も夢なんてほとんど見ないと言っていたほどなのに、よねがいないというだけでそんなふうになるのか、ときよは驚いてしまった。

清五郎は不本意そのものの顔で言う。

「誰が図太いんだよ。あらかじめわかっててての留守ならまだしも、帰ってくると思ってたのに帰ってきてねえってのは気になるじゃねえか」

「それはそうね。でも……あ！」

そこできよは立ち止まった。

なぜなら、向こうから今まさに話していたその人——よねが歩いてきたからだ。

「およねさん！」

思わず駆け寄ったきよに、よねは嬉しそうに答えた。

「あーよかった。ここで会えて」

「どういうことだい？」

「あたし、しばらく須崎にいることにしたんだ。そのまま向こうにいてもよかったんだけど、やっぱり一言断っておいたほうがいいと思ってね」

なにも言わずに留守にしたら、きよ姉弟はもちろん大家にも心配をかける。身の回りのものも少しは持っていきたいし、とりあえずいったん戻ってくることにしたという。

大家は一日中家にいるはずだが、きよたちには勤めがある。間に合わなければ『千川』まで行くしかないと思っていたが、奉公の邪魔はしたくないし、なんとか会えるように朝一番で須崎を出てきたそうだ。

「しばらくって……どれぐらいですか？」

「それより『なんで』のほうが先だろ。わけがわかんねえよ。およねさん、しっかり聞かせてくれよ」

「ああ、実はね……」

そこから始まったのは思いがけない、だがとてもおめでたい話だった。なんでも、はながが子を孕(はら)んだというのだ。

「汁粉をしくじってやっとのことで拵えた赤飯が、祝い事を呼び込むなんてね」

「驚いた。そんなことがあるんだなあ……」

「それにしても……おはなちゃんは大丈夫なんですか?」

昨夜、はなと孫四郎は連れと約束があるから、よねたちと一緒に月見はできないと言っていた。けれど、よねが右馬三郎の家に着いてみると、孫四郎が弱り果てた様子で、はなの具合が悪いことを教えてくれた。食事が満足に取れず、無理やり食べても戻してしまう。腹でも壊したに違いない。そのうち治るだろうと思っていたのに、三日経っても四日経ってもやっぱり飯が食えない。身体は弱る一方、とうとう米を炊く匂いすら疎ましくて煮炊きができなくなり、見かねた右馬三郎が三人分の飯の支度をしているというのだ。

よねは大仰にため息をつき、言う。

「もう七日もそんな具合だっていうじゃないか。それならそれでもっと早く知らせてくださいよ、って思わず文句を言っちまった。ついでに医者にはかけたのか、なんて余計なことまで……。でも、どっちもおはなが嫌がったらしくてさ」

言えば心配するし、佐賀町から飛んできかねない。よねにだって勤めがあるのに申し訳なさすぎる。そもそも右馬三郎も孫四郎も勤めがあるのに誰が知らせに行くのだ、とはなが言ったらしい。せめて医者に診てもらおうとすすめても頑なに嫌がる。どうしたものかと思案しているうちに十三夜となり、よねがやってきたという次第だった。

「おはなちゃん、医者が苦手だったもんなあ……ま、俺も同じだけど」

「お医者様にかかるのが大好き、なんて人は珍しいでしょ。でも、悪い病じゃなくてよかったですね」

「ほんとに。ただ、おはながかわいそうでね。さぞや心細かっただろう。あたしがそばにいたらもっと早く気付いてやれただろうに。せめて、そばに子を産んだことがある女がひとりでもいてくれたら、もっと違っただろうにってさ」

食べたものを端から戻す。それまで大好きだった飯の匂いが疎ましくなる。いずれも、よね自身がはなを産むときに経験したことらしい。

孫四郎は右馬三郎に引きとられてからずっと男所帯だった。おまけに近隣はひとりものの職人ばかりで、はなが嫁入りしたときは大した騒ぎだった。当然、近場で赤ん坊が生まれることもなく、はなの具合の悪さが子を孕んだせいだなんて考えもしなかったらしい。

よねはどことなく孫四郎を責めているような口調であったが、きよに言わせれば、よねに知らせに行くこともできず、わけもわからないまま心配し続けていた孫四郎だって十分かわいそうだ。かわいい嫁になにかあったら、と気が気じゃなかったに違いない。

「でもまあ、ややこが生まれるのはいいことだ。しかも、その場に赤飯まであったなんてできすぎだよ」

清五郎の言葉に、よねも頷く。

「おはなが目を丸くしてたよ。『今初めて気付いたのに、どうしてお赤飯の用意ができたの？』って」

「まったく瓢箪(ひょうたん)から駒、物怪(もっけ)の幸いとはこのことだ。それでおよねさんは、おはなちゃんのところに？」

「ああ。あの子、あたしが持ってった赤飯と餡子(あんこ)入りの団子を食べたんだよ。滅法(めっぽう)嬉しそうだったし、戻すこともなかった。だから、しばらくあっちにいてやろうと思ってさ」

悪阻(つわり)は一時のものだ。中には長引く女もいるらしいが、はながそうかどうかはわからない。ただ、もしも長引く質(たち)ならなおのことそばにいてやりたい。赤飯や団子が食べられたのは、懐かしい母の味だからだろう。自分が作ったものなら、きっと食べられるはずだとよねは言った。

「でも、およねさん。おはなちゃんのところは狭いんだろ？　寝るところは……」

「おはなの悪阻が治まるまで、孫四郎が右馬三郎さんのところで寝てくれるって。そのほうがおはなも気楽に横になっていられるって言うし」

「ふーん……じゃあ三味線の稽古は？　いつ帰ってくるかもわからないようじゃ、お弟子さんたちも困るだろ」

「あたしもそれは気にしたんだけど、ここに来る途中で弟子のひとりと出くわしてね」

しばらく娘のところにいると告げたところ、そういう事情なら仕方がない、ほかの弟子にも伝えておくと言ってくれたそうだ。その上で、須崎なら行って行けなくもない。あまり長くなるようなら、そちらに稽古をつけてもらいに行く。右馬三郎がいるなら手入れもしてもらえて一石二鳥だ、と喜んでくれたらしい。

「嫁にやったとはいえ大事な娘だ。孫四郎におっかさんでもいれば任せるんだけど、そうもいかないからね。弟子たちが了見してくれて助かったよ」

「さすがおよねさん、いい弟子ばっかりだな」

「ありがたいことだよ」

「じゃあ、しばらくお留守ってことですね。七輪は借りっぱなしで平気ですか？」

そこであえて七輪の話を持ち出したのは、寂しさを気取られないようにだ。いないのだから借りっぱなしでいいのは百も承知だが、なんでもないふりをするにはそれ以外の術（すべ）を思いつかなかったのだ。

　きよの思いを知ってか知らずか、よねは一瞬きよを見つめたあと、さらりと返した。

「そうだね。七輪は持ってていいよ。あと、あたしのところにあるもので使えそうなものがあれば好きにしていい」

「いえ、七輪だけお借りできれば……」

「そうかい。じゃあ、ご面倒様だけど、留守を頼むよ」

「合点（がってん）だ。なんなら俺、およねさんのところで寝ようか？　何日も続けて留守なんて物騒だ。泥棒よけにぐらいなると思う」

「そうしてくれたら安心だけど、そんなことをしたらおきよちゃんが危ない。若い女がひとりで寝てるところに押し込まれたら目も当てられない」

「大丈夫ですよ。私なんて年増の行き遅れですし」

　人に言われるよりましと口にしてみたものの、自分の言葉が胸に突き刺さる。事実は事実だと諦め顔のきよに、よねがちょっと厳しい顔で言った。

「そんなふうに言うんじゃないよ。あんたは料理人の修業を始めたばっかり。嫁に行くとか行かないとか言ってる場合じゃない。どっちにしても、うちには取られるようなものはないから」

特別なことをしてもらう必要はない。ただ、誰もいないはずの部屋から物音が聞こえてきたときは、様子を見てくれるとありがたい、とよねは言う。それぐらいはお安いご用、と清五郎が胸を叩いた。

「こっちのことは大丈夫だから、おはなちゃんのそばにいてあげてください」

「そうするよ。産み月まで張り付いてるわけにはいかないけど、悪阻が治まるまでは面倒を見る。いや初孫かあ……孫四郎の子ならさぞや器量よしになるだろうね」

今から楽しみだよ、と微笑んだあと、よねは孫兵衛長屋のほうに歩いていく。いったん戻って大家と話したあと、身の回りのものを持ってはなのところに向かうのだろう。初めて子を孕んで不安なところに母親が世話をしに来てくれる。はなは大喜び、悪阻なんて吹き飛ぶに違いない。

急ぎ足で去っていくよねを見送り、きよはつい深いため息をつく。

すぐに清五郎の声が聞こえた。

「姉ちゃん、そんな辛そうにするなよ。しょうがねえじゃねえか。およねさんは俺たちじゃなくて、おはなちゃんのおっかさんなんだから」

「それはわかってるんだけどね。つい先だって『あたしはどこにも行かない、ずっとここにいる』って言ってくれたところだったから、安心してたのよ。それだけに……」

「右馬三郎さんと夫婦になったら、およねさんばかりかおはなちゃんも嬉しいだろうな。でも、そうなると俺たちは寂しくなるよな」

「そうなのよ。でも、およねさんは心配ないって言ってくれたの。まさか、こんなことになるなんて……」

「おはなちゃん、こうなることをわかって近くに住むよう言ってたのかな。だとしたらすげえ」

悪阻(つわり)に見舞われて二進(にっち)も三進(さっち)もいかなくなることを見越したはなも、本人すら知らない祝い事のために赤飯を持っていったよねも察しがよすぎる。ふたりとも八卦見(はっけみ)にでもなればいい、と清五郎は感心している。

けれど、はながよねにそばに来てほしいと願ったのは、自分ではなくよねを心配してのことだし、赤飯にしようと言ったのはきよだ。清五郎の感心は、かなり見当違いなものだった。

「どっちにしても、しばらくおよねさんには会えないのね」

「昨日みたいに所在が定かじゃないってわけじゃない分、安心だな」

「でもやっぱり寂しいわ」

よねがいないと思うと、心細さが募る。

逢坂から出て来てから四年、江戸にもすっかり慣れた。暮らしに支障があるわけではないのだから、いつまでもよねに頼っていてはいけない。しっかりしなさい、と自分を叱りつけつつ、きよは『千川』に向かった。

「おきよ、なにか日持ちのする料理を知らないか？」

弥一郎にそんな問いかけをされたのは、長月最後の縁日を二日後に控えた夜のことだった。

「あれこれあるでしょうけど、板長さんのほうがよくご存じなのでは？」

「いや、俺が知らねえもののほうがいい。おきよが逢坂で食ってた、俺たちには目新しい食い物がいいな」

「上方ならでは、ってことですね。それで、日持ちというとどれぐらい？」

「そうだな、まあ一日。夜のうちに作って明くる日の夜まで持てばいい」

「それってもしかして、賄い用ですか？」

弥一郎が無言で頷いた。

彦之助が神田に店を開いたあとも、『千川』の忙しさは変わらなかった。むしろ、神田界隈で彦之助の弁当を食べた人たちが、富岡八幡宮へのお参りがてら『千川』を訪れることが増え、縁日のときの客がより増した。

源太郎は大喜びしているものの、次から次へとやってくる客を捌くのは大変で、店を閉めたあとは座り込んでしばらく動けなくなっている。弥一郎や奉公人は源太郎よりずっと若いからそこまでではないにしても、一日の終わりにはぐったりしてしまう。

その上、縁日の日は大変だけどこれがあるから、と楽しみにしていた彦之助の賄い弁当までなくなってしまった。これには食いしん坊の清五郎も伊蔵もがっかり、口にこそしないけれど源太郎や弥一郎がいないところでため息をついている。

店によっては量も質もろくでもない賄いしか出さないところもある。簡単とはいえ旨い飯をしっかり食べさせてもらえるだけありがたいとわかっていても、今まで彦之助が手を尽くして弁当を作ってくれていただけに、残念な気持ちを止められないのだろう。

弥一郎は奉公人の気持ちがわかっていて、なんとかしなければと考えた。もしかしたら、弥一郎自身も賄いに物足りなさを覚えていたのかもしれない。

だが、縁日の日は朝から大忙しで弁当を作る暇はない。だからこそ前の晩に作っておけるものを、と思ったに違いない。

逢坂にいたときは賄いとは縁のない暮らしだったが、寄り合いのたびに父が持ち帰ってくれる折り詰めなら知っている。日持ちがする料理が詰められていたのはもちろん、先頃のよねのように南天を添えたり、和(あ)え物に山葵(わさび)や芥子(からし)を使ったりと料理が傷(いた)まない工夫をこらしてあった。

あの折り詰めを参考にすれば、前の日に作って明くる日の夜までもつ賄いができるはず……と、そこまで考えて、きよははっとした。

上方(かみがた)の料理は江戸の料理に比べて色が薄いので、味も薄いと思われがちだが、実は塩気がかなり強い。出汁(だし)を利かせてしっかり煮込み、上方醤油や塩をたっぷり使う。だが、こちらでは値が張る下り醤油を賄いに使うわけにはいかない。

逢坂の折り詰めとは別の工夫が必要だ。そういえば『菱屋』では、ときどき奉公人に寿司を振る舞っていた。寿司とはいっても屋台で売られている握り寿司ではなく、酢飯と酢で締めた魚を型に入れて作る早寿司とか一夜寿司とか呼ばれるものだ。一方、彦之助もときどき賄い弁当に寿司を入れてくれたが、稲荷(いなり)や巻き寿司がもっぱらだった。

江戸の人たちは屋台で売られている握り寿司や稲荷、巻き寿司には慣れているだろうが、早寿司は馴染みがなさそうだ。早寿司なら前の夜に作っておいても傷まない。むしろ酢が馴染んで味が上がるぐらいだ。

魚の格付けで上位といえば鯛や平目だろうけれど、いわゆる下魚(げざかな)、賄いで食べ飽きた鰯(いわし)や鯖(さば)であっても寿司に仕立てればご馳走になる。しかも、早寿司なら目先が変わって喜ばれるに違いない。

なにより握り寿司や稲荷(いなり)、巻き寿司と異なり、押し型を使って作る早寿司は形が崩れないようにするために、ここぞとばかりに酢飯を詰め込む。握り寿司と同じぐらいの大きさだったとしても、食べ応えが違うのだ。

あれなら食いしん坊の弟や伊蔵も満足するに違いない。それに、早寿司は型に入れっぱなしにすれば、握り寿司のように飯や魚が乾くこともない。作り置きにはもってこいだった。

目を輝かせたのに気付いたのか、弥一郎が期待たっぷりにこちらを見た。

「お、なにか思いついたか？」

「お寿司はどうですか？」

「寿司か……」

そこで弥一郎は考え込んだ。さらに「寿司なんてろくに握ったことねえからなあ……」なんてひとり言が聞こえる。『千川』の板長である弥一郎でも、寿司の修業まではしていなかったらしい。弥一郎の不安そうな姿が珍しくて、きよはくすりと笑ってしまった。

「笑うんじゃねえ。料理ってのはものすごく幅が広いんだ。俺だってなにからなにまで修業したわけじゃねえ」

「すみません。でも、私が言うお寿司は握り寿司じゃなくて早寿司、それも型を使う押し寿司です」

「押し寿司……あの四角いやつか」

「そうです。あれなら前の日から作っておけます」

「なるほど、押し寿司か。目先が変わっていいな。握り飯だけじゃ申し訳ねえって気になるが、押し寿司ならそんなこともないな」

「申し訳ないって……。板長さんが作ってくださる握り飯、とっても美味しいですよ。具だって、すごくたくさん入ってますし」

「それでも握り飯は握り飯だ。だが、酢締めの魚を使った押し寿司なら、けっこう贅沢な感じになる」

「きっとみんな大喜びですよ」

「押し寿司がどうしたって？」

　そこに割り込んできたのは清五郎だ。さっきまで客の相手をしていたのに、弥一郎ときよの会話を聞きつけてきたのだろう。

　もともと握り寿司は江戸で考えられたもので、江戸前寿司とも呼ばれている。当然、逢坂では江戸ほど広まっておらず、実家にいたときももっぱら押し寿司ばかりだった。

にもかかわらず、逢坂を離れてから一度も押し寿司を食べていない。

清五郎は『押し寿司』という言葉を聞いて、懐かしくて堪(たま)らなくなったようだ。

「本当に清五郎は地獄耳だな。でも、こんな勢いで飛んでくるなら次の縁日の賄(まかな)いは押し寿司にしよう」

「賄いが押し寿司⁉　これは、いつもの倍は働かなきゃ！」

次の縁日は気張るぜ、と鼻息を荒くする清五郎に、弥一郎がにやりと笑って言った。

「ほう。まだ倍に増やせるのか。縁日のときはいつもいっぱいいっぱい働いてると思ってたが、おまえはそうじゃなかったんだな」

「え……い、いや、そういうわけじゃ……」

しどろもどろになる清五郎を見て、伊蔵が噴き出した。

「語るに落ちるってのはこのことだな。でも、清五郎。押し寿司ってのはそんなに旨いものなのかい？」

「伊蔵さんは、押し寿司を食ったことがねえんですか？」

「ああ。もっぱら稲荷(いなり)と巻物。藪入(やぶい)りでもあれば屋台の寿司を買うこともあるが、握りばっかりだ」

「そうだったのか。じゃあ、なおのこと次の縁日が楽しみだな」

みんなで精一杯働こう、と清五郎は調子づく。食欲が働く意欲にまっすぐに結びついている弟が恥ずかしい半面、羨ましいような気持ちになる。清五郎はきよのようにあれこれ迷ったりしない。

今は江戸に留まる気満々だが、この先もそのままとは限らない。なにせ彼もいわば修業中の身、商いに必要なあれこれを身につけたのち『菱屋』に戻って働く道もある。いずれにしても清五郎は、いったんこうと決めたらまっしぐらに進んでいくに違いない。

逢坂にいたときは困った弟でしかなかったけれど、江戸に来てからすっかり変わった。道理をわきまえ、頼り甲斐まで出てきた清五郎が、きよには少し眩しい。いつまでも子ども扱いしていてはいけない、と自分に言い聞かせるきよだった。

「じゃあ、伊蔵。明後日の賄いは鰯と鯖の押し寿司にしよう。近頃の鯖は脂がのってるから、さぞや旨いことだろう」

「え、いいんですかい⁉」

伊蔵が目を輝かせた。

秋の鯖は脂がたっぷりのっている。煮ても焼いても旨いが、締めて寿司にしたら絶品に違いない。だが、秋の鯖を使った料理はどれも人気で仕込めば仕込んだだけ売れていく。その人気の鯖を、賄いにしようと言われて喜ばないわけがない。ただ、歓声を上げたものの、すぐに伊蔵は首を横に振った。

「やっぱりやめときましょう。旦那さんが聞いたら、秋の鯖は大人気、金が取れるものを賄いにするのは贅沢だって叱られちまいます」

「伊蔵は案外気が小せえんだな。それに、親父はそんなことで叱ったりしねえよ」

「でも彦さんはあんなに……」

おそらく伊蔵は、彦之助が賄いを作り始めたころのことを思い出したのだろう。

彦之助は素晴らしい賄いを拵えてくれた。ただ、卵や砂糖、下りものの醤油や味噌が使われていると知った源太郎や弥一郎はかんかん、彦之助はさんざん叱られた。

とはいえ、彦之助が叱られたのは、源太郎や弥一郎に断りなく使ったことと、素材の味に甘え、半端な残りものを旨くする工夫を凝らしていないと思われたことのふたつの理由からだ。賄いに相応しくない材料を使ったからだけではない、と弥一郎は言う。

それでも安心できないのか、伊蔵は後ろに置いてあった鉢のところに行って中身を確かめた。

「今朝仕込んだ締め鯖は、もう残ってませんね……」

「そりゃそうだ。締め鯖は人気だし、品書きに載った日には客がこぞって注文するから、たいてい暮れ六つ（午後六時）の鐘が鳴る前にはなくなる。今日は拵えた数が少なかったから、夕七つ（午後四時）過ぎには品切れだったはずだ」

締め鯖は、『千川』の鯖を使った料理の中では値が張るほうだ。煮たり焼いたりせずに、生のままの鯖を使うので、よほど生きがいいものでなければ使えない。さらに弥一郎は、脂（あぶら）がしっかりのっていないと締め鯖にはしないため、秋鯖の季節であっても品書きに『締め鯖』という名が書かれるのは二日か三日に一度しかない。客の注文が集まるのは道理だ。

「そういや、今日も朱引きを見て文句を言った客がいたな」

呟くように言ったのは清五郎だ。

『千川』では、仕込んだ料理が売り切れると源太郎が品書きに朱で線を引くことになっている。あとから来て『締め鯖』が朱引きされているのを見て、悔しがる客は多い。注文を取る清五郎やとらは、文句を言われることも多いらしい。

清五郎はさらに続ける。

「こんなに旨いのに、なんでもっと仕込んどかねえんだ、って叱られたよ。なんでって言われてもなあ……」

俺たちが仕込みの量を決めてるわけじゃねえんだし、と清五郎は恨めしそうに弥一郎を見る。だが、弥一郎はどこ吹く風だった。

「うちの締め鯖は旨い。だが、旨いには旨いだけのわけがある。伊蔵、なんでかわかるか？」

名指しされた伊蔵は、考え考え答える。

「そりゃあ、合わせ酢でしょう。酢と甘みの加減が絶妙で、そのままでもいいし、ちょいと醤油をつけて食っても旨い」

「まあ、それもある。ほかには？」

「えっと……ほかには……」

それ以上は思いつかなかったのか、伊蔵は助けを求めるようにきよを見る。弥一郎は苦笑しつつ、矛先をきよに変えた。

「おきよはどうだ？」

「合わせ酢が絶妙なのは言うまでもありませんけど、それより先に鯖の塩加減がいいんだと思います。あとは……酢に漬けておく長さとか……」

「塩加減？」

弥一郎は、答えがわかっているに違いないのにあえて問い直す。おそらく伊蔵に聞かせるためだろう。

「締め鯖はあらかじめ塩で締めて、いったん塩を洗い流したあと合わせ酢に浸します。

ここで塩を惜しむと身が上手く締まらなくて、どんな上等の合わせ酢に浸したところで美味しくなりません。でも板長さんはたっぷり塩を使います」

「そういえば、びっしり塩を振ってるな。いつも、どうせ洗い流しちまうのにもったいねえって思ってたが、あれにもわけがあったのか」

「たっぷり塩を使って短い間で締めるのが大事です」

「おきよはよく知ってるなあ……板長さんに聞いたのかい？」

伊蔵の唇の端が少しだけ下がった。

締め鯖にするときの塩加減なんて聞いたことがない。もしかして弥一郎は、きよにだけ秘訣を教えたのか、と不満を覚えたのだろう。

弥一郎がそんな不公平なことをするわけがない。ここで彼の株を下げては大変、ときよは慌てて答えた。

「違うんです。知ってるっていうか、前にしくじったことがあって……」

実家にいたころ、珍しく生きのいい鯖が手に入った。煮ても焼いても旨そうだが、せっかく生の鯖なのだからと締めてみることにしたのだが、塩焼きにするときぐらいの量しか塩を振らなかった結果、ぼけたような味になってしまったのだ。

「塩が足りなくて、水気がうまく抜けなかったんだと思います」

きよの答えに、弥一郎が満足そうに頷いた。

「そのとおり。魚に塩をするのは水気を抜いて旨みを閉じ込めるため。塩が足りないと水は抜き足りなくなるし、多すぎると今度は塩が染みこんじまってしょっぱくて食えなくなる。塩梅が大事だ」

「なるほど、塩についてはわかったよ。あと、酢に漬ける長さってのは？　鉢の合わせ酢に一度に浸してるんだから、どれも同じじゃねえのか？」

「浸している間にも味は変わっていきます。あとになればなるほど合わせ酢が染みて、よく締まっていく。でも、あんまり長く漬けておいたら鯖の味が酢に負けて、美味しくなくなってしまう。板長さんは、そうなる前に売り切れるだけの量しか仕込んでないんだと思います」

「よくぞ見抜いた！」

弥一郎が派手に両手を打ち鳴らした。この板長がここまで大きな拍手をすることはないから、よほど嬉しかったに違いない。

一方、伊蔵と清五郎は唖然としている。まさか、弥一郎がそこまで考えて仕込みの量を決めているとは思ってもみなかったのだろう。

「一日のうちに何度も仕込み直せれば、都度いい具合の締め鯖ができる。だが、締め鯖ばっかりに手を取られるわけにはいかないし、魚屋が来るのだって日に一度。しかも締め鯖にできるほど生きがいいのを持ってくるとは限らねえ。とどのつまり、いい締め鯖が拵えられるのは何日かにいっぺん。不味くならないうちに売り切れるだけしか作らねえ、ってことなんだ」

そこで弥一郎は大きく息を吐いた。そしてしばらく考えていたあと、伊蔵に向かって言う。

「よし。秘訣がわかったところで、明日の締め鯖は伊蔵が拵えてみろ」

「俺には無理ですよ！」

「なにも客に出すと決まったわけじゃねえ。不出来なら賄いに回す」

「それでも……」

「自信がねえのか？　別にしくじったところでどうってことない。食えねえほどにはならねえだろうし、賄いが締め鯖ならみんなも嬉しかろう」

「大事じゃねえですか！　それに、客ですらありつけなくて文句を言うやつがいるぐらいなのに、賄いにした挙げ句にしくじるなんて……」

「なら、おきよにやらせる。おきよは締め鯖の秘訣も心得てるようだから、しくじったりしないだろう。だが、おまえはそれでいいのか？」

このままだときよに置いていかれる一方だぞ——弥一郎の眼差しがそう告げていた。

伊蔵はきよにいったん目を移し、唇を噛みしめていたかと思うと弥一郎に向き直って言った。

「俺がやります。客が食いたがってる鯖を任せてもらうんだから、絶対にしくじらないように気張ります」

「よし、任せた。でもまあ……」

そこで弥一郎は、今までの厳しい顔つきを崩して言う。

「肩に力を入れすぎるとかえってしくじる。あんまり気負わずにやることだ。なあに、たかが鯖だ」

どれだけ脂がのって旨かろうが所詮鯖は鯖、卵や砂糖ほど値が張らない。客が食べたがっているのに、と気にするのは心根がまっすぐな証だが、人気の料理を自分で味わって、どこが客に気に入られているのかを考えることも修業のひとつだ、と弥一郎は言う。

「なんなら俺が拵えたのと食べ比べてみてもいい」

「板長さんの締め鯖なら食ったことがあります」

「客に出すときに切り落とした端っこだろ？　あんなんじゃなくて、一番身の厚い真ん中を食わないと締まり具合は確かめられない。一番身が厚いところまで真っ白になってるようなのは『千川』の締め鯖じゃねえからな」

「見極めが難しそう……」

　きよが思わず漏らした言葉に、伊蔵が俄然（がぜん）張り切る。

「おきよですら難しいって言うのか……。でも、それをやり遂げてこそ『兄弟子』ってもんだな！」

「その意気だ！」

　弥一郎が鼓舞する。さらににやりと笑ってきよを見た。

「なんならおきよも拵えてみるか？　おきよと伊蔵の腕比べ、どっちに軍配が上がるか見物だぜ」

「ちょいと待て、弥一郎」

　後ろから声をかけてきたのは源太郎だった。気付くと客はみんな帰り、店は空っぽになっている。主（あるじ）は、手が空いたときは家に戻って帳面付けをすることが多いが、弥一郎たちの話を聞いて、人気の秋鯖で腕比べなんてとんでもない、と叱りに来たのかもしれない。

　伊蔵が首をすくめた。おそらくきよ同様、叱られると思ったのだろう。

　ところが源太郎は、思いがけないことを言い出した。いっそのこと、目利きから伊蔵やきよにやらせてはどうか、と言うのだ。

「え、目利きから？　俺、鯖の目利きなんてできるかな……。いいと思って選んでも実は使えないやつだった、となったら……」

いくらたっぷり塩を使って水を抜いたところで、生きが悪い鯖ではどうしようもない。どれほど旨い合わせ酢に浸したところで、生臭くて食えたもんじゃなくなる。

魚の生きの良さは目に濁りがないとか、触ったときに身がしっかり締まっているかどうかで見分けることは知っているが、『千川』に出入りする魚屋はもともと濁った目の魚など持ってこない。その中で、さらに締め鯖に向くものを選り分けるなんて、できそうにないと伊蔵は尻込みした。

「心配するな。なにもおまえたちが選んだ鯖をそのまま締めるなんて言ってねえ。ちゃんと確かめて、これならってものだけで拵える。万が一にも選び損なって、腹でも下されたら店の評判にかかわるからな。そうだ、いっそ弥一郎も入ればいい。『千川』料理人の腕比べ。いい趣向だと思わねえか？」

「そんなの板長さんが勝つに決まってるじゃねえですか！」

「そうですよ。それで板長さんが負けるようでは困っちゃいます！」

口々に叫ぶ伊蔵ときよを尻目に、源太郎は懐から書き付けを取り出す。おそらく明日収められるはずの魚を調べているのだろう。

「もともと明日は明後日(あさって)の縁日に備えて鰯(いわし)も鯖もたんまり頼んである。頼んだうちのどれぐらい締め鯖に使えるかは明日になってみないとわからないが、それを見分けるのも修業のうちだ」

「親父、やっぱり俺は腕比べに入らないほうがいい」

「そりゃまたどういうわけだ？　まさか怖じ気(おじけ)づいたのか？」

腕比べをしようと言い出したのはおまえのくせに、と源太郎は意地の悪いことを言う。

弥一郎が憮然として返した。

「違う！　伊蔵たちが選んだ鯖を確かめるのは俺だろ？　締めたって旨くならねえってわかっててそのまま拵えさせることだってできちまう……」

「へ？」

源太郎が気の抜けたような声を出した。そして、まじまじと弥一郎を見つめたあと、膝を叩いて笑い出した。

「こいつはいいや！　おまえ、本当に怖じ気づいてるんだな」

「旦那さん、それっていったいどういうことですか？」

清五郎の問いに、源太郎は嬉しそうに答えた。

「こいつは、誰かをしくじらせるために嘘をつくなんて芸当ができる男じゃねえ。ましてや料理を作るのに悪い材料を見過ごすなんてあり得ねえんだよ。それなのに、あえてこんなことを言って抜けようとするってのは……」

「親父！」

「心配しなくても、おまえは深川にこの店ありと言われる『千川』の板長だ。よもや奉公人に引けを取ったりしねえさ」

「わからねえじゃねえか……」

「弥一郎？」

「俺は、親父たちが思うほど自信たっぷりってわけじゃねえ。いつだって、これでいいんだろうかって迷いながら包丁を握ってるんだ。板長を任されてるのは、ただ俺が跡取りだからで、腕を認められてのことじゃないのかもしれねえって……」

徐々に小さくなる弥一郎の声に、源太郎が苛立ち始めた。

「見くびるな。『千川』は俺が開いた店だ。はじめのうちは客が入らなくてさんざん苦労した。それを何十年もかけてようやくここまでにしたんだ。腕のないやつを板長に据えるなんてことはしねえよ」

「どうだか……。親父だって息子がかわいいって気持ちはあるだろう？」

「あるからこそ厳しく仕込んだ。口の悪いやつらに親の七光りなんて言われずに済むよう、料理人としての腕で黙らせられるように。どんな奉公人が入ってきても、引けを取らずにすむよう、徹頭徹尾叩き上げた。おまえはそれを忘れちまったのか？」

「確かに厳しかった。俺の親父は鬼だったのかと思うほど……。彦之助なんざ、親父のあまりの厳しさに、外に修業にやられるのを喜んだぐらいだ」

「ああ。俺だってあいつには堪（こら）えきれねえと思った。だからこそ外に出した」

　そんな話は初耳だ。

　彦之助からは、親父は俺を『千川』に入れる気がないから上方（かみがた）に追い払ったんだ、と聞いていたが、源太郎にもわけがあったなんて……

だが、実の子ですら逃げ出しかねないと思うほどの厳しさだったのなら、それを堪えきった弥一郎はさすがだ。名実ともに『千川』の跡取りに相応しいと言える。

　それなのに、なぜこんなにしょぼくれたことを言うのかわからず、きよはただ弥一郎を見つめる。眼差しを感じたのか、弥一郎がこちらを見た。

「そんな目で見るな。俺がこんなに頼りない思いをしてるのは、おまえのせいなんだぞ。いや、おきよだけじゃねえ、伊蔵もだな」

「へ？　おれもですか？」

「ああ。伊蔵はとにかく一生懸命だ。たとえ亀の歩みでも、止まらずに進み続ければ兎にだって勝てる。おまえを見てると、板長といえどもあぐらをかいてちゃ駄目だって思わされる」

「亀の歩み……」

伊蔵は情けなさそうに呟くが、弥一郎の言うとおり、亀の歩みは悪いことではない。長い道のりを行くときには、亀ぐらいゆっくりで確実な歩みが必要とされる。勢いに任せて跳んだりはねたりしているようでは、目的地に辿り着く前に力尽きかねない。ゆっくりでも止まらずに進み続ける力があれば、料理だけではなくどんな修業でも成し遂げられるだろう。

きよの考えを裏付けるように、源太郎が伊蔵の肩をぽんぽん叩きながら笑う。

「いいんだよ、おまえは亀で。亀は長生きだし、甲羅の中に引き込もっちまえば、どんな敵が来たっておかまいなし。上等じゃねえか」

「そうそう。のんびり、だが着実に進むことだ。それから……」

そこで弥一郎は伊蔵をまっすぐに見て言った。

「近頃なにかとおきよに目が集まってるが、おまえはひがんだり拗ねたりもしない。素直に認めて褒めて、自分も頑張ろうと思う。おまえの心根の真っ直ぐさは俺も親父もちゃんとわかってる。安心して励め」

「ありがとうございます！」

伊蔵が心底嬉しそうな顔つきになった。きっと『千川』に奉公できたこと、こんなにいい板長と主の下で修業できる喜びを噛みしめているのだろう。

「板長の身でおまえたちに追い越されたんじゃ立つ瀬がない、ってことで、俺は戦々恐々なんだ」

「だったらやっぱり腕比べにはおまえも加わるべきだな」

「なんでだ？」

「おまえにしてみれば締め鯖なんぞお手のもの、目を瞑ってたって作れるだろう。だが、だからこそ基本に立ち返って丁寧に拵えることが肝要だ。これが『千川』板長の渾身の作、って締め鯖を見せてみろ」

「親父……」

「ぐだぐだ言うんじゃねえ。腕比べは三人がかりで決まりだ。どうせ明日は縁日の前日で、客はそう多くねえ。ちょっとした余興にはいい日だろうさ」

「まあ確かに……。で、勝ち負けは誰が決めるんだ？」

「俺がやる。鯖を選んで、捌いて、塩で締めて、酢に漬けて、ここぞと思うところで引き上げる。そのひとつひとつをしっかり見極めさせてもらうぜ。味見は……そうだな、いっそ客に食ってもらうか」

「えっ。それって俺たちは食えないんですか？」

清五郎が即座に口を挟んだ。

締め鯖で腕比べはかまわないが、自分たちの口に入らなくなるのは大いに困るのだろう。

「本当に清五郎は食いしん坊だな。だが心配いらねえ。なにも客みんなに食べ比べさせようって話じゃない。三人で作ればそれなりの数ができる。ひとりかふたりに試してもらって、あとは賄いに回すさ」

「ひとりかふたりって……どうやって決めるんですか？」

「さあな……まあ、客の面を見て決める、ってことで、おきよと清五郎は上がっていいぞ」

そこで姉弟は帰宅を促され、『千川』の料理人たちは各々が期待と不安を抱えた夜を過ごすこととなった。

翌日の夜、『千川』を訪れたのは味見役に打ってつけの男たちだった。

「これはこれは……」

源太郎が揉み手で迎える。入ってきたのは、大層腰の軽い与力と人より馬のほうが好きだと豪語する厩方のふたり連れだった。

「上田様も神崎様もずいぶんお久しぶりでございましたね。おふたりともお元気そうでなにより。ささ、奥へ……」

上田と神崎はしっかり呑み食いしてくれる上に、心付けを忘れない。板場、とりわけきよにとっては無理難題を押しつける困った客だが、主にとっては上客に違いない。いつも以上に大歓迎の様子に、上田が訝しげに訊ねた。

「いかがいたした？　やけに嬉しそうではないか。もしや、客が少なくて困っておったのか？」

そう言いつつ、上田は店の中を見回す。だが、席は八割方埋まり、客の前には空になった器や徳利が並んでいる。さすがに見当違いとわかり、ますます怪訝な顔になった。

「……というわけではなさそうだな。相変わらず繁盛しておる。となると、なにか困り事でもあるのか？」

「困り事ではありません。ただ、おふたりにお頼みしたいことがあって……」

「頼みとは？」

「味比べをお願いしたいのです」

ろう。

「ほう？」

源太郎と上田が話している間に、弥一郎は締め鯖を切り始めた。三種類の締め鯖を盛り合わせた皿をふたつ用意する。上田と神崎のそれぞれに味わってもらうつもりなのだろう。

「上がったぜ」

「へーい！」

上田たちの相手をしている源太郎の代わりに料理を取りに来た清五郎が、軽く目を見張った。盛り付けの見事さに感心したに違いない。

千切り大根や青紫蘇をあしらい、美しい一皿に仕上がっている。青紫蘇は葉だけではなく穂も添えられているが、葉は小さく、穂も花が咲きかけている。今年の青紫蘇はそろそろ終わり、使える褄が減ると盛り付けが難しくなる、などときよがぼんやり考えているうちに清五郎が皿を運んでいった。

「お待たせしました！」

「おお、清五郎。息災か？」

「ありがとうございます。おかげさまで元気にやっております」

「なによりじゃ。おお、これはなんとも見事な締め鯖じゃ」

千切り大根で小さな山が三つ作られ、それぞれの前に二切れずつ締め鯖が置かれている。言うまでもなく『千川』の三人の料理人がそれぞれ拵えたものだった。

神崎が皿の上をじっと見つめて言う。

「味比べと言うからには、それぞれ違う工夫が凝らしてあるかと思ったが、見たところいつもと変わりないような……」

「まあまあ、まずは召し上がってみてください。そして、どれが一番お気に召したか教えてください」

「『一番お気に召した』か……。『一番旨かった』ではないのだな？」

「神崎様、意地の悪いことをおっしゃらないでください。味の好みはそれぞれです。旨いと気に入るはまた別のお話で……」

「なるほど、道理だ。では、早速……」

言うなり神崎は箸を取り、小皿に入った醤油をちょんとつけて口に運んだ。そこにとらが徳利を届けに行く。すかさず源太郎がふたりに盃を渡し、徳利の酒を注いだ。

「三種の締め鯖を味わっていただく合間に酒をお飲みください。本来の味比べは水を挟みますが、さすがにそれではつまらないので」

いずれもお代はちょうだいしません、と源太郎が言うのを聞いて、上田がにんまりと笑った。

「酒と締め鯖、いずれもただか。神崎、いい日に来たな」

「まったくです」

上田は大喜び、神崎もためらいなく盃を干す。

神崎は普段は酒を頼むことが少ないが、今日は上田と一緒なので酒を呑むつもりで来たのだろう。もしかしたらなにか相談事でもあったのではないか、と気になりはしたが、『千川』は食い終わったらさっさと帰れ、と客を追い立てるような店ではない。話なら締め鯖の味比べを終えたあとでゆっくりすればいい。きよは一刻も早く、食べ比べの結果が聞きたくてならなかった。

きよと伊蔵、弥一郎までが固唾を呑んで上田たちを見ている。盛り付けた弥一郎と横で見ていたきよと伊蔵は、どれが誰が拵えた締め鯖なのか知っている。だが、源太郎にはわからず、どれかひとつに肩入れするような説明もできない。ある意味、とても公平な味見だった。

「いかがですか?」

それぞれ一切れずつを食べ終わったのを見届け、源太郎が声をかけた。

上田はあっさり三つの山のうちのひとつを指さしたが、神崎は答えない。しばらく考えていたかと思ったら、ちょうど通りかかった清五郎を呼び止めた。

「清五郎、すまぬが飯をくれ」

「あれ、酒はもうよろしいんで？」

「いや……またあとで呑むが、酒ではなくて飯でも試してみようと思ってな」

同じ料理でも、酒のつまみに向くものと、飯のおかずに向くものがある。酒を試したのであれば、飯と一緒にも食べてみなければ、と神崎は言う。飯と酒を交互にやるなんて、と上田は眉を顰めていたが、きよには頷ける話だった。

すぐさま伊蔵が飯を茶碗に注ぐ。いつもなら大盛にするところを控えめに盛ったのは、伊蔵なりの配慮に違いない。受け取った神崎はちらりと板場に目を走らせ、にっと笑ったあと締め鯖と飯を交互に食べ始めた。

「うむ。やはり双方試してみてよかった。相手が酒と飯では味わいが異なる」

酒で三切れ、飯で三切れ、あわせて六切れの締め鯖をきれいに食べ終わったあと、神崎はまた板場のほうを見た。弥一郎、きよ、伊蔵と次々に目を遣り、しばし考え込んでいたあとぽんと手を打った。

「さては……味比べというのは、単なる味付けの差ではなく作り手の違いであったか！」

「なぜそう思うのじゃ？」

上田に訊ねられ、神崎はふふっと小娘のような笑みを浮かべて答えた。

「与力様、ご覧くだされ、あの者たちの顔を。試される者の不安をありありと浮かべております。おそらくこの三種の締め鯖は、それぞれがひとつずつ拵えたに違いありません」

「主、そうなのか⁉」

上田が驚いて源太郎に問い質した。

源太郎は、恐れ入りましたと言わんばかりの様子で答える。

「まさか見抜かれるとは……。さすがでございますね、神崎様」

「なんと！　では、どれが誰の手によるもの……」

「与力様、それを先に明かしては興ざめではございませんか？　まず評定、その後に拵えた者を聞く……というのがよろしいかと」

「然り。ではまずわしから。わしが一番気に入ったのは、この真ん中に盛られていた締め鯖じゃ」

まな板の端に残されていた穂紫蘇が微かに揺れた。弥一郎が吐いた息があたったのだろう。だが、さすがに上田たちが座っている場所からそこまでは見て取れない。こちらを気にすることなく、評定が続く。

「ほう……真ん中でございますか。してわけは……いや、これは神崎様のお考えを聞いてからにいたしましょう」

「それがよい。どうじゃ、神崎？」

「酒と合わせるなら真ん中、飯なら右ですが……」

「ですが？」

「酒も飯もなく、醤油すら付けずにそのままぱくりとやるなら左がよろしかろう」

神崎の言葉に、板場の三人が思わず顔を見合わせた。

一番気に入ったものを選べと言われて、酒相手と飯相手では異なるとしたばかりか、醤油すら付けずに食べるときのことまで考えるとは思ってもみなかった。

感じ入ったように伊蔵が呟く。

「すげえな、神崎様。どれひとつ蹴落とさねえ。三人がそれぞれ拵えたって知ってるからこそだろうな……」

「蹴落とされた者がどんな気持ちになるかまで考えてくれてるんだろうな……」

「馬の相手ばっかりしてるってのに、やけに人の気持ちをよくわかってる」

「いいえ。むしろ、馬の相手ばかりしているからこそでしょう。日頃から物言わぬ馬の気持ちを察して世話をされているのでしょうから」

「なるほど、おきよの言うとおりかもしれない」

へっついの陰で囁き合う三人をよそに、上田と神崎の細かい評定が始まった。

「して与力様、真ん中の締め鯖を気に入られたわけは？」

「うむ。脂ののり加減が絶妙だった。残った一切れを見てみろ。切り口がてらてらと虹色に光っておるじゃろう？　一目で脂がのっているとわかるが、もしや脂がのりすぎてしつこいのではという懸念もあった。しかし……」

そこで上田は、真ん中の締め鯖の残った一切れを口に運んだ。もぐもぐと噛み、しっかり味わって呑み込んだのち、確信を得たように言う。

「酢の中に柚子が絞り込んである。酢とは違う柚子ならではのさっぱりとした酸味が乗りきった脂を和らげてくれてしつこさを気取らせない。これなら、いくらでも食べられる。見事な締め鯖じゃ」

「なんと、合わせ酢に絞り入れた柚子にまでお気づきでしたか。さすがは上田様！」

「主、茶化すでない。柚子の香りほど気付きやすいものはなかろう。気付かぬほうがどうかしておる。のう、神崎、そちも気付いたであろう？」

上田に水を向けられ、神崎はすぐに答えた。

「もちろん。与力様のおっしゃるとおり、柚子の爽やかな味とこの鯖の脂ののり具合は得がたい組み合わせです。中まで締まりきっていない故、わずかに鯖ならではの臭みが残っていますが、それも酒と合わせればむしろ点を足したくなる。熱燗をきゅっとやれば、まさに夢見心地」

「然り」

「では『酒と合わせる』とした場合、真ん中が一番ということでよろしいですか？」

「うむ」

「では神崎様、飯と合わせる場合は右とのことでしたが、そのわけをお聞かせください」

「なんと言っても締め加減だ。真ん中の締め鯖は、身の中心に生の部分が残っているが、右のは全部が白くなってしっかり締まっている。こういう締め鯖にしっかり醤油を付ければ、飯が止まらなくなる」

「それではまるで寿司ではないか」

上田の一言に、神崎がはっとしたように顔を上げた。

「寿司！　なるほど確かに……。飯と合わせて食ったときにどこか懐かしい気がしたが、寿司に似た味わいだったからか！」

「飯には酢は使われておらんが、これだけしっかり鯖に酢が入っておれば、口の中で寿司の味わいになって当然じゃ」

「上田様のおっしゃるとおりでございます。して、神崎様。左のは……？」

源太郎に促され、神崎がまた説明を始めた。

「左のは、真ん中と右を合わせたような味わいじゃった。けっして不味くはないが、酒にも飯にも一番というわけにはいかない。だが、締め鯖だけを食べるとしたら、真ん中に微かに生の部分が残って酢の加減もちょうどいい左が一番だと思う」

「見事だ、神崎。さすがは食い道楽。お役目同様、食う量も馬並みというだけのことはある」

「お褒めに預かり……」

そこで神崎は言葉を切った。きよにも、上田の言葉には皮肉がこもっているように聞こえる。おそらく悔しさから来るものだろうけれど、神崎にしてみたら本当に褒められているのか疑わしく思えたのだろう。

微妙に曇った神崎の顔色を見て、上田が慌てて頭を下げた。

「すまぬ。あまりにおぬしの評定が正鵠を射すぎて少々肝が焼けた」

「いえ……それほど与力様を納得させたのであれば、俺も嬉しいです」

「それにしても面白いものだな。同じ料理を同じように拵えたはずが、こんなにも違う味わいとなる。となると、気になるのは作り手じゃが……」

そこで上田は板場を振り返り、三人の料理人を見たかと思ったら、大声で呼んだ。

「きよ。ちいとこちらに参れ」

「え……私ですか？」

いつもなら料理の説明は源太郎の役目だ。ただ、今、上田が知りたがっているのはどの締め鯖を誰が拵えたのか、ということで、源太郎の知るところではない。となると、料理人が呼ばれるのは当たり前にしても、弥一郎に違いないと考えていたのだ。

源太郎も慌てて言う。

「上田様、ここはやはり弥一郎でしょうに」

「いや、きよがよい。なにせわしが知りたいのは、どれをきよが拵えて、どんな工夫を凝らしたのか、じゃからな」

「与力様、それではあまりにほかのふたりに殺生です。俺はやはり三人ともども考えを聞きたい。順はどうでも……いやおきよはしんがりがいい。楽しみは最後にってことで」

神崎は、自分では弥一郎や伊蔵を慮ったつもりでいるようだが、これはこれで殺生だと思う。なにせ、聞きたいのはきよの話だと言わんばかりなのだ。弥一郎はともかく、伊蔵はがっかりしているに違いない。

だが、そっと窺った伊蔵は案外平気そうで、きよの眼差しに気付いたのかこちらを向いて言う。

「やっぱりおきよはすげえな。どれがおきよが拵えたものかもわからねえのに、きっとすごい工夫があるに違いねえってみんなが思ってる」

「別段工夫なんて……ただ、私が知っているとおりに作っただけのことです」

「その『知っているとおり』が違うんだろうな。いいじゃねえか。客の注文は一段落してる。順繰りに話しに行くとしよう。まずは俺からかな」

そう言うと、弥一郎は板場を出て、待ち構えていたふたりを相手に説明を始めた。

「まず、俺が拵えたのは真ん中の締め鯖です」

「なんと！　柚子を絞り込んだのはきよの工夫かと思ったが、弥一郎だったのか！」

「はい。もともと『千川』の締め鯖に柚子は使いませんが、今回は腕比べですので新たな工夫を凝らしました」

「なるほど、なるほど。して、この締め加減はいかように？　『千川』の締め鯖はもともとこの締め具合なのか？」

「生きのいい鯖が入ったときしか拵えませんので、たいていこんな様子です。締め具合についてはなんというか……鯖の身の大きさや厚みを考えてこのあたりで引き上げる、という勘どころのようなものがあります」

「『千川』板長ならではの勘どころか。それは口では説明しづらかろう」

「そのとおりです。時折、身の色の変わり具合を確かめて、ここぞと言うときに引き上げるのですが、拵えるたびに塩梅が違って……」

「あいわかった。いずれにしても見事な締め鯖じゃった。さすがは深川で名高き『千川』の板長である」

「お褒めにあずかり光栄です。では……」

そこで弥一郎が板場に戻り、代わって伊蔵が出ていった。

「お、一番弟子が来たか。確か名は、伊蔵だったな」

呼ばれた伊蔵が軽く目を見張った。

主や弥一郎、お気に入りのきよと、そもそも上田が『千川』に来るきっかけとなった悶着を起こした清五郎ならまだしも、自分の名まで覚えているとは思わなかったのだろう。

「俺の名まで覚えてくださっていたのですか」

「なにを言う。わしはこれでも与力じゃぞ。罪にかかわりがあろうとなかろうと、一度会った者の風貌や名を忘れたりせぬ」

「し、失礼しやした！」

「まあよい。して、そちの締め鯖は右、左のいずれじゃ？」

「俺のは左です」

「ふむ。弥一郎のものほどではないが、真ん中に少し締まりきらないところが残っておる。これで薬味の工夫でもあれば……」

「あ、じゃあ……」

上田の指摘で伊蔵は急ぎ足で板場に戻り、手早く生姜を擂り下ろす。酢と生姜は相性がいい。そういえば、利八も寿司に酢漬けの生姜を使っていた。薬味に下ろし生姜を使えば、締め鯖の後味がよりさっぱりするに違いない。

擂った生姜を小皿に盛り、伊蔵は大急ぎで客のところに戻っていった。

「これで食ってみてくだせえ」

「なんと、下ろし生姜か！」

悔しそうに空の皿を見る神崎に気付き、弥一郎が無言で締め鯖を切り始めた。もちろん伊蔵が拵えたものだ。神崎の皿はすでに空っぽなので、生姜と合わせて食べる分を足してやるつもりに違いない。

切り終えたあと伊蔵か清五郎でも呼ぶのかと思ったら、自ら皿を持って出ていく。

「すまなかったな、伊蔵。薬味のことまで気が回らず。ちゃんと聞いて最初から添えておけばよかった」

刺身は切り方ひとつで味が変わってしまう。締め鯖も然り。今回は鯖の締め加減そのものを評定してほしかったから、切り方による差が出ないように全部を自分が切ったのが災いした、と弥一郎はしきりに悔いた。

「とんでもねえ。俺が一言添えれば済んだ話なのに、与力様に言われるまで薬味のことなんて思い出しもしなかったんですから」

「それなら余計にだ。『千川』で出す料理である以上、工夫の余地はないかとことん考えるのが板長の勤めだってのに……」

「だって板長さん。これは腕比べですから、俺が作ったものに板長さんの工夫が入るってのはおかしな話ですぜ？」

「それにしても、だ……」

弥一郎はこれでは板長失格だ、と己を責めた。

「よいではないか。料理人だけじゃなくて、客の工夫で味が上がることもある。それも料理茶屋の面白いところじゃ」

上田が得心顔で言う。一方神崎は、受け取った締め鯖に早速箸を伸ばした。醤油皿に下ろし生姜をたっぷり入れ、鯖全体にまぶして口に運ぶ。すぐに上田も鯖を生姜まみれにして食べ、ふたりがほぼ同時に歓声を上げた。

「なんという爽やかさだ！　弥一郎の鯖(さば)に負けず劣らず脂(あぶら)がのっているのに生姜(しょうが)のおかげでしつこさがない。それどころか……」

「飯を丼で食いたくなる。それにこの……」

そこで神崎は、脇に添えられた穂紫蘇(ほじそ)をしごき、締め鯖の切り目に挟み込む。ちょっと迷ったあと、生姜が入っていない醤油皿に浸して口に入れた。

「やはり、穂紫蘇も合う。こちらはむしろ、温(ぬる)い酒をゆっくりやりたくなる味だ」

伊蔵の顔が一気に明るくなった。

「じゃ、じゃあ、飯にも酒にも合わねえってことは……」

そのまま食べるなら左が一番だと神崎は言った。だが、裏を返せばどちらにも合わないということだ、と伊蔵は考えたのだろう。だが、どちらにも合わないというのは、裏を返せばなにも添えなくてもいい、それだけで完成した味の証である。

さらに薬味の工夫で、飯と酒のどちらにもぴったりになるなんて秀逸すぎる。

神崎がひどく優しい眼差しで言う。

「おぬしも大変だな。凄腕の板長と工夫に秀でたおきよに挟まれて、自分の腕が信じられなくなることも多いだろう。だが、心配ない。おぬしの締め鯖は飯や酒の助けがなくても十分に旨い。しょげる必要などないぞ」

「神崎の言うとおり。いかに料理茶屋といえども、常日頃から飯に合うものと酒に合うものを揃えておくのは難儀じゃ。そうした意味ではおぬしが拵えたものが一番かもしれぬ。立派な仕事じゃ、胸を張るがいい」

「あ、ありがとうございます！」

伊蔵の頬が一気に赤くなった。こんなに正面から、しかも『千川』切っての上客に褒められて、嬉しさがきわまったのだろう。

伊蔵が飛び跳ねるように戻ってきた。いよいよきよの番だ。ただし、きよは弥一郎や伊蔵と違って説明だけするつもりはない。神崎の考えをしっかり聞きたい。

確かにきよは、飯に合う締め鯖を作ろうとしていた。だが、神崎がなぜ酒ではなく飯だと思ったのかを知りたい気持ちは小さくなかった。

「お、真打ち登場じゃな」

上田の冷やかしに取り合うことなく、きよは神崎を正面から見据えて訊ねる。

「神崎様。私の締め鯖がご飯に合うとした理由を教えてください」

「訊かずともわかっておろうに……でもまあ、ほかの者は気になるか……」

神崎に見回され、みんながこくこくと頷く。

軽く息を吸って、神崎が話し始めた。

「まず締まり具合だ。ほかのふたつに比べて、断然しっかり締まっておる。切り口も見事に真っ白、生の部分はまったくない。前にもここで締め鯖を食ったことがあるが、それとは全然違う」

「すみません。板長さんのように生の部分を残したのが『千川』の締め鯖だとわかってはいたんですが……」

「文句を言っているわけではない。この締め鯖は、しっかり締まっているはずなのに身がふっくらと柔らかい。型を使って寿司にすれば、さぞや旨かろう」

「押し寿司……なるほど、それが狙いだったのか……」

源太郎の声に、きよが頷いて返す。

「そうです。だって、締め鯖の腕比べはもともと縁日の賄いを寿司にしたらどうかって話から始まりました。明日はもう縁日ですから、押し寿司だって今晩には作っておかなきゃなりません。だったら押し寿司に合う締め鯖を拵えようと思いました」

「そうだった、そうだった。話は賄いから始まったんだった」

今の今まで忘れていた、と弥一郎がおでこをぴしゃりとやる。まるで、ついさっき薬味のことなど考えもしなかったと言った伊蔵とそっくりの顔つきに、きよは噴き出しそうになった。

「賄いに寿司……しかも押し寿司を拵えるのか！」

神崎が身を乗り出した。神崎は上方の出だから、鯖の押し寿司には馴染みが深いのかもしれない。さらに、得心顔で続ける。

「おきよは押し寿司用の締め鯖を拵えようとしたのだな。そういえば、上方の押し寿司にのっている締め鯖はこんなふうによく締まっている。押し寿司は夜を越えて置くことが多いから、生の部分が残っていては傷んでしまうからな」

「そうなんです。酒の肴ならより刺身に近い仕上がりもいいとは思いますが、寿司はそういうわけにはいきません。しっかり締めて、かといって締まりすぎて固くならないよう工夫しました」

「どんな工夫をしたのじゃ。これほどしっかり締めてあるのに、身が固くなりすぎておらぬわけ。それをしっかり聞かせてくれ」

上田の問いに、きよは言葉につまった。あえてそこを突かれると答えづらい。なぜならきよは、この腕比べのために家から持ち込んだものがあったからだ。しかもそれは、料理人の腕比べに簡単に使って許されるものではない。『千川』の客に出す料理ですらそう頻繁には使われないもの——砂糖だった。

生の魚から水気を抜くために塩を使う。締め鯖を作る上ではあたりまえの知恵だ。

けれど、同じことが砂糖でもできる。むしろ塩を使うよりもいい具合、ふっくらとした食感を残して水を抜ける。だが、下拵え(したごしらえ)に使うにはあまりにも砂糖は値が張るため、塩を使うのがもっぱらだ。

その砂糖を、きよは使った。

実はいったんは諦めた。どうせなら勝ちたいという気持ちは山々だが、値が張るのは覚悟の上にしても、生薬屋(きぐすりや)に行く暇などない。清五郎が使いに出るついでに買ってきてもらおうかとも思ったけれど、お勤めの最中に寄り道させるのもいかがなものか。やはり砂糖は無理、と諦めていたら、思いがけなく手に入った。なんとよねが届けてくれたのだ。

一昨日(おととい)、家に戻ったら隣から人の気配がする。もしや悪党でも入り込んだか、と清五郎が見に行ったところ、なに食わぬ顔のよねがいた。はなの悪阻(つわり)が落ち着いて戻ってきたのかと思いきや、襁褓(むつき)にするために古い浴衣を取りに来ただけだという。

がっかりはしたけれど、これをあんたに……と渡された小袋を見て歓声を上げた。使いたいのは山々だけど無理だ、と諦めた砂糖が詰まっていたからだ。

「これはあたしと右馬三郎さんからだよ。留守番と十三夜の折、あたしのしくじりを旨い料理に変えてくれたお礼さ」

なんでも、右馬三郎の住まいの近くに生薬屋があって、主(あるじ)と右馬三郎はかなり親しくしているらしい。そのおかげで、値の張る砂糖もちょっぴり安くしてもらえるという。水飴や甘蔓(あまづら)の優しい甘さもいいけれど、やっぱり砂糖は格別だ。きよならきっと上手く使えるに違いない、と買ってきてくれたそうだ。

翌朝、きよが砂糖のお礼にと拵えた朝ご飯を食べ、よねは須崎に戻っていった。またしばらくよねの顔が見られないのか、と寂しく思ったけれど、砂糖をもらえたのは心底嬉しかった。しかも、小袋とはいえしっかり詰まっているから、下拵えに使っても汁粉や餡子(あんこ)に使う分は残る。よねが戻ったら、甘いお菓子を拵えて一緒に楽しむことができるだろう。

そんなこんなで締め鯖(さば)に砂糖を使うことにしたものの、実はきよは、江戸に来るまで生の鯖を締めたことがなかった。

実家にいたときに締め鯖を拵えたことはあるが、そのときは塩鯖を使っていた。鯖は生き腐れと言われるほど足が早い魚だ。上方(かみがた)で名が知れているのは若狭(わかさ)で獲れる鯖だが、逢坂と若狭は遠く離れている。とてもじゃないが生のまま運んでくることはできず、自ずと塩鯖になってしまう。その塩鯖を塩抜きして拵えるのが、京や逢坂の締め鯖で、そもそも水を抜くという手順がないのである。

ただ、砂糖で水気を抜いた締め鯖が旨いという話だけは知っていた。江戸で生まれ育った母から何度も聞かされたからだ。

この締め鯖もとても美味しいけど、生の鯖を砂糖で水抜きして作った締め鯖は堪えられない。砂糖を使った締め鯖を押し寿司にしたら、どれほど美味しくなることか——そんな母の言葉が耳に残る。食い道楽の父も、是非一度食べてみたいと言っていた。父は江戸にいた当時、苦労ばかりしていたから、砂糖どころか塩を使った締め鯖すらろくに食べたことがなかったのだろう。

だからこそ、自分が締め鯖を拵えることがあったら、是非とも砂糖を使いたい。母が褒め称える締め鯖を味わってみたいと思っていた。

ほかにも理由はある。熟練の料理人である弥一郎には、砂糖を使うよりほかに勝つ術がない。ちっとやそっとの工夫では太刀打ちできないと考えたのだ。

たかが料理人の腕比べではあるが、どうせやるなら勝ちたい。江戸に来て気付かされたが、自分はかなり負けず嫌いのようだ。それまで引っ込み思案でどちらかというと穏やかな気立てだと思っていたのは、家の外に出ることがなく誰かと競ったり比べられたりということがなかったからしい。

なにかの修業をするのであれば、負けず嫌いは悪いことではない。むしろ、なにくそという気持ちが技を磨くのに役立つ。それが高じて値の張る砂糖を使うというのは善し悪しだが、どうせ拵えるなら主親子をあっと言わせるような締め鯖にしたかった。

「どうなのじゃ、おきよ」

上田がじれたように答えを促す。

値の張る砂糖にしても、店のものを使ったわけではない。身銭を切ったのだから、そこまで叱られはしないはずだ。

きよは腹をくくって答えた。

「実は、砂糖を使いました」

「砂糖⁉　まさか勝手に……」

弥一郎が板場の奥の棚に目をやった。そこには砂糖の壺が置かれているが、きよには手が届くか届かないかといった高さだ。滅多にないことだが、砂糖を使うときは弥一郎の許しを得て、踏み台に乗って壺を下ろすか、弥一郎に取ってもらっている。

昨日は許しも得られなければ、壺を下ろしてくれとも頼まれていないから、きよがこっそり使ったと思ったのだろう。

慌ててきよは言葉を足した。

「違うんです。砂糖は自分で持ってきました」

「買ったのか？　いつの間に……。さては清五郎だな？」

そこで源太郎が、視線を天井に向けて呟く。

「そういえば昨日、遣いに出した。確か、生薬屋（きぐすりや）の近く……」

「違います！　お勤めの最中にそんなことさせません！」

「おきよは本当に生真面目だな。ついでの買い物ぐらい大目に見るし、なんなら断ってさえくれれば店のを使わせたのに」

源太郎が呆れる一方、弥一郎は軽く頷いて言う。

「言えねえよな。砂糖を使うというのはおきよの秘策、わざわざ俺たちに知らせたくなかっただろうさ」

「……そのとおりです。本当にすみません」

「いいってことよ。俺にしても、鯖（さば）の見分け方なんぞ教えなかったからな。本当にいい鯖は持ち上げてみねえとわからねえ。腹のところを支えてみて、頭や尾っぽが垂れ下がらねえのが極上なんだ」

「え、そうだったんですか？　私はとにかくお腹さえ太ければいいと思ってました」

「腹が太いのは脂（あぶら）がのった証には違いねえ。だが、締め鯖にするには身が崩れ始めてるようじゃ困る。一点で持ち上げても全体がぴんと張ってるぐらいじゃねえと」

「そうだったんですか……」

「さすがのおきよもびっくり、まるで狐と狸の化かし合いだな。だが、砂糖を使うと身に甘みが残ったりしないのか？」

神崎の問いは、きよも疑問に思っていたことだった。

だが、実際に締めたあと確かめてみたが、砂糖の甘みが鯖の身に入ることはなく水気だけが上手く抜けていた。不思議でならなかったし、せっかくの砂糖の甘みが一切生かされることなく水に流れてしまったのは惜しいとも思った。けれど、肝心なのは締め鯖の出来、と割り切ることにしたのだ。

それでも、訊かれた以上は黙ったままではいられない。きよは、考え考え答えた。

「置いておく時の長さにかかわりがあるのでしょうね。砂糖にしても塩にしても、水気が抜けてそれでいて味が身に移る前に洗い流すことが大事なんだと……」

「そのとおり。そして、それを見定めるのも腕のひとつ。おきよの勘どころは冴えてたってことだ」

弥一郎に太鼓判を押され、きよはようやく肩の力を抜く。

かくして締め鯖の腕比べは、勝ちも負けもなく決着。上田と神崎は秀逸な味見役だった。

上田が上機嫌で源太郎に声をかける。

「よし。あとは存分に楽しめる。主、酒と肴の追加を頼むぞ」

「へい。肴はなにをお持ちしましょう?」

「牡丹鍋に決まっておる。なんといっても、本日はそれを目当てに来たのだからな」

「かしこまりました」

そこで板場の三人が顔を見合わせた。

以前、神崎が『千川』で牡丹鍋を食べたと知って、上田が大いに悔しがったことがあった。その折に源太郎は、前注文をいただければ調えると約束をしていた覚えがある。おそらく源太郎は前もって注文を受け、今日上田がやってくることを知っていたのだろう。しかも、山鯨があまり得意ではない上田は、獣肉を神崎に押しつけて旨みたっぷりの雑炊を楽しもうと言っていたから、ふたりが連れだって現れるのも承知していたに違いない。

どうりで余裕たっぷりに「客の顔を見て決める」などと言い出すわけである。

「やっぱり真の狸は親父ってことだな」

皮肉たっぷりの弥一郎の言葉にきよも伊蔵もこくこくと頷く。

だが、そのあと立て続けに客が入ってきて板場は大忙し、呑気に話している暇はなくなってしまった。

「やっぱり俺の不安は的中ってところだな」

その夜、きよがへっついの火を始末していると、弥一郎の呟きが聞こえてきた。

「え？　それってどういう……」

振り向いて訊ねると、弥一郎は大きくため息をついて答えた。

「『千川』の板長と弟子の腕の差は、どんどん小さくなってるってことよ」

「そうですか？」

「そうだよ。塩じゃなくて砂糖で鯖(さば)を締めるなんて思いつきもしなかった。だが、おきよの工夫が奇想天外なのはいつものこと。問題は……」

そこで弥一郎はひとつ向こうのへっついの前にいる伊蔵を見た。

眼差しを感じたのか、それまで下を向いて人参を刻んでいた伊蔵がひょいっと頭を上げる。

「なんですか？」

「いや……おまえが拵(こしら)えた締め鯖には恐れ入ったって話さ。まさかおまえがここまで腕を上げてるとは思わなかった」

「へへ……」

伊蔵が鼻の下を指で擦った。

味見役からは店で出すなら伊蔵が拵えたものが一番とされ、弥一郎からもこんなふうに褒められたのが、よほど嬉しかったのだろう。しっかり胸を張ったせいか、身体が一回り大きくなったように見えた。

一方、弥一郎の嘆きは止まらない。

「おきよも伊蔵もぐんぐん伸びてる。彦之助だって……」

「彦之助さんですか？」

「ああ。あいつはなにもないところから店を興して、今では評判の弁当屋になってる。親父が作った店にそのまま入った俺とは大違いだ」

「店を興して……って、あれはあらかた俺が段取りしたんじゃねえか」

そばで聞いていた源太郎が呆れたように言う。

「店なんて形にすぎねえ。あいつの店がうまくいってるのは、弁当の味、あいつの腕がいいからだ」

「だったらおまえも同じだ」

「同じじゃねえよ。『千川』には親父が作った評判が付いてる。俺はそれを引き継いだだけで、なんの苦労もしてねえ」

「馬鹿野郎！」

いきなり源太郎の声が大きくなった。滅多に聞かない怒りを孕（はら）んだ声に、奉公人たちは一斉に身を縮める。それに気付いたのか、源太郎が詫びた。

「すまねえ。みんなまで驚かせちまった。だがな……」

源太郎はへっついの脇にしゃがみ込み、座ったままの弥一郎と視線を合わせた。

「『千川』の客を舐めるな。それに、なんの工夫もなしに商（あきな）いを続けられるほど、深川って町は甘くねえ。ほかにだって料理茶屋はいくらでもある。ちょっとでも不味くなったら別の店に行かれちまうし、ずっと同じ味でも客は飽きて離れる」

「そりゃそうだけど……」

「だけど、じゃねえよ。おまえに暖簾（のれん）を譲ってから今まで、あの世を含めて引っ越した以外で来なくなった客はいねえよ。古くからの馴染みだって、爺（じじい）になってよぼよぼしながらも変わらず通ってきてくれてる。もう俺じゃねえ。おまえの味を気に入って来てくれてるんだ」

心配そうに見ていた伊蔵も、弥一郎を力づけるように言う。

「そうですよ。『千川』の味は板長さんの味、彦さんの弁当は彦さんの味、どっちも頑張ってる。それじゃ駄目なんですか？」

「ほらな、こうしておまえが落ち込んだら励ましてくれる。頼りになる料理人がふたりもいる。しかも、その料理人は一からおまえが仕込んだ弟子だ。おまえの技、おまえの頑張りがそのままふたりの中に生きてる。言ってみりゃ、おまえの手柄みたいなもんだ」

「そうか……そうだな！」

「でもって、先陣切って走って弟子たちを引っ張る。それがおまえの役目だ」

「わかった！」

ようやく明るい顔つきを取り戻した弥一郎に、一同は安堵の息を漏らした。

きよの心の中に温かい思いが満ちる。

源太郎が弥一郎を仕込み、その弥一郎がきよたちを仕込む。それぞれがもらった技を自分なりに膨らませて次へと渡す。弟子とは名ばかりでろくに面倒をみない師匠もいる。彦之助が修業した『七嘉』のように、弟子同士が足の引っ張り合いをする店だってある。それに引き替え、『千川』はなんと素晴らしいのだろう。それもこれも、自分の子や弟妹のように弟子のことを考える源太郎と弥一郎の人柄としか言いようがなかった。

――おとっつぁん、ありがとう。私たちをここに預けてくれて……

逢坂にいる父に改めて感謝する。

すべてがここから始まった。『千川』に来なければ料理の道に入ることも、自分の店を持ちたいという望みを抱くこともなかった。弥一郎は板長を任されてなお、弟子たちに負けまいと腕を磨いている。これまでもこれからも、弛(たゆ)まず努力し、歩み続けるに違いない。

こんなにいい手本のそばにいられるのは、なんと幸せなことだろう。源太郎や弥一郎のそばで腕を磨けば、途方もない夢ですらいつか叶うかもしれない。

あの夢を見て以来、心の奥ではいつも緋色の暖簾(のれん)が揺れ続けている。逢坂に戻って両親の手を借りれば、すぐにでも叶う気はする。

それでも……ときよは思う。

――親の力で店を持ったところで、自分に力がなければ潰してしまうだけ。ちゃんと商(あきな)いを続けている彦之助さんはやっぱりすごい人なんだろう。それがわかっていても、私は親に頼りたくない。さもなければ、暖簾だって胸を張ってかけられない。もしも夢が叶わなかったとしたら、それは私の力が足りない証。とにかく私は江戸で、自分の力で店を持つ！

きよがそんな目標を心に掲げたとき、弥一郎の声が聞こえた。

「よし、押し寿司にかかるか！　おきよ、鯖(さば)を頼む。俺は鰯(いわし)をやる」

「わかりました！」

「板長さん、山鯨(やまくじら)の脂(あぶら)のところがぽっちり残ってます。汁に仕立てていいですか？」

「おう。今夜はかなり冷えてるから、夜を越しても傷(いた)むことはないだろう。明日の賄(まかな)いは押し寿司と山鯨(やまくじら)の汁だ」

「やった！」

伊蔵の歓声が店の中に響き渡った。

明日は縁日でてんてこ舞いになるに違いないが、なんとか乗り切れそうだ。

弥一郎が鰯(いわし)を検(あらた)め始めた。酢に漬ける前に抜いたに違いないのに、一枚一枚指でなぞって骨が残っていないかを確かめる。丁寧な仕事ぶりにため息が漏れてしまう。

弥一郎はなにひとつ手を抜かない。彼の料理は繊細で気配りに富む。弟子の成長はどれだけ小さくてもしっかり褒めてくれるし、みんなの意気が上がるような賄いを作ってくれる。やはり板長を任されるだけのことはあるし、彦之助も侮(あなど)れない。そのふたりを育てた源太郎は大した人物だ。

――私はまだまだ未熟だ。学ぶことはいくらでもある。これからも、この人たちの背を追っていきたい。そのためにはここにいなければ……

江戸に留まる覚悟を決め、きよは鯖(さば)の薄い皮を剥ぎ始めた。

【参考文献】

『近世風俗志（守貞謾稿）1〜5』喜田川守貞　宇佐美英機・校訂　岩波書店
『本朝食鑑1〜5』人見必大　島田勇雄・訳注　平凡社
『三田村鳶魚　江戸生活事典』三田村鳶魚　稲垣史生・編　青蛙房
『楽しく読める江戸考証読本一、二』稲垣史生　新人物往来社
『江戸時代　武士の生活』進士慶幹・編　雄山閣出版
『武士と世間』山本博文　中央公論新社
『武士の家計簿　「加賀藩御算用者」の幕末維新』磯田道史　新潮社
『商人道「江戸しぐさ」の知恵袋』越川禮子　講談社
『幕末武士の京都グルメ日記　「伊庭八郎征西日記」を読む』山村竜也　幻冬舎
『居酒屋の誕生　江戸の呑みだおれ文化』飯野亮一　筑摩書房
『幕末単身赴任　下級武士の食日記　増補版』青木直己　筑摩書房
『お江戸の意外な生活事情　衣食住から商売・教育・遊びまで』中江克己　ＰＨＰ研究所
『江戸の食卓　おいしすぎる雑学知識』歴史の謎を探る会・編　河出書房新社
『江戸っ子は何を食べていたか』大久保洋子・監修　青春出版社
『江戸めしのスゝメ』永山久夫　メディアファクトリー
『江戸の旬・旨い物尽し』白倉敬彦　学習研究社
『江戸のおかず帖　美味百二十選』島﨑とみ子　女子栄養大学出版部
『変わりご飯　江戸の料理書にみる変わりご飯・汁かけ飯・雑炊・粥』福田浩　島﨑とみ子　柴田書店
『江戸の食文化　和食の発展とその背景』原田信男　小学館

『日本人なら知っておきたい江戸の商い　朝から晩まで』歴史の謎を探る会・編　河出書房新社
『大江戸えねるぎー事情』石川英輔　講談社
『大江戸テクノロジー事情』石川英輔　講談社
『大江戸生活事情』石川英輔　講談社
『大江戸リサイクル事情』石川英輔　講談社
『大江戸長屋ばなし　庶民たちの粋と情の日常生活』興津要　ＰＨＰ研究所
『大江戸商売ばなし』興津要　中央公論新社
『一日江戸人』杉浦日向子　新潮社
『大江戸美味草紙』杉浦日向子　新潮社
『江戸へようこそ』杉浦日向子　筑摩書房
『大江戸観光』杉浦日向子　筑摩書房
『絵でみる江戸の町とくらし図鑑』善養寺ススム　江戸人文研究会・編　廣済堂出版
『深川江戸資料館展示解説書』江東区深川江戸資料館
『本当はブラックな江戸時代』永井義男　朝日新聞出版
『古地図で楽しむ江戸・東京講座　切絵図・現代図 比較マップ』ユーキャン　こちずライブラリ・編集
『古地図で楽しむ江戸・東京講座　メインテキスト』ユーキャン　こちずライブラリ・編集
『江戸ごよみ十二ヶ月』高橋達郎　人文社編集部・企画編集　人文社

※本作はフィクションであり、その性質上、脚色している部分があります。

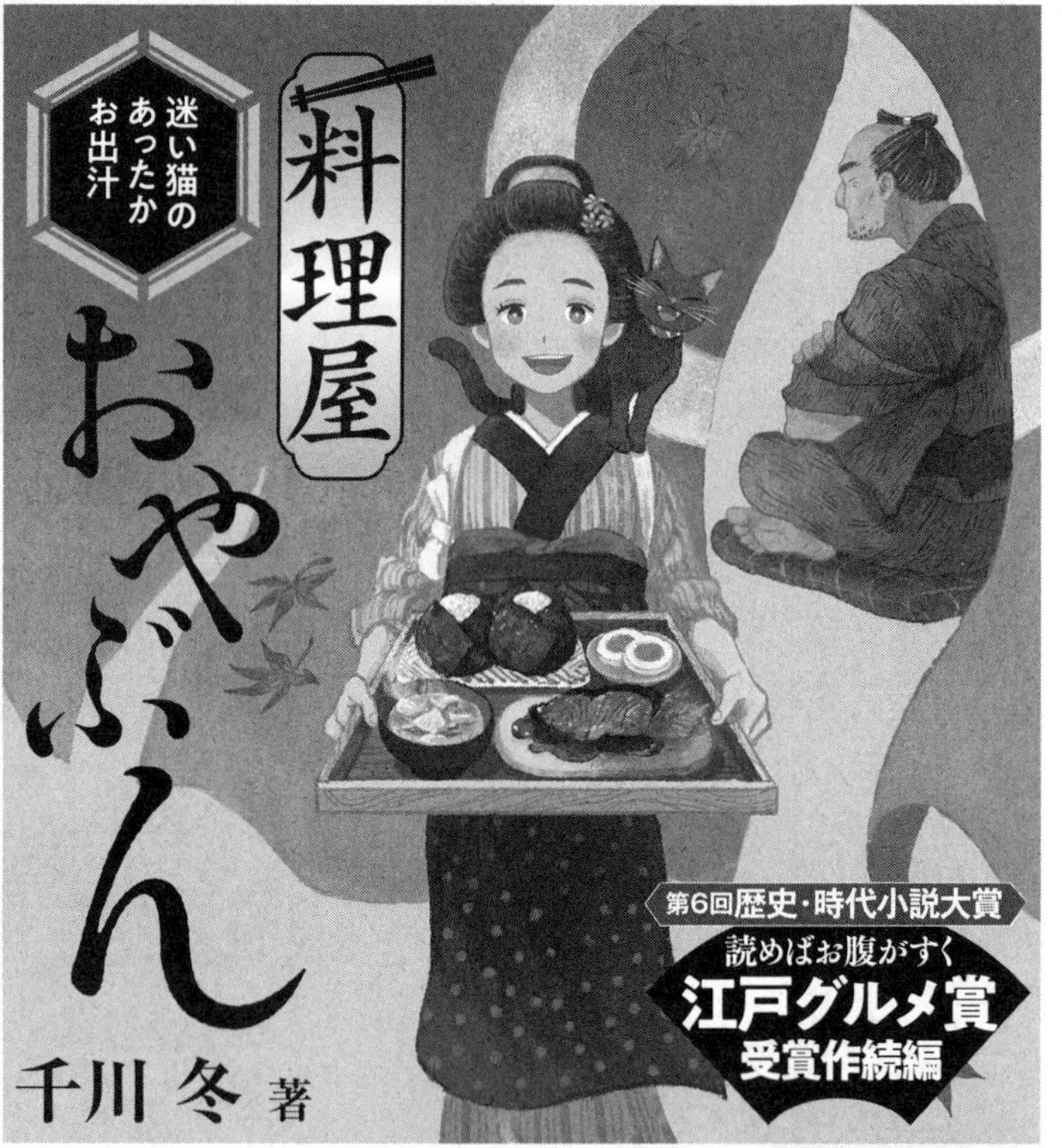

江戸の人情飯めしあがれ

藩の陰謀に巻き込まれ行方不明となった父を捜し、江戸にやってきた駆け出し料理人のお鈴。

行き倒れたところを助けられたことがきっかけで、心優しいヤクザの親分、銀次郎の料理屋で働く鈴は、様々な悩みを抱えるお江戸の人々を料理で助けていく。

そんなある日、鈴のもとに突然、父からの手紙が届く。そこには父が身体を壊して高価な薬を必要としていると記されていて——!?

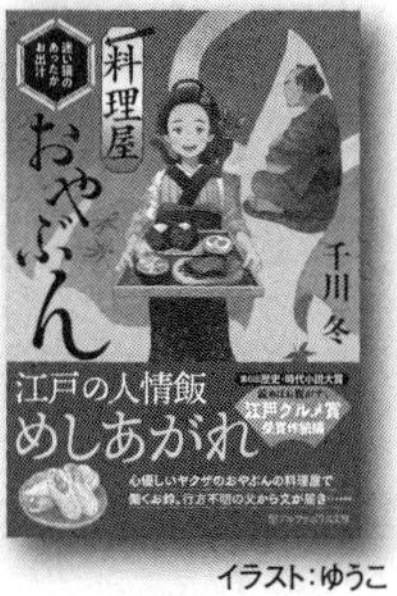

定価:737円(10%税込み)　ISBN:978-4-434-31006-5

イラスト:ゆうこ

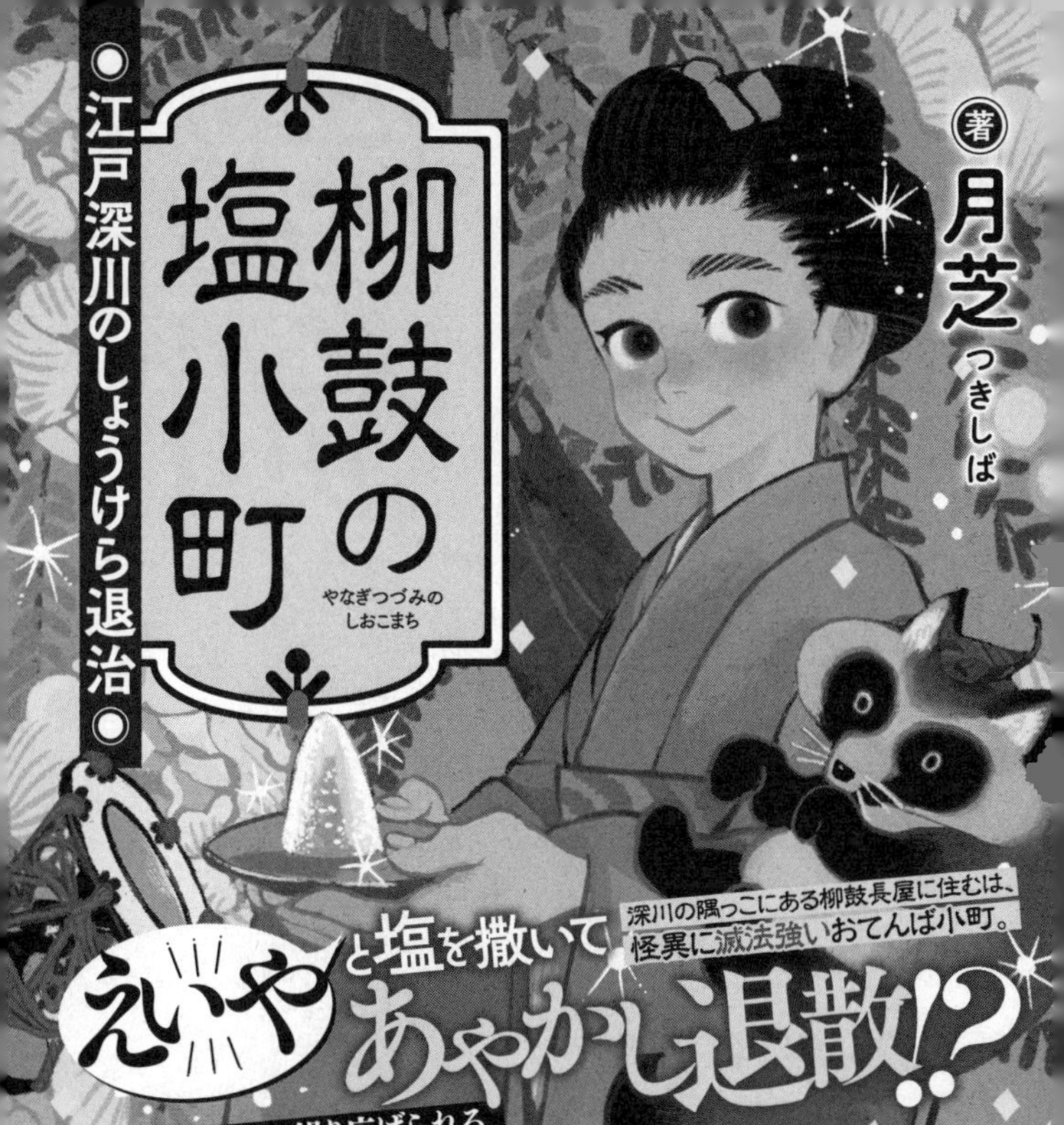

不思議な長屋で繰り広げられる、
あやかし×人情の時代小説！

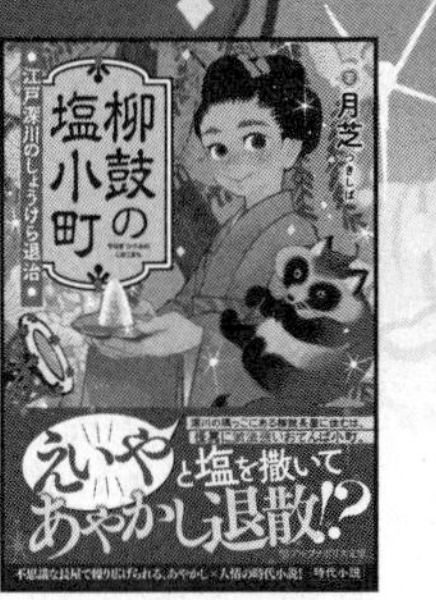

深川にある柳鼓長屋に住んでいるお七は怪異に滅法強く、「えいや」と塩を投げるだけであやかしを退散することができる。そんなお七についた渾名は『柳鼓の塩小町』。ある日、お七のもとに、長屋の住人で元忍びの鉄之助が番屋にしょっぴかれたという報せが入った。どうやら最近江戸を騒がせている盗賊団『しょうけら』の一味だと疑われたらしい。そして、その盗賊団には、なにやら厄介な怪異が絡んでいるようで――

◎定価：737円（10%税込み）　◎ISBN978-4-434-31366-0　◎Illustration：トミイマサコ

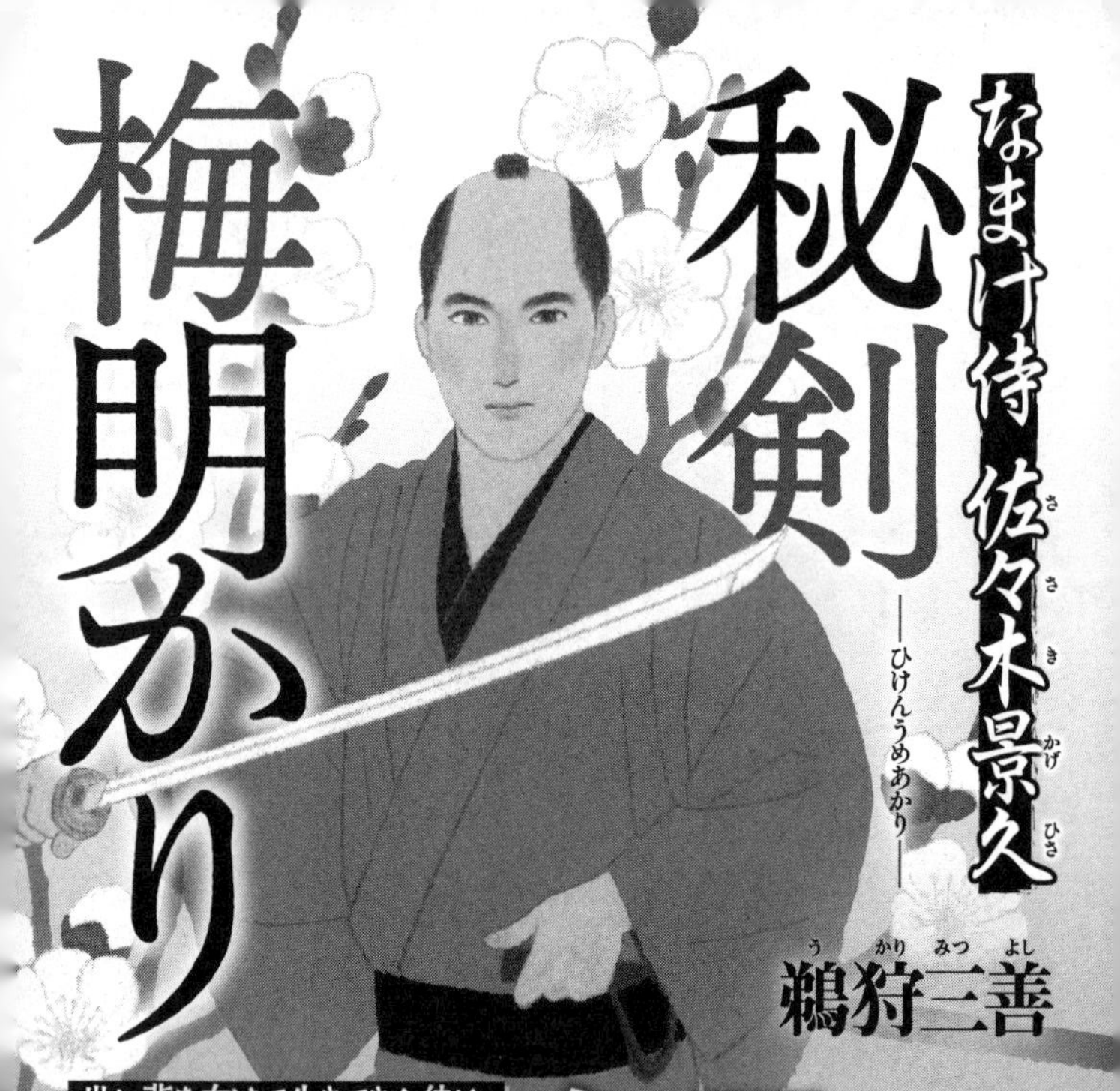

世に背を向けて生きてきた侍は、

今、友を救うため、無双の秘剣を抜き放つ！

北陸の小藩・御辻(みつじ)藩の藩士、佐々木景久(ささきかげひさ)。人並外れた力を持つ彼は、自分が人に害をなすことを恐れるあまり、世に背を向けて生きていた。だが、あるとき竹馬の友、池尾彦三郎(いけのおひこさぶろう)が窮地に陥る。そのとき、景久は己の生きざまを捨て、友を救うべく立ち上がった——

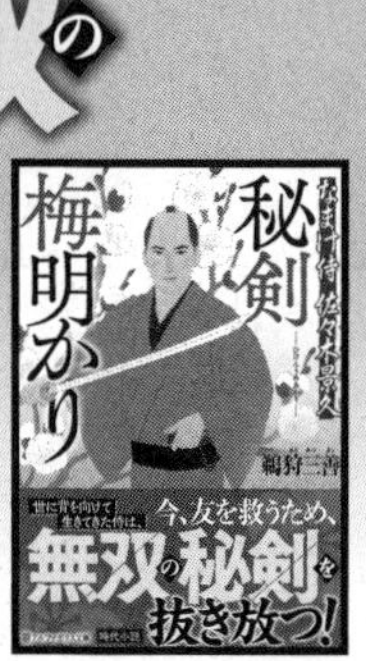

◎定価：737円（10%税込み）　◎ISBN978-4-434-31005-8　◎Illustration：はぎのたえこ

この作品に対する皆様のご意見・ご感想をお待ちしております。

おハガキ・お手紙は以下の宛先にお送りください。

【宛先】

〒150-6008 東京都渋谷区恵比寿4-20-3 恵比寿ｶﾞｰﾃﾞﾝﾌﾟﾚｲｽﾀﾜｰ 8F
（株）アルファポリス　書籍感想係

メールフォームでのご意見・ご感想は右のＱＲコードから、
あるいは以下のワードで検索をかけてください。

ご感想はこちらから

アルファポリス文庫

きよのお江戸料理日記4

秋川滝美（あきかわたきみ）

2023年　4月 30日初版発行

編集－塙 綾子
編集長－倉持真理
発行者－梶本雄介
発行所－株式会社アルファポリス
〒150-6008 東京都渋谷区恵比寿4-20-3 恵比寿ｶﾞｰﾃﾞﾝﾌﾟﾚｲｽﾀﾜｰ8F
TEL 03-6277-1601（営業） 03-6277-1602（編集）
URL https://www.alphapolis.co.jp/
発売元－株式会社星雲社（共同出版社・流通責任出版社）
〒112-0005 東京都文京区水道1-3-30
TEL 03-3868-3275
装丁イラスト－丹地陽子
装丁デザイン－AFTERGLOW
印刷－中央精版印刷株式会社

価格はカバーに表示されてあります。

落丁乱丁の場合はアルファポリスまでご連絡ください。

送料は小社負担でお取り替えします。


ISBN978-4-434-31929-7 C0193